VERTY SOCIETY

ERA TRAIDÁRIO

§ VOLUME 1 ≥

FÉNELON TARTARI

Labrador

© Fénelon Tartari, 2025
Todos os direitos desta edição reservados à Editora Labrador.

Coordenação editorial Pamela J. Oliveira
Assistência editorial Leticia Oliveira, Vanessa Nagayoshi
Projeto gráfico e capa Amanda Chagas
Diagramação Emily Macedo Santos
Preparação de texto Vinícius Russi
Revisão Lucas Lavisio
Ilustração da capa Eris Tran

Dados Internacionais de Catalogação na Publicação (CIP)
Jéssica de Oliveira Molinari - CRB-8/9852

Tartari, Fénelon
Verty society : era traidário : volume 1 / Fénelon Tartari.
São Paulo : Labrador, 2025.
340 p. : il., color.

ISBN 978-65-5625-862-1

1. Ficção brasileira 2. Ficção científica 3. Distopia I. Título II. Série

| 25-1308 | CDD B869.3 |

Índice para catálogo sistemático:
1. Ficção brasileira

Labrador

Diretor-geral Daniel Pinsky
Rua Dr. José Elias, 520, sala 1
Alto da Lapa | 05083-030 | São Paulo | SP
editoralabrador.com.br | (11) 3641-7446
contato@editoralabrador.com.br

A reprodução de qualquer parte desta obra é ilegal e configura uma apropriação indevida dos direitos intelectuais e patrimoniais do autor. A editora não é responsável pelo conteúdo deste livro. Esta é uma obra de ficção. Qualquer semelhança com nomes, pessoas, fatos ou situações da vida real será mera coincidência.

Dedico esta obra à minha mãe, Jocely Tartari, minha maior inspiração e que sempre me incentivou a não desistir dos meus sonhos. E a todas as pessoas diversas!

"A desobediência é o verdadeiro fundamento da liberdade.
Os obedientes devem ser escravos."
Henry Thoreau

SUMÁRIO

Prólogo — 7
Calendário e glossário de Verty — 11

Capítulo 1 - Aniversário de Shell — 34
Capítulo 2 - A Festa — 41
Capítulo 3 - O Quarto Branco — 44
Capítulo 4 - Princesa de Verty — 47
Capítulo 5 - Grunhidos Telepáticos — 71
Capítulo 6 - Noite Estrelada — 79
Capítulo 7 - *Cheddar&Pepperoni* — 89
Capítulo 8 - Melodia Solista — 102
Capítulo 9 - Orifício Oval — 108
Capítulo 10 - Obediência Ordinária — 113
Capítulo 11 - Membros Inferiores — 123
Capítulo 12 - Indagações e Fé — 127
Capítulo 13 - Chegada Imaculada — 138
Capítulo 14 - Chama do amor — 142
Capítulo 15 - Convidado Especial — 152
Capítulo 16 - Sonho de Najacira — 157
Capítulo 17 - Primeira tarefa — 164

Capítulo 18 - Filha de Najacira ——————————— 170
Capítulo 19 - Segunda tarefa ——————————— 181
Capítulo 20 - Luz Cintilante de Aquarela ——————— 189
Capítulo 21 - Primeira tarefa – Conclusão ——————— 198
Capítulo 22 - Alquimia perfeita ——————————— 211
Capítulo 23 - Mãe ———————————————— 221
Capítulo 24 - Viagem à Índia ———————————— 228
Capítulo 25 - Terceira e última tarefa ———————— 234
Capítulo 26 - Mixologia de Sentimentos ——————— 240
Capítulo 27 - A Passagem ————————————— 248
Capítulo 28 - A Carta —————————————— 267

Epílogo ———————————————————— 268
Anexo – Social media ——————————————— 273
Notas do Autor ————————————————— 296
Agradecimentos ————————————————— 301
Galeria Verty —————————————————— 304

PRÓLOGO

Prezados irmãs e irmãos terráqueos,

Antes que vocês adentrem esta nova sociedade, são importantes alguns esclarecimentos para que não se choquem com os relatos aqui expostos sobre os habitantes da sua mesma espécie, porém agora denominados vertynianos.

A sociedade de Verty remete a um futuro distópico talvez não admissível ainda para vocês, conterrâneos da ex-Terra. Alguns da sua própria espécie que tiveram o deleite da leitura deste livro disseram que o conteúdo desta narrativa seria apenas uma metáfora sobre os tempos atuais – por consequência, de como os seres humanos têm se comportado e de como seus atos têm sido um tanto quanto cruéis. Entretanto, digo-lhes que se trata da mais verossímil realidade que está por vir, caso eles – ou melhor, vocês, terráqueos – continuem a agir da forma como estão agindo ao conduzir suas vidas e a de bilhões de outras espécies de seu planeta ao extermínio, beirando o completo caos.

De toda forma, sem mais demoras, dou-lhes as boas-vindas a Verty, sua ex-Terra rebatizada.

O meteorito Eros 433 atingiu a ex-Terra no final da Terceira Guerra Mundial, em 2099. Foi enviado pelo deus Eros a fim de salvar a humanidade de seu próprio declínio e do extermínio de inocentes vidas no planeta; flora, fauna e vocês, é claro, os que se dizem seres inteligentíssimos e racionais: os *homo sapiens*.

A origem da Terceira Guerra é devida a seis principais fatores: disputa por petróleo, política, religião, inteligência artificial, imigração e mídias sociais. Todos intrinsecamente interligados. Entre eles, as terríveis redes sociais foram o principal causador de discórdia e o estopim da Terceira Guerra.

Graças ao milagre do meteorito Eros 433 e ao Rei X, tanto o planeta como parte da humanidade puderam ser salvos da Guerra e de sua destruição, e uma nova sociedade foi criada. Devido ao impacto do meteorito, drásticas modificações ocorreram no planeta, rebatizado como "Verty" pelo Rei X, cujo significado é "verde" e origina-se da palavra *vert* em francês, que vem da heráldica clássica da tintura equivalente à cor verde.

Verty é um planeta perfeitamente saudável agora; a natureza e os animais não são mais agredidos, e os novos habitantes, os vertynianos, se amam e respeitam uns aos outros. Todos são fiéis súditos, leais ao Rei X e seguidores do deus Eros, respeitando as Escrituras Sagradas e seus 433 mandamentos.

O Rei X é um precioso homem com uma educação impecável, adquirida ao longo de suas antigas gerações e por meio da influência de seus antepassados da ex-Terra. De um gosto rebuscado, é um fervoroso amante das artes. Tal regalia pode ser visivelmente apreciada em Verty. Desde pequenos seus habitantes são educados não como apenas súditos do Rei, mas como verdadeiros integrantes da realeza. Como legítimos membros reais, além de suas etiquetas e seus hábitos apodícticos, suas vestimentas se destacam pelo mais primo louvor e luxuosidade, criadas pelas gerações seguintes dos mais conceituados estilistas já existentes na ex-Terra, os quais honrosamente fizeram parte dos soberanos conglomerados da moda entre os séculos XIX e XXI: Coco Chanel, Christian Dior, Cristóbal Balenciaga, Valentino Garavani, Vivienne Westwood, Giorgio Armani, Gianni Versace, Alexander McQueen, Karl Lagerfeld, Diane von Fürstenberg, Virgil Abloh, John Galliano e alguns outros grandes nomes da moda.

Verty Society – Volume 1 retrata a vida de sete personagens pertencentes a essa nova congregação durante o período denominado Traidário, entre 2200 e 2400, alguns séculos após o fim da Terceira Guerra Mundial. Todavia, esses sete personagens escolhidos pelo Rei X, apesar de serem predestinados pela profecia, segundo as Escrituras Sagradas, não possuem o mesmo DNA puro dos vertynianos, sendo, portanto, pecadores, apesar de serem de uma classe aristocrática similar à do Rei X.

Importante ressaltar que, apesar de serem pecadores, eles são extremamente amados pelo Rei X e por Eros, que querem apenas o bem de cada um deles, sobretudo a salvação de suas almas.

Verty é governada pelo Rei X, celebrado como salvador do mundo e servo do deus Eros. Segundo o próprio Rei, ele fora escolhido por Eros para ser seu mensageiro e governante do planeta. O senhor X foi declarado Rei logo após o incidente do meteorito que atingiu Gênova no último ano da Terceira Guerra Mundial, em 2099, destruindo a cidade e exterminando bilhões de humanos, de acordo com a profecia das Escrituras Sagradas.

A narrativa inicia-se com o encontro desses sete amigos recém-formados na universidade para celebrar um momento especial de uma das personagens, Shell. Essa celebração, considerada como o grande momento da vida dela, é a perda de sua virgindade no dia da comemoração de seu aniversário de trezentos anos e da secreta realização de seu casamento.

Porém, logo depois de iniciada a festa, quando o momento secreto da celebração de seu casamento chega, cada um dos sete amigos subitamente perde a consciência e vai parar em um misterioso quarto branco, onde têm seus pés amarrados e encobertos por um manto de seda. Confusos, eles começam a perceber-se parte de um ritual.

Entretanto, o que eles não sabem é que foram escolhidos pelo Rei X desde o nascimento, após o final da Terceira Guerra, para serem purificados e libertados de seus pecados humanos.

O intuito principal do Rei X, em seu mais profundo âmago preenchido de lídimo amor, segundo suas próprias palavras, é que todo esse ritual para a expurgação de suas almas hereges possa servir de exemplo aos vertynianos, todos puros e santificados, para que jamais ousem cair em semelhantes delitos, chegando ao ponto de quase destruírem o planeta e a si próprios, como no passado, na ex-Terra.

Tudo o que acontece com esses sete personagens durante o ritual no quarto branco é transmitido a todos os habitantes de Verty e da galáxia em tempo real, tal qual esses programas terráqueos que vocês chamam de "reality show". Porém aqui não se trata de um jogo, e sim de um momento sacro de cura e libertação de suas almas em nome do deus Eros.

A narrativa do livro é entremeada entre o ritual do quarto branco onde estão presos e a descrição da vida dos sete personagens, cem por cento humanos e com DNA terráqueo, em diversos momentos de suas vidas pessoais e da época em que conviveram juntos como estudantes na Academia de Belas Artes de Gênova, unindo presente e passado de suas vidas, seus traumas e seus dilemas enfrentados até então.

O plano do Rei X vai acontecendo conforme o previsto, até que algo inesperado e misterioso acontece, mudando o rumo da história.

Isso é tudo o que posso lhes revelar aqui, queridos irmãos terráqueos. Para que saibam mais e tenham informações detalhadas sobre tudo o que ocorrerá no futuro, peço humildemente que, em nome de DVX, a força suprema do universo, aceitem o convite e adentrem o mundo de Verty. Sem julgamentos ou preconceitos, apenas seguindo seus instintos em busca da mais pura verdade divina.

Com todo amor,
O Arcanjo

CALENDÁRIO E GLOSSÁRIO DE VERTY

Prezados leitores, antes de introduzi-los a essa nova sociedade denominada Verty, e para seu melhor entendimento, e uma não tão desagradável digestão, o tempo de Verty é dividido por eras. A primeira é carinhosamente chamada de Berçário; a segunda, Clinicário; a terceira, Traidário; a quarta, Judiciário; a quinta é o Hospedário; e a última, Libertário.

Mas hoje o que vou lhes contar é sobre uma das fases mais intensas, e talvez a mais trágica entre as demais: o Traidário.

A fim de que possam entender a cronologia, tal como a idade dos personagens, faço um detalhamento para vocês.

Acontecimentos históricos	Data
Início da Terceira Guerra	6/6/2066
Impacto do meteorito Eros na Terra	30/12/2099
Final da Terceira Guerra	31/12/2099
Nascimento do planeta Verty e fim da ex-Terra	1/1/2100

Eras de Verty	Ano	Idade dos perso- nagens	Referência de idade dos vertynianos para os terráqueos
Berçário	2100 – 2150	0 – 50	0 aos 5
Clinicário	2151 – 2200	51 – 100	6 aos 10
Traidário	2201 – 2400	101 – 300	11 aos 30
Judiciário	2401 – 2500	301 – 400	31 aos 40
Hospedário	2501 – 2800	401 – 700	41 aos 70
Libertário	2801 – 3000	701 – 900	71 aos 90

Idade de vida

Após o final da Terceira Guerra, cada novo habitante de Verty, enquanto feto no período gestacional, tem um chip instalado em seu cérebro, que altera sua estrutura de DNA, aumentando o tempo de vida de suas células e consequentemente oferecendo mais anos de vida ao recém-nascido. Portanto, os vertynianos vivem mais, mas não são imortais. A imortalidade é um projeto do Rei X, mas ainda está em fase de desenvolvimento, com o doutor Kozlov, o melhor médico cientista da galáxia.

Tempo

É fundamental esclarecer também que, após o encontro do meteorito com a ex-Terra, no dia 31 de dezembro de 2099, devido ao choque ocorrido, o planeta sofreu uma drástica redução do seu tempo de rotação, ou seja, o movimento rotacional que o planeta dá em torno de si mesmo. Isso fez com que o planeta girasse mais lentamente e os dias e as noites tivessem maior duração.

Portanto, a forma como eram conhecidos os segundos, os minutos e as horas também teve uma modificação considerável. Cada minuto passou a ter 100 segundos, e cada hora, 100 minutos.

Tempo	ex-Terra	Verty
1 minuto	60 segundos	100 segundos
1 hora	60 minutos	100 minutos

Os novos dias de Verty, que antes na ex-Terra tinham 24 horas, agora duram 40 horas (considerando o cálculo de cada minuto ter 60 segundos, e cada hora 60 minutos). Os meses e anos não tiveram alteração, continuaram a seguir o mesmo formato organizacional de janeiro a dezembro, como as estações do ano, que permaneceram idênticas.

Para um fácil entendimento da mudança de tempo rotacional de Verty, basta dividir 40 horas por 24 horas, para se ter a real noção. Fazendo o cálculo, chega-se à conclusão de que Verty gira 167% mais lentamente do que a ex-Terra. Mas não se preocupem, queridos irmãos, pois essa mudança não altera em nada o dia a dia dos vertynianos. Para você, terráqueo, a única sensação que teria é de que os dias e as noites seriam mais longos, podendo ser usufruídos de diversas outras formas; e de que o tempo poderia ser mais bem aproveitado.

Pelo fato de o tempo passar mais devagar, cada fase da vida dos vertynianos é saboreada de forma mais lenta e gradativa, praticamente em *slow motion* para você, terráqueo. É por isso que os vertynianos são seres mais desenvolvidos.

Em linhas gerais, o Rei X diz que cada vertyniano tem dez vezes mais tempo do que os terráqueos para desenvolver suas capacidades motoras e intelectuais. Uma criança vertyniana de cinquenta anos tem dez vezes mais idade do que uma criança terráquea de apenas cinco anos.

Imagine viver uma infância de 120 anos em vez de apenas doze? Quantos aprendizados nessa importante fase uma criança poderia acumular em sua trajetória? Agora considere um jovem adulto da ex-Terra, que tinha sua fase de juventude entre 15 e 29 anos, tendo o total de catorze anos para gozar desse glorioso período único. Em Verty, esse mesmo jovem goza de um total de 140 anos para aproveitar sua doce juventude.

O Grande Hub: mãe protetora
A única inteligência artificial de Verty

Após a experiência desastrosa da ex-Terra, em que a inteligência artificial descontrolada levou a um efeito distópico, um caos social e quase à destruição completa da humanidade, o Rei X determinou que a história não se repetiria em Verty. Consciente dos perigos que a IA pode apresentar, o Rei X, sob orientação divina do deus Eros, tomou medidas rígidas para garantir que a inteligência artificial iria servir agora apenas aos interesses e ao bem-estar dos vertynianos.

Em Verty, existe apenas uma única inteligência artificial, conhecida como o Grande Hub. Essa IA central atua como o núcleo de todas as operações tecnológicas, monitorando desde a Comunicação Telepática (CT) até a administração de dados, segurança e infraestrutura do planeta. No entanto, ao contrário das IAs autônomas e independentes que se proliferaram na ex-Terra e causaram o caos generalizado, o Grande Hub é inteiramente controlado por humanos – o próprio Rei X e seus conselheiros.

Controle humano e orientação divina do deus Eros

O Rei X, com sua sabedoria inigualável e guiado pelas instruções divinas de Eros, mantém o controle total sobre o Grande Hub. Todas as suas operações e decisões são supervisionadas diretamente pelo Rei, garantindo que a IA funcione apenas dentro dos parâmetros estabelecidos e nunca aja contra os interesses da sociedade vertyniana. Assim, o Grande Hub não possui autonomia para tomar decisões por conta própria; suas ações são sempre orientadas pela visão do Rei X e pelos princípios contidos nas Escrituras Sagradas.

Para evitar qualquer possibilidade de repetição do colapso causado pela IA na ex-Terra, o Rei X implementou várias camadas de segurança e controle humano:

1. Supervisão direta e constante: o Grande Hub é monitorado continuamente por um grupo seleto de conselheiros leais ao Rei X, que atuam como guardiões dos sistemas, garantindo que todos os processos sejam transparentes e seguros.
2. Regulações rígidas e princípios éticos: o uso da IA é rigorosamente regulado, com regras claras que proíbem qualquer forma de tomada de decisão autônoma que possa comprometer a segurança, a privacidade ou a liberdade dos habitantes de Verty.
3. Instruções divinas como guia: todas as ações da IA são fundamentadas nas orientações divinas de Eros, que fornecem um código ético absoluto para garantir que a tecnologia seja sempre utilizada para o bem comum e para o progresso harmonioso da sociedade.
4. Restrições à evolução autônoma: diferentemente das IAs da ex-Terra, que evoluíram de maneira descontrolada sem regulamentações, o Grande Hub é projetado para não desenvolver autonomia ou capacidade de autoaprendizado que escape ao controle humano. Toda e qualquer atualização ou modificação é realizada apenas sob a supervisão direta do Rei X e de seus seis conselheiros.

Segurança garantida e ausência de riscos

Graças a essas medidas preventivas e ao controle estrito do Grande Hub pelo Rei X, a inteligência artificial em Verty é vista não como uma ameaça, mas como uma ferramenta poderosa para garantir o bem-estar, a segurança e a prosperidade de todos os habitantes. Ao garantir que a IA permaneça sob controle humano e alinhada aos princípios divinos do deus Eros, o Rei X assegura que o Grande Hub nunca se tornará uma entidade autônoma capaz de ameaçar a sociedade, tal como ocorreu no nebuloso passado da ex-Terra.

Sendo assim, a IA em Verty não oferece risco de domínio ou opressão aos vertynianos. Pelo contrário, ela é vista como uma aliada essencial na busca pela evolução e aperfeiçoamento da civilização, sempre servindo ao propósito maior de uma sociedade justa, equilibrada e harmoniosa.

A experiência distópica da ex-Terra com a IA ensinou uma valiosa lição: a tecnologia, quando mal gerida, pode se tornar uma força de destruição. Em Verty, o Rei X, orientado pelo deus Eros, aprendeu com os erros do passado e assegurou que a IA nunca mais será uma ameaça. Com o Grande Hub sob controle estrito e humano, a sociedade de Verty está protegida de qualquer risco de subjugação tecnológica, garantindo um futuro próspero e seguro para todos os seus habitantes.

Comunicação Telepática (CT)

A Comunicação Telepática existe desde a existência do ser humano, sendo anteriormente definida como um fenômeno raro. Classificada como percepção extrassensorial, apenas poucos humanos superdotados tinham acesso a ela na ex-Terra. Basicamente, o funcionamento da CT ocorre da seguinte forma: a informação é recebida através de ondas cerebrais invisíveis, sem a utilização de nenhuma comunicação direta verbal ou não verbal (fala, gestos, toque ou expressões faciais) e sem delimitação de distância.

Na década de 2050, antes do início da Terceira Guerra, um grande líder da Social Media, juntamente com o avô do Rei X, criou uma nova tecnologia baseada na inserção de chips cerebrais, que davam aos humanos a capacidade de se comunicarem telepaticamente com outros humanos que também tivessem um chip instalado em seu cérebro. Na realidade, muito antes dessa data, na década de 2020, o avô do Rei X já havia dado início à inserção de chips cerebrais em humanos. Com os chips instalados, os humanos já podiam controlar seus obsoletos aparelhos eletrônicos, como computadores, celulares, televisores, entre outros. Era dito que os chips também poderiam ser usados no tratamento de diversos distúrbios neurológicos e doenças.

A ideia inicial era muito positiva. A CT foi criada para auxiliar o ser humano a se comunicar com mais agilidade sem depender da localização física ou da emissão da voz. Porém, desde que o avô do Rei X se juntou a esse grande líder da Social Media, expandiu a tecnologia e o acesso do implante do chip cerebral para milhões de seres humanos. Houve então um erro na programação desses chips, invadidos por hackers, que causou um evento caótico de ódio disseminado, que não pôde ser controlado. A CT, que antes seria uma forma positiva de comunicação, virou, na realidade, um verdadeiro colapso de insultos mentais violentos. Sem nenhum controle ou filtro, as pessoas agrediam umas às outras, e o ódio tomou conta.

Sem que o líder da Social Media ou o avô do Rei X pudessem ter controle, as pessoas começaram então a sair pelas ruas, enlouquecidas pelo alvoroço de tantas vozes em suas mentes, milhões de pessoas disseminando ódio e agressões umas às outras. Infelizmente, naquela época, nem o líder da Social Media nem o avô do Rei X haviam colocado filtros de segurança para o controle da CT, gerando a disseminação do caos.

Milhares de pessoas foram mortas e presas. Algumas acabaram se suicidando, devido à falta de controle das vozes telepáticas agressivas em suas mentes, entre elas pessoas famosas, políticos, religiosos e celebridades.

Consequentemente, o experimento da inserção dos chips e da Comunicação Telepática foi cancelado. Apenas durante a Terceira Guerra o experimento de implante de chips foi reativado aos soldados da grande potência mundial, a fim de que pudessem interagir uns com os outros de forma mais ágil e eficaz. Dessa vez, já mais aprimorada e com segurança criptografada, a CT foi utilizada também para espionar inimigos na Guerra, a fim de descobrir suas estratégias.

Ao final da Terceira Guerra, o Rei X, junto ao seu grande amigo doutor Kozlov, aprimorou ainda mais a tecnologia dos chips cerebrais e definiu que todos os seres humanos, os novos vertynianos, teriam o chip instalado em seus cérebros ainda enquanto fetos, para que desde o nascimento já pudessem se comunicar telepaticamente uns com os outros. Porém, dessa vez, com todas as recomendações de segurança necessárias, a fim de que nenhum tipo de agressão pudesse ser feita a desconhecidos. O acesso era também monitorado pelo Grande Hub e, assim, oferecia proteção a qualquer cidadão de Verty. Obviamente cada um poderia também controlar de forma mais eficaz a CT, permitindo ou não o recebimento de mensagens inconvenientes, podendo bloquear o acesso daqueles com quem não queriam ter contato.

O Rei X dizia que tudo o que ocorrera no passado serviu para aprendizado e evolução dos vertynianos e que, mesmo que milhões de terráqueos tenham sido mortos, serviram como um processo de evolução de sua própria espécie.

Teletransporte

O teletransporte não era autorizado para crianças até os seus 180 anos, com exceção de quando aprovado esporadicamente, uma vez ou outra, para determinado evento solicitado pelos pais, ou quando, por exemplo, um adolescente precisava ser emancipado para sua maioridade, e aí sim tinha direito completo ao teletransporte.

Família

De acordo com as Escrituras Sagradas de Eros, e com o total consentimento do Rei X, família era algo sagrado em Verty. Entende-se família como um agrupamento por parentesco de sangue ou não, o qual dá afinidade às pessoas que convivem juntas, assim uma protege a outra em razão do sentimento de afeto, carinho e pertencimento ao grupo. Deve ser formada pelo pai e pela mãe, unidos por matrimônio, e por um ou mais filhos, compondo uma família nuclear ou elementar, seguindo e amando Eros e seus 433 mandamentos.

Saúde

A saúde é assim apresentada como um valor coletivo de direito a todos os vertynianos, de forma cem por cento gratuita. Um estado de completo bem-estar físico, mental e social, e não somente ausência de afecções e enfermidades.

Educação

Educação é o ato de educar, de instruir, é polidez, disciplinamento. No seu sentido mais amplo, educação significa o meio pelo qual os hábitos, costumes e valores de uma comunidade são transferidos de uma geração para a seguinte. A educação vai se formando através de situações presenciadas e experiências vividas por cada indivíduo ao longo da sua vida. O conceito de educação engloba o nível de cortesia, delicadeza e civilidade demonstrado por um indivíduo e a sua capacidade de socialização.

Em Verty, todos os habitantes possuem acesso à educação desde seus primeiros anos de vida, de forma cem por cento gratuita. A forma e o conteúdo de ensino são similares em qualquer parte de Verty, independentemente de países e/ou cidades. Com exceção das matérias disciplinares, que podem sofrer alterações, existe apenas uma matéria considerada mandatória em qualquer instituição de ensino vertyniana, a "Eroscentrismo". Nesse tópico são ensinados a todos os alunos a história do deus Eros, sua filosofia e seus preceitos, que devem ser seguidos e respeitados.

Religião

Existe apenas um deus em Verty, e seu nome é Eros. Sua existência somente é possível graças ao meteorito Eros 433. Por iluminação e intermédio de Eros, o Rei X foi seu instrumento para redigir as Escrituras Sagradas. O Rei X, seus fiéis conselheiros e os demais súditos são fiéis a Eros e aos seus 433 mandamentos.

Trabalho

Os vertynianos não possuem uma carga horária de trabalho como na ex-Terra. A semana tem sete dias, porém trabalham-se três dias e descansam-se quatro. Portanto, existem quatro dias santos e livres para repouso: quinta, sexta, sábado e domingo. Nesses dias, o trabalho é estritamente proibido. Cada habitante de Verty deve focar seu tempo em atividades de lazer, esporte, bem-estar e fé para si e suas famílias, sendo que, aos sábados e domingos, devem passar o dia dedicando-se ao estudo das Escrituras Sagradas e frequentando os cultos nos templos pela manhã. Esses dois dias santos dedicados às práticas de fé foram renomeados, respectivamente, "Eros-Saturni" e "Eros-Solis". A nomenclatura para os demais dias da semana manteve-se a mesma.

O Rei cumpria com sua promessa de nunca faltar emprego em Verty, e não existe taxa de desemprego. O posto de "Líder de Eros" nas mesquitas é o mais desejado e concorrido entre os vertynianos.

Classes sociais

Não existem classes sociais porque não existem ricos ou pobres, tal qual havia na ex-Terra. Todos são verdadeiros súditos do Rei, pertencentes à mesma classe social e com os mesmos direitos humanos básicos de saúde, educação, alimentação, segurança, liberdade de expressão, de acordo com as Escrituras Sagradas de Eros, e culto. Sendo esse último qualquer ato ou cerimônia que seja evidentemente relacionado a Eros. Tudo a fim de viverem em uma sociedade homogeneamente equilibrada.

Assim que nasce, cada vertyniano possui um crédito igual de cem pontos. Durante sua vida, cada habitante, sendo um súdito leal ao Rei, deve manter sua pontuação acima de setenta. Cada habitante adquire novos pontos através de serviços e trabalhos em prol do reinado, e gasta seus pontos no dia a dia para compras de supermercado, custos de moradia etc.

Todas as casas são idênticas, como um sistema socialista, porém com um Rei supremo governante.

A única exceção para tal regra são os familiares e os conselheiros do Rei X, que, por servirem ao Rei e ao deus supremo Eros, possuem certos benefícios especiais, a fim de que possam exercer suas tarefas adequadamente e cumprir sua missão a serviço do bem maior.

Moradia

Não há mais prédios e todos moram em mansões similares umas às outras, a fim de promoverem a igualdade. Uma mansão padrão de um habitante de Verty deve ter em média entre mil e quinhentos a três mil metros quadrados, no máximo, com direito a cozinha, sala de estudos, sala de jantar, sala para receber visitas, sala de jogos, quartos, banheiros, jardins ou horta, quadras esportivas, academia, piscina, jacuzzi, sauna, SPA, cinema, biblioteca, entre outros cômodos. Obviamente cada vertyniano pode customizar sua casa da forma que mais lhe convenha, de acordo com a região em que mora e com a variedade de móveis que desejar. Por exemplo, uma moradia mais urbana é bem diferente de uma casa à beira-mar, que também é diferente de uma casa nos alpes. Isso traz igualdade e respeito a todos os habitantes, já que não existem pessoas habitando em residências desproporcionais, de tamanho nem muito maior nem muito menor, como ocorria injustamente na ex-Terra. O fundamental exigido pelas normas da realeza é apenas que cada casa tenha ao menos uma singela capela devocional a Eros, para os momentos de suas orações diurnas e noturnas. Alguns lares podem ter inclusive mais de uma capela, se assim os moradores desejarem.

Alimentação

Todos os habitantes de Verty se alimentam de pílulas que contêm todos os nutrientes necessários para sua sobrevivência, incluindo vitaminas e sais minerais. Essa é a alimentação diária de todos os habitantes, incluindo bebês, crianças e adultos. As mães não precisam mais amamentar seus filhos quando nascem, já que 99% deles são gerados através do "útero fecundador".
    Os vertynianos bebem cerca de dez litros de água por dia. Consomem também sucos, chás, café e bebidas alcoólicas, no caso dos maiores de idade.

Expressão cultural em Verty

Em Verty, a arte e a expressão cultural não são apenas formas de entretenimento, mas pilares essenciais que sustentam a identidade social. A arte é vista como uma manifestação prioritária da identidade cultural e um reflexo de beleza, sofisticação e evolução da sociedade. Sob influência direta do Rei X, um amante fervoroso das artes, a cultura de Verty floresceu com um apreço profundo por todas as formas de expressão artística, incluindo música, pintura, teatro, dança e moda. O próprio Rei X, inspirado por grandes marcas de luxo da ex-Terra, como Gucci, Coco Chanel, Versace e outras, estabeleceu um padrão artístico único, no qual a estética e a opulência desempenham papéis centrais.

Através da influência do Rei X e sua paixão por luxo, criatividade e sofisticação, a cultura vertyniana celebra a beleza, a inovação e o respeito ao legado artístico da ex-Terra, garantindo que a expressão cultural continue a evoluir e prosperar nesse novo mundo.

Formas de arte

MODA COMO ARTE VIVA

A moda em Verty transcende o vestuário e é tratada como uma forma de arte viva, uma expressão tangível de criatividade e identidade cultural. Inspirados pela paixão do Rei X por marcas de luxo da ex-Terra, os habitantes de Verty veem suas roupas como um meio de autoexpressão e uma homenagem ao passado. Tecidos ricos, ornamentos complexos e detalhes minuciosos são incorporados em todas as peças, refletindo o gosto do Rei por um estilo extravagante e refinado.

Os estilistas de Verty são considerados verdadeiros artistas. Eles se inspiram na história da moda da ex-Terra e utilizam materiais sustentáveis e tecnologia avançada para criar peças únicas que misturam tradição e inovação. Desfiles de moda são eventos de grande importância cultural, onde as últimas criações são apresentadas em espetáculos performáticos que combinam música, dança e narrativas teatrais.

PINTURA E ESCULTURA

A pintura e a escultura em Verty são profundamente influenciadas pelo desejo de capturar a essência da beleza e da complexidade humana. Inspirados por todos os movimentos da história da arte da ex-Terra, desde a pré-história à idade contemporânea, incluindo a era atual denominada "Idade Vertyscentrista", altamente influenciada pelo luxo, os artistas vertynianos exploram o uso de cores vibrantes, formas exuberantes e detalhes minuciosos.

As obras de arte frequentemente retratam cenas grandiosas da história da ex-Terra e de Verty, incluindo eventos místicos relacionados ao deus Eros, ou celebrações da vida cotidiana dos súditos sob o reinado do Rei X. As esculturas, por sua vez, são frequentemente feitas de materiais preciosos, como mármore, ouro e cristal, refletindo a busca pela perfeição estética e o luxo que permeiam a sociedade.

TEATRO E PERFORMANCE

O teatro em Verty é uma fusão de tradição e inovação, em que peças clássicas da ex-Terra são reinterpretadas com novos elementos visuais e tecnológicos. O Rei X, admirador do teatro clássico, patrocina grandes produções que trazem ao palco histórias da mitologia do deus Eros, dramas políticos e romances épicos adaptados para o contexto vertyniano.

A performance teatral não se limita ao palco; as cidades frequentemente se tornam um grande cenário ao ar livre, onde atores performam em espaços públicos, interagindo com a população e criando experiências imersivas. A integração de holografia, realidade aumentada e efeitos especiais sofisticados transforma cada apresentação em um espetáculo visual de tirar o fôlego.

MÚSICA E DANÇA

A música é uma parte vital da cultura de Verty, abrangendo desde composições clássicas inspiradas em Mozart e Beethoven até gêneros contemporâneos únicos que misturam ritmos antigos com sons futuristas. Instrumentos tradicionais foram aprimorados com tecnologia avançada, gerando sons novos e inesperados, e instrumentos também foram criados, como a "flauta de cauda", um instrumento magnífico que mistura uma flauta com um piano de cauda, criado por um grande musicista de Verty. É necessário utilizar os membros inferiores e superiores e a própria boca para poder tocar tal instrumento, e o som produzido é simplesmente magnífico.

A dança, assim como a moda, é uma expressão do luxo e da sofisticação. Influenciada pela paixão do Rei X por balés da ex-Terra e estilos contemporâneos, a dança em Verty é executada com trajes elaborados que combinam elementos de alta-costura com design funcional. As coreografias são meticulosamente planejadas para transmitir narrativas complexas, seja celebrando o amor, a Guerra ou a história de Verty.

Cultura popular

EVENTOS CULTURAIS E FESTIVAIS

A vida cultural de Verty é pontuada por uma série de festivais divididos por décadas, muitos dos quais celebram o legado de luxo e criatividade da ex-Terra. Entre os mais importantes está o Festival de Eros, uma celebração das artes que acontece em homenagem ao deus Eros que reúne artistas, músicos, estilistas e dançarinos de toda a galáxia para apresentações e desfiles espetaculares.

Outro evento significativo é a "Semana da Moda Vertyniana", na qual as principais casas de moda apresentam suas coleções em desfiles luxuosos, seguidos de exposições e palestras sobre tendências de design, sustentabilidade e inovações tecnológicas no mundo da moda.

INFLUÊNCIA DA REALEZA

A paixão do Rei X pelas artes e marcas de luxo molda o gosto e o estilo da sociedade de Verty. Seus discursos frequentemente celebram o poder da beleza e da criatividade para elevar a alma e inspirar a sociedade a alcançar novas alturas. Essa influência é vista em todas as esferas da vida, nas quais a estética luxuosa e a elegância são profundamente valorizadas.

Museus dedicados ao legado artístico da ex-Terra são comuns, apresentando exposições permanentes e temporárias de obras de moda, pintura e escultura que refletem as eras passadas e a evolução contínua de Verty. Esses museus servem como centros de educação cultural, onde os jovens aprendem sobre a importância da expressão artística e sua conexão com a identidade vertyniana.

MÍDIA E ENTRETENIMENTO

A mídia em Verty também é profundamente influenciada por essa estética luxuosa. Programas de televisão, filmes e transmissões ao vivo são produzidos com um alto padrão visual, apresentando narrativas complexas e visuais requintados que honram a visão estética do Rei X.

Atividades físicas e esportes

As atividades físicas fazem parte do desenvolvimento humano. Seus benefícios começam com a sua prática na fase de infância. Todas as crianças, a partir de seus trinta anos de idade, devem praticar uma atividade física na escola. A calistenia é obrigatória no currículo escolar, promovendo saúde, disciplina e trabalho em equipe entre os estudantes. As atividades físicas devem ser exercidas também como parte da preparação física para possíveis combate e defesa do planeta, caso sejam necessários algum dia.

Teoricamente, todas as práticas esportivas existentes na ex-Terra estão presentes em Verty, com exceção das competições de armas, como tiro ao alvo, e qualquer outra que envolva armas de fogo. O porte de arma é proibido em Verty, com exceção da realeza e de seus soldados autorizados pelo Rei X, que devem estar sempre à disposição para proteção dos vertynianos.

Para um melhor desenvolvimento corporal ósseo, segundo os especialistas médicos, é indicado que as competições esportivas sejam sempre saudáveis e não agressivas. As competições também seguem as regras para que os homens respeitem as mulheres e vice-versa. Para maior proteção às mulheres, homens competem contra homens, e mulheres contra mulheres. Competições mistas são possíveis, mas não entram como condição para competições oficiais, como as Olimpíadas, que ocorrem a cada cinquenta anos. Há também algumas regras para as práticas esportivas, a fim de proteger o bem-estar e a segurança dos homens e das mulheres. Dessa forma, alguns esportes não podem ser praticados por homens e vice-versa.

Reprodução humana

O ato sexual é permitido a todos os vertynianos, porém apenas após o casamento e a bênção do reverendo, tal qual descrito nas Escrituras Sagradas e em alguns dos 433 mandamentos. Todo esse processo divinal evita situações degradantes como o aborto ou filhos indesejados, como ocorria na ex-Terra.

Os filhos são gerados através de "úteros fecundadores" externos controlados pela Mãe Protetora e não mais através dos úteros humanos. O Rei X criou essa opção a fim de que as mães tenham uma vida sem a obrigação de gestar o filho por nove meses em seu ventre e de realizar o parto normal ou a cesária, o que, na maioria das vezes, significava dores e intervenções médicas. Porém, essa não é uma regra obrigatória. As mulheres que optarem por ter seus filhos da maneira tradicional provinciana estão autorizadas. Só precisam solicitar a disjunção de suas trompas, que, desde que nascem, são juntadas.

Sono

Os vertynianos dormem uma média de treze a dezesseis horas. É fundamental para que suas células se regenerem dia a dia a fim de que possam ter uma média de vida entre oitocentos e mil anos.

Ar

O ar em Verty é 100% puro já que não existe mais poluição ou desmatamento, como na ex-Terra.

Vestimenta

Todo vestuário para os habitantes de Verty é confeccionado de maneira 100% sustentável. É proibido haver desperdício ou poluição na fabricação pelas indústrias têxteis. Verty possui um núcleo de renomados estilistas com talentos vindos de seus ancestrais da ex-Terra, passados de geração em geração, e que trabalhavam em prol do Rei X, garantindo que o belo e o luxo sejam as principais referências visuais para os vertynianos.

Apenas a realeza e seu círculo de pessoas definido pelo Rei X possuem criações exclusivas e únicas criadas apenas para determinadas ocasiões.

Higiene pessoal

Os vertynianos são responsáveis pela sua própria higiene diária. O Rei X solicitou ao doutor Kozlov que criasse alguma solução para que os vertynianos mantivessem seus corpos limpos por mais tempo, economizando tempo, água e produtos, desperdiçados em frequentes banhos diários. Doutor Kozlov teve uma brilhante ideia e conseguiu adicionar essa alteração ao DNA dos vertynianos, com a inserção do nanochip em seus cérebros, promovendo duas mudanças consideráveis. Seus corpos agora possuem muito menos pelos do que os terráqueos. Os pelos no corpo podem favorecer a retenção de umidade, o que pode contribuir para a proliferação de bactérias e fungos que causam mau odor. Além disso, ele alterou o hipotálamo, a região do cérebro que detecta que o corpo está a aquecer e que o faz suar, para que o processo fosse mais prolongado.

Dessa forma, um vertyniano agora toma em média um ou dois banhos quinzenalmente e utiliza muito mais perfumes e colônias.

Produtos em geral

Todos os produtos são produzidos de maneira 100% sustentável em Verty.

Estações do ano

Graças à intervenção do meteorito Eros 433, a temperatura de Verty é equilibrada durante todo o ano, respeitando as oscilações de cada estação do ano, e não mais sendo como uma estufa calorosamente insuportável de quase 50 graus, como a ex-Terra, ou fazendo invernos glaciais de −50 graus. Desde que parte do meteorito se chocou com Verty, a outra parte continua a circundar a órbita do planeta e atrai os raios de radiação e calor mais intensos do Sol, como um filtro de camada protetora. Algo como efeito similar ao da camada de ozônio da ex-Terra, antes de se corromper, até deixar de existir. Dessa forma, o meteorito de Eros protege Verty e faz com que seja um planeta agradável de se viver. Todos têm o prazer de usufruir e sentir cada estação do ano e suas peculiaridades específicas. O delicioso vento gelado do inverno, a brisa agradável do outono, o tempo ameno e equilibrado da primavera, com suas flores embelezando tudo ao redor. E, finalmente, o verão esquentando e animando seus corpos, quando todos sempre gozam de suas merecidas férias.

Governo Xsista (lê-se "equicista")

O Rei X, por intermédio do poder de Eros, criou essa nova forma governamental batizada de Governo Xsista. É um governo em prol da população que promove direitos igualitários para todos. Não existem mais ricos ou pobres, e sim uma sociedade unificada de um mesmo nível social padrão. De acordo com os livros de história do passado da ex-Terra, havia algo similar que se chamava socialismo e comunismo, mas era apenas uma bela teoria que nunca funcionou na prática para todos. Segundo o Rei X, o Xsismo é a mais evoluída e aprimorada forma de governo, jamais existente antes. Esse novo modelo de governo foi criado com base em uma visão divina que ele teve quando houve a experiência surpreendente do meteorito Eros 433.

Em seus discursos, o Rei X diz que, através da visão que teve do meteorito, sua missão de vida seria a de promover um governo de igualdade para todos, incluindo exercer e garantir os direitos humanos a toda a sociedade.

Meteorito Eros 433

Eros 433 é um asteroide real cujo nome foi dado em homenagem ao deus da mitologia grega, Eros. É um asteroide de "tipo S" com dimensões de aproximadamente $13 \times 13 \times 33$ km. É o segundo maior asteroide que passa próximo à Terra depois de 1036 Ganymed, ambos pertencentes ao grupo Amor. É um asteroide do tipo "Mars-crosser", pois foi o primeiro a ser identificado em órbita próxima a Marte. É um dos poucos asteroides com órbita também próxima à Terra com diâmetro maior que dez quilômetros. Acredita-se ser maior do que o que caiu na península de Yucatán formando a cratera de Chicxulub, ao qual é atribuída a extinção dos dinossauros.

Caldária de Verty

A Caldária de Verty situa-se bem no centro do planeta, onde todos os criminosos e inimigos do Rei X estão presos perpetuamente. Sua porta de entrada é atrás da gigante parede de geleira bem no topo do planeta, na região da Antártida.

Conexão vertyal

Todos os vertynianos são conectados neuronalmente ao Grande Hub através dos nanochips instalados em seus cérebros. Dessa forma, é possível que acessem todas as informações necessárias para se atualizarem sobre qualquer tipo de conteúdo, seja para informação, trabalho, saúde ou entretenimento. Tudo através de suas "telas mentais". Conexão Vertyal é similar à precária internet utilizada pelos terráqueos, conectando-os através de obsoletos aparelhos físicos a fim de se comunicarem e terem acesso à informação.

Vertyniano e seu desenvolvimento

O vertyniano é a perfeita e mais bela evolução do ex-terráqueo. São seres humanos, mas muito mais altos e com capacidades motoras e intelectuais cem vezes mais desenvolvidas do que os antigos habitantes da ex-Terra. Por serem altamente desenvolvidos, sua capacidade de aprendizado e assimilação de novos conteúdos e tarefas é muito maior. Por também terem uma vida mais longínqua que os antigos habitantes da ex-Terra, eles repetem seus aprendizados dez vezes mais, fixando os conteúdos e os aprendizados de forma superior. Não podemos dizer que são perfeitos, porém, comparados aos ex-habitantes da ex-Terra, sua taxa de erros é infinitamente menor do que dos terráqueos.

Idioma

A língua oficial falada em Verty é o vertinês. Devido ao chip instalado em seus cérebros quando ainda são fetos, os bebês nascem com a capacidade de entender tudo o que seus pais falam telepaticamente. Da mesma forma, são capazes de falar telepaticamente desde o seu primeiro dia de vida, sem precisar passar pela fase do aprendizado da fala como os antigos habitantes da ex-Terra. Sendo assim, desde que nascem, os bebês já podem ser matriculados em escolas para darem início a seus estudos.

Verty

Verty é o rebatizo da ex-Terra, proclamada pelo Rei X no dia 1º de janeiro de 2100. O Rei X não alterou o nome de nenhum país existente, nem suas culturas ou seus costumes.

Centauri B

Proxima Centauri B (também conhecido como Proxima B) é um exoplaneta que está orbitando dentro da zona habitável da estrela anã vermelha Proxima Centauri, a mais próxima do Sol. Ele está localizado a cerca de 4,2 anos-luz (1,3 parsecs, ou cerca de 40 trilhões de km) de distância da Terra, na constelação de Centaurus. Seu período orbital é de aproximadamente onze dias. É o exoplaneta conhecido mais próximo do Sistema Solar, bem como o exoplaneta potencialmente habitável mais próximo que se conhece.

No passado, na ex-Terra, alguns ancestrais do Rei X tinham planos de colonização do planeta Marte, o que não ocorreu, devido a intervenções divinas superiores alertando-os de que lá já havia outra civilização. Dessa forma, Centauri B apareceu em seguida como uma nova opção promissora.

Desde que foi colonizado pelo Rei X e por ter características similares e habitáveis tal qual Verty, Centauri B foi escolhido pelo Rei X para que todos os animais vivos, com exceção das aves e de alguns animais marinhos, fossem teletransportados para lá, a fim de poderem ter seu próprio habitat.

DVX

Remete aos números romanos 500, 5 e 10, que é o anagrama da palavra latina DUX, que significa líder, chefe. Tal força não possui gênero ou forma. É a maior força regente do Universo, responsável por cada partícula viva, desde um grão de areia a planetas, estrelas, galáxias, incluindo os buracos negros. Essa força suprema é o micro e o macro, presente em cada átomo, inclusive no ar que respiramos. Esse extraordinário poderio comanda todo e qualquer movimento do Universo, incluindo o tempo. É maior do que o próprio deus Eros e qualquer outro deus já existente.

CAPÍTULO 1
ANIVERSÁRIO DE SHELL

> "Quero cada vez mais aprender a ver como belo aquilo que é necessário nas coisas. *Amor-fati* [amor ao destino]: seja este, doravante, o meu amor! Não quero fazer guerra ao que é feio. Não quero acusar, não quero nem mesmo acusar os acusadores. Que minha única negação seja desviar o olhar! E, tudo somado e em suma: quero ser, algum dia, apenas alguém que diz Sim."
>
> Friedrich Nietzsche

Era o dia 1º de janeiro de 2400, e Shell comemoraria seu aniversário de trezentos anos. Ela era ainda uma jovem moça e iria realizar um dos feitos mais desejados de sua vida, há anos tão esperado. Em momentos, ela perderia sua doce e sagrada virgindade com a pessoa que mais amava.

Afinal, vinda de uma família tradicional e pura, sua mãe sempre lhe ensinara que o ato de procriação, denominado por alguns como meramente coito ou sexo, só poderia ser consumado como um ato de amor após o casamento. Caso contrário, ela corromperia as normas sagradas e entraria para o mundo do pecado. Mas fiquem tranquilos, porque Shell estava amando como nunca havia amado ninguém na vida, e, segundo seus olhos, sua amada tinha a alma mais pura e angelical que já havia encontrado. Além da comemoração do aniversário de Shell, hoje seria finalmente o dia de seu casamento.

Shell havia chegado à casa de Oswald às 15h, para ajudá-lo a preparar a decoração da festa, já que os convidados começariam a chegar às 21h, e para que Oswald a ajudasse com todo os apetrechos de sua vestimenta. Ela estava um tanto quanto ansiosa e já havia devorado dez pílulas, sendo cinco delas de sobremesa, altamente calóricas. Tudo bem que hoje tinha uma desculpa, além de ser o seu aniversário, essa seria a primeira vez que todos se encontrariam depois de tantos anos após o trágico incidente no Coliseu. Além disso, os pais de Oswald tinham viajado, a fim de comemorar suas bodas de dinamite. Eles eram um dos poucos casais vindos da ex-Terra que chegavam a mais de cem anos de casamento, um verdadeiro feito de amor e cumplicidade.

De toda forma, o principal item já estava no bolso de Shell, a pílula *Cum40*, recentemente criada por Tulio, um dos amigos de Shell da Academia de Belas Artes. Ele havia desenvolvido essa pílula do prazer orgástico no laboratório clandestino de sua casa. Tal pílula permitia que a sensação do gozo perdurasse por um dia e uma noite inteiros, quarenta horas ininterruptas; um verdadeiro oásis do orgasmo. O acordo entre Shell e Tulio foi que ninguém jamais poderia saber que ela havia conseguido essa pílula, nem mesmo seus amigos próximos. Infelizmente algumas pessoas que a testaram haviam morrido de demasiado prazer, mas na maioria dos casos o seu efeito colateral fazia com que a pessoa dormisse por sete dias seguidos. Obviamente, sua comercialização estava proibida em Verty. Shell jurou a Tulio que, em nome de Eros, jamais contaria a ninguém sobre isso.

Shell e seus amigos se conheceram na época em que estudavam na Academia de Belas Artes de Gênova, uma das mais conceituadas e luxuosas de toda Verty, com capacidade para atrair apenas 0,01% da população da galáxia. Não era uma questão social que delimitava que uma pessoa viesse ou não a ser estudante da Academia. Segundo o que seus pais lhe contavam, era uma questão hereditária, uma herança de seus antepassados que os tornava merecedores desse presente. Afinal, foram eles, os seus ancestrais santificados, os desbravadores das maiores descobertas e evoluções da humanidade desde 2100, após o final da Terceira Guerra Mundial. Por isso seus pais lhe diziam que sempre deveriam ser muito gratos aos seus espíritos ancestrais, por estarem entre os escolhidos.

Mas voltemos à comemoração do aniversário de Shell. Seus convidados estavam quase chegando, e ela não via a hora de encontrar Sofie De Montmorency, sua preterida para esta noite sagrada tão especial. Com exceção de Shell, Sofie e Oswald, ninguém sabia que haveria a cerimônia secreta de casamento. No convite enviado mencionava-se apenas a comemoração de seu aniversário de trezentos anos. Na verdade, Shell preferiu manter em segredo, para que o Rei X não viesse a descobrir, já que ele definitivamente jamais aprovaria tal união, principalmente por ferir alguns dos mandamentos das Escrituras Sagradas.

Para garantir a segurança de todos os convidados, havia regras importantes a serem cumpridas. Não era possível que qualquer um se teletransportasse sem avisar para o local da festa e muito menos que adentrasse os lugares secretos que haviam sido preparados. A regra era clara: cada convidado poderia se teletransportar apenas para a frente do portão de entrada, onde Evoé Kozlov, com seus dois metros e quinze, sua sedosa tez de ébano e seu vestido Gucci semitransparente com notas de lilás, seria *hostess* e estaria encarregada de realizar a verificação da identidade de cada convidado da lista VIP.

Haviam sido instaladas câmeras em todos os ambientes, incluindo a garagem e a parte externa da casa, menos nos banheiros, mas neles não havia nada de especial. As câmeras transmitiam em tempo real tudo que estava ocorrendo para Shell e Oswald através de suas lentes oculares. Caso qualquer convidado infringisse as regras, os dois seriam alertados imediatamente, e o convidado seria expulso da festa.

Chen Tóngqíng foi a primeira a chegar. Pousou com sua carruagem vermelha conversível, portando um glamuroso vestido Versace, um colar e um par de brincos cravejados de esmeraldas e brilhantes, com design exclusivo pela renomada designer Paloma Picasso V. Chen, que havia acabado de retornar de sua performance em Paris, onde, pela primeira vez, tinha se apresentado para cem milhões de pessoas, depois do trágico incidente do passado no Coliseu, o qual estagnou sua carreira por décadas. Ela estava voando nas alturas de felicidade como um anjo querubim por tamanho sucesso e aclamação que tivera em sua performance. Mas, como não era um anjo, mas uma mera humana, havia voltado a tomar seus ansiolíticos, pois recentemente tivera uma crise, logo após Tody, seu cachorro robô de duzentos e cinquenta anos, que ela havia ganhado quando era criança, ter tido seu chip central danificado e precisado de um *reboot*.

Joseph Rossi foi o segundo. Dessa vez, ele quis surpreender a todos com seu novo estilo e visual adquiridos em sua viagem de dez anos sabáticos na Índia. Por uma hora e meia, veio de sua residência em cima de uma esplendorosa vaca branca, da raça Hallikar, considerada sagrada e uma das mais resistentes do mundo. Aidem Laicos, sua santificada vaca, trajava um suntuoso manto dourado sobre seu dorso, um lenço de seda chinesa avermelhado cobrindo seus chifres e, caindo bem por detrás de suas orelhas até o pescoço, uma enorme coroa de flores alaranjadas. Joseph trajava um modelo exclusivo de Valentino Garavani, criado especialmente para tal ocasião.

Joseph havia tido a expressa autorização de seu guru, Paranaish Gurilack, que era um dos quase únicos habitantes a ter posse de um animal sagrado em Verty, já que praticamente todos os animais haviam sido transferidos para outro planeta próximo, Centauri B, por ordens vindas do Rei X. No caso do guru, o Rei X o autorizara, pois Aidem era considerada um animal sagrado desde a época da ex-Terra, mas mesmo assim era a única vaca existente em toda a Índia, sendo que as demais estavam todas em Centauri B junto aos outros animais. O guru era seu tutor e a havia adestrado desde que era um filhote. Como tradição, ele também a batizou, e, para que não fossem esquecidos os tempos sombrios que foram vividos no passado, na época da Social Media, um dos estopins que deram início à Terceira Guerra Mundial, o guru deu-lhe o nome de "Aidem Laicos", a escrita da palavra Social Media de trás para a frente. Dessa forma, não poderiam acusá-lo de nada no futuro. Mas o que o guru e Joseph mais queriam era que esses tempos sombrios do passado jamais fossem esquecidos, ou melhor, que nenhum vertyniano repetisse tamanha atrocidade, tal qual os terráqueos haviam cometido uns contra os outros, quase exterminando a própria raça.

Carlitos Pimentel e Sofie De Montmorency chegaram simultaneamente, ambos preferindo se teletransportar de suas residências em vez de ostentarem qualquer tipo de meio de transporte. Sofie vinda de Paris, e Carlitos do Vale de Núria na Catalunha. Ele trajava um despojado modelo Alexander McQueen e uma corrente de ouro branco com diamantes cravejados com o símbolo do Vale de Nuria, sua terra natal. Já ela se entrajava de um vestido branco Chanel, marca essa pela qual era apaixonada, já que era a perfumista oficial da fragrância número um do mundo, o Black Chanel 666.

Oswald tinha um porte esguio elegante e preferia trajes mais clássicos. Podemos dizer que, se não fosse um esplêndido musicista, ele teria todo o talento para ser um estilista de requinte. Seu gosto sempre fora apurado, não ousava para si, mas para os outros. Nesse dia em especial, não poderia ser diferente, já que sua melhor amiga, além de estar completando trezentos anos, iria também se casar secretamente. Dessa forma, com todo o amor e a ternura que sentia por ela, Oswald havia ajudado Shell em seu especial traje festivo entre as pouquíssimas opções que ela havia gostado, já que era muito exigente e difícil de agradar, dizendo que seu corpo não era adequado para a sociedade vertyniana, sentindo-se um peixe fora d'água ou, de acordo com suas palavras, uma "ofuscante baleia prenha". Shell sempre utilizava esse tipo de humor para se descrever e fazer todos darem risada, mas Oswald sabia como ela se sentia por dentro e o quanto ela mesma se maltratava. Por isso, ele se doou o máximo que pôde para que ela se sentisse realizada nesse dia tão especial.

Ao final de seu trabalho como figurinista, Shell estava simplesmente deslumbrante; antes sempre vista como uma doce e colorida menina, agora exibia pela primeira vez sua sensualidade por baixo de sua alma ingênua. Shell ousava por completo, como nunca seus amigos haviam visto. Trajava um belíssimo vestido Burberry cor-de-rosa decotado, com a armação de saia de crinolete, formato de gaiola usado muito antigamente nos períodos monárquicos da ex-Terra, no século XIX. Por debaixo, ela calçava um clássico tênis de cano alto Giuseppe Zanotti com uma biqueira de couro preto aveludado e seu fechamento lateral metálico dourado com zíper, com um detalhe dourado reversível na lingueta, e o solado de borracha preta com uma plataforma oculta revestida de couro completa, transformando-o em um perfeito modelo esportivo chique.

Enquanto isso, Oswald havia decidido vestir um clássico modelo Ferragamo branco, calçando um mocassim azul aveludado da mesma marca. Oswald havia se esquecido de tomar sua pílula de *macarroni&cheese* no almoço e chegou um pouco anêmico e irritado, perguntando a Evoé se ela teria alguma outra pílula alimentícia disponível, pois estava com medo de desmaiar. Afinal, ele havia tomado a sua última pílula de *chickentortilla* na noite anterior e estava em jejum intermitente há mais de dezesseis horas. Seu grau de irritação era normalmente terrível, mas dessa vez estava insuportável, quase violento.

Aos poucos, os demais convidados iam chegando, até que Amanda McCarter e Tulio Zigman fizeram a entrada derradeira triunfal, em sua carruagem de ouro com diamantes, apelidada por eles de Lindsay Carry. Fora presente do Rei X, pai de Amanda, que a havia adquirido no último leilão beneficente em Gênova. Era uma carruagem de ouro maciço, construída em 1762 na ex-Terra pelo Rei George III, nas oficinas de Samuel Butler em Londres, e que havia sido utilizada pela família Real Britânica em todas as coroações desde George IV, mas que hoje serviria apenas a eles dois. Quando o Rei X a adquiriu para presentear Amanda, mandou cravejá-la com 666 diamantes.

Tulio e Amanda estavam radiantes, ainda gozavam de seu período de lua de mel. Em especial Tulio, por causa de seu sonho antigo, que finalmente havia alcançado, de se tornar um membro da realeza, mesmo sabendo que pagaria um alto preço por isso, bem como lidaria com consequências não tão adocicadas quanto às de sua lua de mel, que em breve saborearia. Belo como sempre e nada clássico, Tulio trajava um moderno modelo Balenciaga, enquanto sua esposa, a Princesa de Verty, ostentava um exclusivo McCarter que ela mesma havia desenhado e feito sob medida para seu perfeito e acinturado corpo. Amanda era uma das estilistas mais renomadas de toda a Verty, apesar de algumas más línguas dizerem que sua marca era quase uma imitação da Versace, devido ao estilo e ao design extravagantes.

CAPÍTULO 2
A FESTA

*Que tal uma taça de espumante demi-sec ao som de "Odara",
de Caetano Veloso, seguida por "She", de Elvis Costello,
para comemorarmos a vida e o amor?*

Eram 30h99 e todos os convidados já haviam chegado. No salão principal tocava uma música que convocava todos à dança. Seus versos se repetiam, com uma voz suave, mas incisiva, cuja melodia pedia a eles que dançassem e ao mesmo tempo permitia a dança. O cantor, cuja procedência era desconhecida pelos vertynianos, mencionava algumas palavras estranhas como "odara" e "cuca", que traziam uma sensação cinestésica e de sedução inexplicáveis, quase como um transe, apesar de eles não saberem seus significados.

Shell dançava fervorosamente com seu melhor amigo, Oswald. Ambos já estavam sob o efeito alcoólico que ia se dissipando em seus corpos, apesar de degustarem, entre uma dança e outra, pílulas alimentícias de canapés de gaspacho e torta de cheesecake de framboesas que Evoé havia preparado para essa noite tão especial. Shell e seus amigos simplesmente não resistiam a essas deliciosas tentações. Evoé era uma das melhores e mais conceituadas chefs alquimistas de pílulas alimentícias de toda a Verty.

Entremeando os prazeres da dança e do paladar alimentício e alcóolico, de repente a música parou, e Shell avistou sua amada de longe, bem no alto do salão. Nessa hora, a música "She", de Elvis Costello, começou a tocar; a mesma canção que Shell e sua amada escutaram quando se beijaram pela primeira vez.

Sofie De Montmorency estava deslumbrante. Seu vestido branco Chanel possuía detalhes brilhantes na cor dourada, em linhas que o circundavam, como os anéis de Saturno, ostentando cada curva torneada de seu belo corpo. Seus sapatos eram de cristal, com o solado vermelho e vibrante. Seus brincos eram singelas pérolas. Suas madeixas louras onduladas esvoaçavam por debaixo de um lenço de seda rosa, com a gravura da Princesa Diana pintada a mão por um renomado artista britânico da ex-Terra.

Delicadamente, tal qual uma nobre princesa, Sofie começou a descer a escadaria principal do salão, enquanto a verdadeira Princesa Amanda a olhava com desdém.

Rapidamente, Shell se moveu pelo salão até chegar ao final da escadaria para aguardar Sofie. Enquanto esperava, fitava-a apaixonadamente, e um filme passava em sua cabeça. Ela não acreditava que finalmente esse dia havia chegado. Foram tantos anos de espera, que Shell chegou até a desacreditar que esse momento pudesse se realizar. Em seus pensamentos, ela agradecia muito a Sofie por não ter desistido desse sonho e por ter aguardado todas essas décadas.

Inesperadamente, Shell sentiu um sussurro telepático, seguido de um aroma terroso de colônia do deserto. Virou-se e, diante de seus olhos, bem ao seu lado e de forma nada prazerosa, avistou Tulio Zigman. Com aquela sua voz telepática rouca e nebulosa, começou a caçoar desse seu momento especial, alertou-a de que essa relação estava fadada ao fracasso. Alfinetando ainda mais, disse: "Onde já se viu uma moça tão elegante como Sofie querer casar-se com alguém tão sem graça como você? Que ser estranho, completamente fracassado, precisa de uma pílula *Cum40* para garantir que sentirá o máximo de prazer? Somente um ser perdedor como você, Shell".

Tulio estava ali naquele momento especial de comemoração, somente porque havia se casado com Amanda McCarter, filha do Rei X e irmã de Shell. O "traste" do Tulio, como dizia Shell, só havia se casado com Amanda graças à ajuda que ela lhe dera na época da Academia, incentivando Amanda a sair para jantar com ele. Ah, e também por ele ter fornecido a tal da pílula *Cum40*, que somente lhe deu porque Shell o havia chantageado, dizendo que contaria alguns de seus podres a Amanda, caso ele lhe negasse a pílula do prazer.

A verdade é que Shell sentia muito medo, já que seria a primeira vez que teria uma relação sexual, justamente com a pessoa que mais amava. Ela tinha medo de não corresponder às expectativas sexuais de Sofie, de não ter um bom desempenho ou até de simplesmente não sentir ou dar prazer algum. Resumidamente, tinha aflição só de pensar que poderia falhar. Ela havia sempre sido ensinada desde pequena por seus pais que a mulher era a que deveria dar prazer ao seu parceiro, e mesmo Sofie sendo mulher, a regra em sua cabeça era a mesma, e não o contrário. De toda forma, hoje Shell teria a noite mais especial de sua vida, e por esse motivo ela iria tomar a pílula *Cum40*. Caso contrário, se não fosse por esses motivos, Shell jamais teria convidado Tulio para sua festa.

De todo modo, para não causar nenhuma intriga, e para não perder seu tempo destinado à celebração e à sua amada, Shell ignorou as palavras degradantes de Tulio, retribuindo-as apenas com um falso sorriso do orifício arredondado de sua boca, e virou-se de volta à escadaria para aguardar Sofie.

Às 39h99, estavam todos a postos, quando então começaram a escutar as badaladas do sino. Após as vinte badaladas, era o momento para a entrada no *secret room*, que Oswald havia preparado apenas para os sete integrantes e a convidada e noiva especial da noite, para a celebração secreta do matrimônio.

Havia chegado o grande momento...

CAPÍTULO 3
O QUARTO BRANCO

"Mas, se alguém julga que trata dignamente a sua virgem, se tiver passado a flor da idade e, se for necessário, que faça o que quiser; não pequem; casem-se."
Trechos das Escrituras Sagradas de Eros

Era praticamente tudo branco e opaco, desde o piso, as cortinas, as camas e os móveis. Apenas algumas pinturas da época do Renascimento coloriam o dormitório. Uma luz negra fluorescente era a única iluminação do ambiente, de modo que conseguiam enxergar uns aos outros, porém, com certa nebulosidade, com exceção de Shell, que, por seu vestido Burberry cor-de-rosa, era a que mais aparecia devido ao reflexo da luz negra rebatendo no tecido. Amanda, Tulio e Sofie não estavam no quarto.

O odor de enxofre que envolvia o ambiente era tão forte, que fazia com que os olhos de todos lacrimejassem, enquanto aos poucos iam acordando, ainda meio dopados. Suas bocas estavam secas, a ponto de não terem sequer a umidade da própria saliva. A sensação térmica era simplesmente infernal.

Carlitos tentou se levantar da cama, mas caiu de joelhos no chão e, em seguida, deu um forte grito telepático. Foi quando percebeu que seus membros inferiores estavam envoltos por um manto branco e não sentia os seus pés. Uma poça de sangue formou-se ao seu redor, encharcando o manto branco e espalhando-se pelo chão. Todos se entreolharam perplexos e perceberam que também havia faixas brancas encobrindo suas pernas e membros inferiores. Eles também não sentiam os pés.

    Joseph, que estava mais próximo, na cama ao lado, desceu utilizando suas mãos e, engatinhando, se aproximou e começou a secar a poça de sangue com o lençol. Carlitos estava trêmulo, porém calado, apenas acompanhando com os olhos os movimentos de Joseph e, assobiando, esvaziava o ar de seus pulmões e inspirava novamente o máximo que podia. Assim ia alternando as respirações ofegantes com assobios para se acalmar, quando, de repente, ouviram o estridente ranger da maçaneta da porta.

    Uma senhora de mais ou menos 800 anos, com cabelos grisalhos, longos e ondulados, abriu a porta do quarto. Silenciosamente, entregou uma caixa para cada um. Sem que tivessem tempo de lhe perguntar qualquer coisa, ela sumiu, saindo rapidamente pela mesma porta pela qual havia adentrado no quarto. Estranhamente, ela parecia deslizar pelo chão de mármore.

    Havia cinco caixas de cores diferentes, mas todas do mesmo tamanho e peso e com um laço preto. A caixa de Shell era azul-clara. Ela então percebeu que havia um bilhete no laço e uma pequena lanterna. De repente ela sentiu as mãos frias de Chen tocando seu braço. Chen já havia aberto sua caixa e lido o bilhete. Lágrimas escorriam de seus olhos, ao longo de seu belo rosto oriental.

    Em seguida, Oswald e Carlitos também choravam e se abraçavam, enquanto Joseph, imóvel, não entendia ao certo o que estava acontecendo.

    Todos então se entreolharam e começaram a conversar telepaticamente, vendo se alguém teria alguma ideia do que poderiam fazer, uma alternativa ou solução, qualquer coisa que pudesse salvá-los daquele destino cruel, ao qual estavam fadados.

Eles não conseguiam entender ao certo o que estava acontecendo, só tinham duas certezas:

1. O teletransporte não estava funcionando, ou seja, todos eles estavam definitivamente aprisionados no quarto.
2. O efeito da droga injetada em suas veias enquanto dormiam começaria a fazer efeito em seus corpos a qualquer instante.

Enquanto todos se dilaceravam com palavras de desespero, sem nenhuma conclusão, tomados pelo pânico do momento, Shell acendeu a lanterna e decidiu abrir sua caixa silenciosamente. Após abri-la, ler o bilhete e ver o que havia dentro, tentou engolir a saliva amarga inexistente de sua boca e sentiu um profundo aperto em seu peito.

Em seguida, Shell olhou para baixo e viu que havia uma mancha de sangue escorrida próximo a seus pés, que havia vazado por debaixo da faixa branca.

Restavam apenas 666 minutos...

CAPÍTULO 4
PRINCESA DE VERTY

PARTE 1

*"Cada ser humano deveria ser a realização
de uma profecia, a concretização de um ideal,
seja na mente de Deus ou do Homem."*
Oscar Wilde

Não houve ninguém mais desejada e esperada do que ela, segundo o Rei X. Afinal, Amanda era a segunda geração desde que o avô havia dado início ao plano de comandar o planeta e salvar a humanidade, ainda na ex-Terra.

A gestação de Amanda McCarter foi a primeira a ser televisionada em tempo real para todos os habitantes de Verty e do recém-colonizado exoplaneta Centauri B, que estava em rápida expansão populacional.

Centauri B está localizado a 4,2 mil anos-luz de Verty ou meros quarenta trilhões de quilômetros. Ele faz parte da galáxia Alpha Centauri, fora do Sistema Solar, e orbita a estrela Centauri, que é a mais próxima do Sol. Comumente é chamada de estrela-anã, por ser sete vezes menor que o astro-rei. A estrela Centauri foi descoberta em 1915 na ex-Terra pelo astrônomo Robert Innys, que era diretor do Union

Observatory em Johanesburgo, na África do Sul. Seu sonho era que um dia pudéssemos habitar essa galáxia.

Felizmente, quase duzentos anos depois, na era Berçário de Verty, foi possível realizar esse maravilhoso feito, graças à evolução da tecnologia liderada pelo Rei X e ao milagre do meteorito de Eros. E, assim, caminhos para as novas descobertas de vida e de outros planetas foram finalmente concretizados. Caso o senhor Innys ainda estivesse vivo, talvez se orgulhasse do grande feito de colonização liderado pelo Rei X, obviamente não sabendo as reais intenções do nobre rei.

Toda vez que o Rei X realizava seus discursos, "Que o meteorito de Eros salve o Rei!" era frase que os habitantes diziam ao final. Desde então, segundo o Rei, todos haviam se tornado felizes habitantes de Verty, o novo habitat.

O Rei X rebatizou o ex-planeta Terra como Verty logo após o término da Terceira Guerra Mundial em 2100, com o compromisso de que a natureza jamais fosse agredida novamente como no passado, causando o extermínio de tantas espécies da flora e da fauna e tantas mortes de seres humanos devido às inúmeras catástrofes oriundas do aquecimento global, da demasiada poluição e dos conflitos religiosos.

Todos eram agora vertynianos, habitantes de dois planetas cem por cento sustentáveis, onde não se matava nenhum animal, onde não se desmatava nem qualquer outro dano era causado à mãe natureza, sendo hoje um templo sacro de adoração e preservação por todos. Graças a Eros não havia mais conflitos religiosos.

É importante lembrar que, por esses planetas estarem a trilhões de anos-luz da Terra, a transmissão ao vivo, desde a gestação ao nascimento de Amanda, sofria atrasos consideráveis de algumas horas para se completar. Mas isso não era algo que incomodava, já que o planeta Proxima Centauri B era um local mais de veraneio para o Rei X e seus convidados, com pouquíssima estrutura habitacional desenvolvida, praticamente ainda um oásis, onde majoritariamente viviam os animais.

Proxima Centauri B lembrava Alter do Chão, um vilarejo paradisíaco que existiu na época da extinta Floresta Amazônica da ex-Terra, especificamente no estado do Pará, no Brasil. Era como uma pequena ilha. No verão havia um grande rio que mais parecia um mar, já que não podia se avistar o outro lado da margem. Em frente ao rio, como na praia, havia também uma fina areia branca onde era possível passar o dia deitado, desfrutando desse paraíso e observando as exuberantes copas de árvores gigantescas que circundavam ao redor. Dentro do grande mar de água doce, havia botos-cor-de-rosa e era possível nadar junto deles. Já no inverno, que na verdade tinha esse nome apenas para denominar a mudança da estação, a temperatura era quase sempre a mesma, quente e úmida tal como no verão. A grande diferença é que no inverno a praia deixava de existir, e o mar de água doce subia até quase o topo das copas das árvores. Chovia-se quase todo dia, mas o sol sempre dava o ar da graça em algum momento do dia e vinha dar seu sorriso. Como não havia praia, a diversão ali era navegar com pequenos barcos pelas águas do rio, passear por entre as grandes copas das árvores, sabendo que logo mais, no próximo verão, a praia voltaria a existir e o paraíso continuaria ali para sempre. Era o que os habitantes, quase na maioria indígenas e locais agricultores e camponeses, esperavam que ocorresse. Porém, infelizmente o paraíso teve seus dias contados e deixou de existir durante a Terceira Guerra, devido a ações de desmatamento e exploração, lideradas pelo líder militar daquele país tropical em prol das forças armadas da grande potência mundial.

Amanda nasceu no dia 1º de janeiro de 2100, data programada, já que ela deveria nascer no dia em que a Terceira Guerra terminasse. O Rei X foi então coroado nessa mesma data como Rei de Verty e começou a governar o planeta, na era Berçário. Amanda era sua filha primogênita, a primeira também a ser gerada no útero fecundador da Mãe Protetora e a futura Rainha de Verty.

A Mãe Protetora foi uma milagrosa criação do doutor Kozlov a pedido do Rei X, para que nenhum habitante no mundo pudesse se sentir órfão ou sozinho. Tecnicamente falando, era um Grande Hub central em que todos os vertynianos estavam conectados através do chip inserido em seus cérebros. A Mãe Protetora possuía milhares de úteros fecundadores espalhados por todo o planeta, a fim de poupar as mulheres para que não precisassem mais gestar seus fetos por nove meses, porém utilizando seus próprios óvulos. De forma alguma isso queria dizer que o Rei X era a favor da produção independente de filhos. Pelo contrário, segundo o Rei X e as Escrituras Sagradas, filhos eram uma bênção divina e somente poderiam ser gerados pelo útero fecundador da Mãe Protetora para casais que se amavam verdadeiramente e fossem devidamente abençoados por Eros.

Durante sua gestação, Amanda passou pelo mesmo procedimento que todos os fetos passavam para se tornar um ser humano *teletransportático*, com habilidades para o teletransporte e a comunicação telepática. Um minúsculo chip, dez mil vezes menor que um nanochip, era inserido no cérebro do feto na décima segunda semana, que é quando o cérebro do bebê começa a ser formado. O procedimento era realizado pelas vias aéreas, nariz ou garganta, através de um robô, e, em questão de segundos, o chip estava inserido. O método era completamente indolor, e nunca se ouviu falar de uma falha sequer, já que a medicina era a mais evoluída, e o rei jamais permitiria um deslize desses.

A diferença no caso de Amanda é que o chip foi diretamente programado por seu pai, o Rei X, que lhe deu todos os acessos liberados para o teletransporte e a comunicação telepática, mas, claro, sempre monitorada por ele mesmo, pois ele a amava muito para deixar que sofresse com qualquer atrocidade do mundo exterior.

No dia em que Amanda nasceu, todos os vertynianos puderam saudá-la; foi uma comoção galaxial e um dos dias mais felizes para o Rei X.

Amanda teve a melhor infância que uma criança poderia ter, regada de muito amor e proteção por seus pais. Alimentação impecável, saúde, a melhor educação e sempre muita diversão envolvida.

O Rei X dizia a todos à sua volta o quanto Amanda era meiga e gentil. Segundo ele, em cada lugar por que ela passava, Amanda fazia questão de cumprimentar todos, sempre com um belo sorriso no rosto. Sua compaixão pelos menos favorecidos era fascinante, além de sua comunicação telepática impecável e fluida, e suas etiquetas, milimetricamente perfeitas, assim como deveria ser as de uma princesa.

No palacete moravam o Rei X, sua esposa Zeta, Amanda e Shell, com exceção dos mais de sessenta e seis funcionários robôs que os serviam.

Amanda dizia que Shell era sua melhor irmã amiga, e se tratavam como verdadeiras irmãs, mesmo considerando que Shell era adotada pela família galaxial. Coincidentemente, ambas faziam aniversário no mesmo dia, mês e ano, ou seja, tinham a mesma idade.

Por Shell não ser uma legítima descendente da família real, ela não tinha os mesmos recursos e privilégios de Amanda, como ter o teletransporte liberado para qualquer lugar da galáxia, a comunicação telepática para qualquer pessoa, incluindo celebridades e cantores, frequentar os melhores e mais badalados bares e restaurantes e, segundo Shell, ter aquele rosto angelical perfeito somado àquele corpo escultural, sendo sempre desejada pelos meninos mais lindos da universidade. Isso era algo que entristecia Shell, quase fazendo com que se sentisse um ser inferior.

Todavia, o que realmente incomodava Shell era o seu quarto. Não pelo tamanho minúsculo, mas sim aquele cheiro de esterco úmido que ela sempre sentia e que se acentuava e ficava insuportável toda vez que ela necessitava utilizar o banheiro. O lavatório e a privada que ela podia utilizar ficavam na parte externa do palacete, perto de onde os porcos e as vacas eram criados. O horrendo cheiro diminuía no inverno, quando a temperatura caía para nove graus negativos e nevava bastante. Porém, toda vez que ela precisava ir ao banheiro, tinha que vestir suas roupas aquecidas. Próximo ao seu quarto, o Rei X mantinha uma pequena criação de algumas espécies de animais, apenas para analisar seu comportamento a fim de que o doutor Kozlov pudesse dar continuidade ao seu projeto de criar animais robôs.

De toda forma, Amanda dizia a Shell que ela era sua melhor irmã amiga, já que ambas foram batizadas como discípulas de Eros e o Rei X tinha escolhido e aprovado a entrada de Shell na família real, desde que ela sempre fosse uma respeitadora e fiel seguidora, tal qual também uma propagadora dos preceitos do livro sagrado. E assim ela foi crescendo, sendo sempre uma fiel obediente exemplar das Escrituras Sagradas e das normas da realeza.

Assim que Shell chegou ao palacete, o Rei X permitiu que ela dissesse que tinha vindo de seu país tropical a qualquer um que a indagasse, contanto que falasse que era órfã e que ele a havia salvado durante a Guerra. Ele a fez jurar por Eros que jamais mencionaria o nome de seu pai, e, caso isso acontecesse, ela seria destinada à Caldária de Verty.

Antes que me esqueça de comentar algo importante. Logo após a queda do meteorito e a coroação do senhor X como Rei, ele afirmou que, a partir daquele instante, a ex-Terra se chamaria Verty. Portanto, todos os novos habitantes nascidos a partir do dia 1º de janeiro de 2100 seriam legítimos vertynianos, habitantes puros e sagrados de acordo com as Escrituras Sagradas. E, obviamente, passando por todo o processo de inserção do chip em seus cérebros ainda enquanto fetos para que tivessem vida longa.

Sendo assim, o Rei X ordenou que todos os habitantes da ex-Terra fossem rebatizados em nome de Eros. O ritual era parecido com o realizado nos fetos. Um chip era instalado em seus cérebros, de forma quase indolor, através de uma microfisgada na nuca. Com o chip instalado, eles podiam ser monitorados, quero dizer, protegidos pela Mãe Protetora.

Como Shell e seus amigos nasceram após o fim da Terceira Guerra, todos eles tiveram os chips instalados ainda enquanto fetos no útero fecundador, sendo Amanda a primogênita entre eles e de toda a galáxia.

Ainda sobre o planeta Verty, o Rei X decidiu manter quase todos os países e seus respectivos nomes de origem, inclusive mantendo seus dialetos, apesar de isso na verdade não ter mais tanta importância ou ser um empecilho de comunicação, já que todos os habitantes deveriam aprender a língua-mãe oficial, o vertynês. Mesmo assim, o Rei X entendia que era importante manter as tradições do passado, respeitando a cultura e a origem de cada povo, para que jamais houvesse nenhum tipo de escravização, e que todos respeitassem uns aos outros, sendo fiéis seguidores da doutrina de Eros e seus mandamentos.

O Rei X decidiu construir seu reinado em Gênova, já que havia se mudado para lá ainda no período da Guerra com sua família, quando ainda nem era Rei. Infelizmente o meteorito havia caído em seu país de origem, os Estados Unidos, e destruído praticamente toda a população. Por esse motivo, quando construiu seu reinado em Gênova, ele homenageou seu país de origem, adicionando pitadas nesse mix arquitetônico meio europeu e americano. O Rei X se autotitulava um verdadeiro servo de Eros e dizia que não era a favor do teocentrismo, nem do humanismo ou do antropocentrismo. Ele dizia-se a favor de um termo que veio através da iluminação de Eros, depois do milagre do meteorito: o Eroscentrismo – adoração ao onipotente deus Eros, que, através de um ato orgástico, criou Verty e tudo que é relacionado ao prazer, que é sentido por cada vertyniano.

PARTE 2

"Mas, para que haja diálogo, é necessário que existam interesses em comuns. E entre duas pessoas de nível cultural totalmente diverso, o único interesse comum possível só pode existir ao nível mais baixo."
Oscar Wilde

Na comemoração de seus duzentos e dez anos, na era Traidário, Amanda ganhou de presente de seu pai a pintura de seu retrato por frei Angélico, um famoso pintor, sacerdote e amigo do Rei X. Ele tinha duzentos e oitenta anos, com aparência de um senhor de mais de oitocentos anos, já que era um sobrevivente da ex-Terra. Foi um dos primeiros catequizadores e adoradores das Escrituras Sagradas, criadas logo após parte do meteorito atingir a ex-Terra, no final da Guerra.

Naquele dia, mesmo com toda a gratidão ao Rei X, que Shell sentia em seu coração, ela não estava conseguindo parar com alguns questionamentos e pensamentos em sua mente: "Por que somente Amanda teria o seu retrato pintado, sendo que fazemos aniversário no mesmo dia? Não somos melhores amigas irmãs e moramos no mesmo palacete? O Rei não prega que todos os habitantes possuem os mesmos direitos de igualdade?".

Toda vez que Shell tinha, ao seu ver, esses errôneos pensamentos de inferioridade, ela procurava se lembrar de que o Rei X era muito bom, que havia lhe dado um lar enquanto seu pai o ajudava no período da Guerra, e por isso ela deveria ser grata. Ela começava a frisar em seus pensamentos, mesmo que forçadamente, que somente o fato de ela estar ao lado de Amanda e poder fazer parte de seu círculo familiar, admirar sua vida perfeita e ser chamada de sua melhor e fiel amiga irmã já era a sua maior recompensa, e isso deveria lhe bastar. Além disso, Shell sempre se lembrava de alguns dizeres do Rei, de que ela tinha o privilégio de estudar no mesmo colégio que Amanda, ter os mesmos amigos que ela, beber a mesma água que ela bebia, se nutrir das mesmas pílulas alimentícias e a bênção de morar no palacete e ter o seu próprio quarto, mesmo este sendo minúsculo, mas oferecido pelo Rei em seu palacete. E ela não tinha que fazer nada em troca, não precisava limpar o quarto ou a casa, pois havia funcionários robôs para tais tarefas. A única obrigação que Shell tinha era dedicar-se aos estudos e frequentar a mesquita semanalmente, e ser fiel aos mandamentos.

Foram dezoito horas de pintura ininterrupta, e Amanda deveria posar praticamente imóvel. Ela tinha intervalos de apenas cinquenta minutos, a cada três horas, para se alimentar e ir ao lavatório.

Assim que frei Angélico terminou o quadro, pediu a Amanda que descansasse. No dia seguinte, iria apresentar sua obra finalizada à família galaxial. Todos os membros da família X eram denominados galaxiais, já que o termo imperial no passado havia ficado decadente e fora de uso no período terráqueo, após a morte da então Rainha Elisabeth II, e os nebulosos anos que se seguiram, com a extinção da monarquia na ex-Terra e ascensão dos extremistas ao poder.

Ninguém havia visto a obra de arte até o momento, somente o pintor. Nem mesmo o Rei X havia sido autorizado. Mas, na manhã seguinte, seria o grande dia da revelação, às 6h66, no ateliê do artista.

Nesse dia, Amanda convidou Shell para dormir em seu quarto de 399 metros quadrados que ficava quase no topo do palacete, que, ao contrário do quarto de Shell, era perfumado, e de lá podiam-se ouvir os passarinhos, e não os mugidos das vacas ou o barulho dos porcos comendo lavagem.

Shell e Amanda ficaram acordadas quase até o dia amanhecer, tamanha a agitação e expectativa de Amanda para o próximo dia. Elas ficaram horas a fio durante a madrugada conversando e bebendo champanhe com notas intensas de framboesas silvestres. Naquele dia, por alguns instantes, Shell se sentia amada e parte da família real.

Durante a noite e a madrugada que se seguiu, elas riram e se divertiram como nunca, aproveitando para classificar e dar notas aos meninos da Academia de Belas Artes.

Pobre Tulio, era o pior, com a menor nota de classificação no quesito simpatia, mas também, segundo elas, conseguia ser o mais arrogante e antipático de todos. Amanda dizia que, apesar de seu teor altamente petulante, ela jamais daria uma chance a ele. Dizia que, sim, ele era o mais lindo, que lembrava o ator Brad Pitt quando jovem, bem retrô e antiquado para a época atual, mas mesmo assim ela adorava esse seu estilo, dizendo que ele tinha lá o seu charme.

— Aquele seu cabelo liso cor de mel, sempre caindo sobre seus olhos azuis-esverdeados cor de piscina, é um verdadeiro deslumbre — dizia Amanda. — Com aquele seu tronco largo e aqueles bíceps, o Tulio ainda tem a audácia de usar aqueles shortinhos de academia apertados, deixando aquele volume aparente, aquelas suas coxas musculosas e torneadas. É simplesmente impossível não olhar!

Shell, que não sentia a mínima atração física por Tulio e tinha gostos mais peculiares, respondeu a Amanda:

— Eca, pode pegar que ele é todo seu, minha irmã!

As duas não paravam de gargalhar, já meio embriagadas por aquele espumante francês. Shell, que jamais perdoava uma alfinetada bem dada, ainda disse:

— O único problema é que o Tulio acha que pode tudo, com aquele ar metido e arrogante. Mas dá pra ver que ele nunca está satisfeito. Eu ouvi dizer que ele tem interesse de fazer parte da realeza. Doce ilusão, coitado! A não ser que você esteja pensando em dar uma chance para aquele bastardo. Não me diga que está?

— Jamais, nem morta! — replicou Amanda.

Entretanto, Amanda tinha uma forte queda não somente pela esplêndida beleza física de Tulio. Tinha algo a mais que a atraía nele. Uma característica que Amanda também tinha e que, subliminarmente e sem perceber, causava atração por essa mesma peculiaridade dele: o narcisismo exacerbado.

Shell seguiu para o próximo da lista: Joseph. Quanto a ele, ambas diziam ter a mesma opinião. Joseph não era bonito, mas tinha lá sua elegância, com seus dois metros e oitenta e nove de altura, que ambas concordavam ser uma característica impossível de não notar. Apesar de ele ser reservado e de poucas palavras, era sempre muito gentil e, segundo elas, tinha lá o seu quê de mistério. Amanda então disse para Shell sem nenhum pudor:

— Algumas pessoas dizem que ele é muito bom de cama e que tem alguns fetiches estranhos.

— Ai, que Eros me perdoe, mas eu ouvi dizer que ele fazia orgias secretas, antes de se casar, sabia? — disse Shell, meio encabulada.

— Hum... então quem sabe eu me interesse por ele agora! — falou Amanda, levantando as sobrancelhas e fazendo um ar sensual.

Oswald era o mais querido e simpático entre os meninos, segundo Shell e Amanda. Sempre socializando com todos à sua volta, ele adorava trazer pílulas alimentícias de sobremesa, toda vez que voltava da casa de seus pais ou de seus avós, da Alemanha. Certa vez, Oswald trouxe para Shell uma pílula de strudel de maçã e uma de cheesecake de framboesa, que sua avó tinha preparado para as épocas festivas de final de ano.

— Simplesmente um arraso! — disse Shell. Enquanto ela degustava uma ou duas pílulas, Oswald já tinha engolido umas dez de uma só vez.

Quando chegou a vez de Carlitos, Amanda degringolou quase que eufórica, só procurando não exaltar muito a voz para não acordar ninguém do palacete naquela madrugada.

— Agora se tem alguém que eu morro para dar um beijo, é o Carlitos. Aquela voz meio grave com um ar juvenil e aquele sotaque espanhol catalão são de deixar qualquer menina completamente molhada ou qualquer menino ereto, para quem preferir.

Shell, vendo a irmã se exaltar, disse:

— Fala baixo, Amanda, já pensou se o papai pega a gente falando essas obscenidades?

Amanda, quase não se preocupando, continuou:

— Eu gosto dele, Shell, porque é aquele tipo mignon fortinho, sabe? Todo definido, mas na proporção certa, sem mais nem menos. Eu adoro ver ele usando aquelas calças apertadas de couro sintético preto e camiseta branca justinha. Ele diz que é moda lá no vilarejo catalão de onde ele vem. Pena que ele tem aquele jeito meio bobo lunático dele. Você sabe que, toda vez que ele fica meio aéreo olhando pela janela, eu tenho certeza de que ele tá pensando obscenidades?

Shell, ameaçando dar um sopapo em Amanda como forma de repreensão, respondeu:

— Não fala assim, Amanda, que Eros castiga, hein?

Gargalhando, Amanda respondeu:

— Mas é sério, irmã. Toda vez que ele chega na Academia pilotando a sua Vespa e tira o capacete, parece uma cena de cinema para mim. Aquele cabelo ondulado, loiro queimado do sol, todo bagunçado, faz com que ele fique ainda mais lindo. Já aqueles olhos castanho-mel meio repuxados, nariz fino e aquela boca com lábios rosados e delicados... Ai, ai! Eu queria tudo só para mim.

— Nossa, você está se saindo uma bela gulosa insaciável! — disse Shell.

Amanda replicou, gargalhando novamente:

— Ainda bem que você não gosta dos meus homens, assim não brigamos por nenhum. — E complementou: — Por falar nisso, você já reparou naquela aluna nova veterana, que foi transferida recentemente de Paris para a Academia?

— Aluna nova vinda de Paris? — indagou Shell.

— Isso, uma tal de Sofie De Montmorency. Estupidamente linda e elegante, e os meninos não param de comentar — respondeu Amanda, com um olhar enciumado.

— Não estou sabendo de nenhuma aluna nova, não, irmã — respondeu Shell e emendou: — Bom, mas vamos dormir que já está quase amanhecendo e logo mais teremos um dia longo e especial pela frente!

Shell não tinha a menor ideia de que em breve se apaixonaria perdidamente pela exuberante e misteriosa Sofie.

PARTE 3

"Aqueles que encontram significados feios nas coisas belas são corrompidos sem charme. Isso é um defeito. Aqueles que encontram belos significados nas coisas belas são cultos. Para estes há esperança. Eles são escolhidos para os quais as coisas belas significam apenas beleza."

Oscar Wilde

Já eram 5h97, e Amanda estava de pé puxando as cobertas de Shell, dizendo que ela deveria acordar, porque já estava na hora, e ela não queria chegar nem um minuto atrasada para a revelação de seu retrato. Shell, como sempre, preguiçosa e lenta, demorou a se levantar. Quando desceu para tomar café da manhã, Amanda já tinha se teletransportado havia quinze minutos e estava no saguão da galeria aguardando o pintor.

A imprensa local já havia chegado, e os jornalistas estavam todos posicionados na parte externa do ateliê. Amanda estava ao lado do Rei X e da Rainha Zeta. A Rainha aparecia raramente em público, somente em ocasiões fundamentais nas quais o Rei demandava sua presença. Nesse caso, por se tratar de uma solene ocasião, o primeiro retrato pintado da princesa, que iria ser pendurado no salão principal do castelo, juntamente aos outros retratos do Rei e da Rainha, a majestade Zeta se fez presente.

Todos aguardavam o artista em frente à porta. Como Shell havia chegado atrasada, ficou do lado de fora, no fundo, com os seguranças. Ela até tentou acenar para Amanda de longe, mas ela lhe deu um olhar fulminante e a ignorou, virando a cabeça para o lado.

Frei Angélico chegou pontualmente. O cavalete já estava montado, e a obra de arte coberta por um tecido branco de seda, que ele iria retirar em breve.

Ele convidou Amanda e seus pais para que adentrassem no ateliê e serem os primeiros a visualizar sua obra-prima, sem a presença de qualquer jornalista ou convidado. Puxando então lentamente o tecido, deixou-o deslizar até o chão de mármore branco. Finalmente, a obra agora estava desnuda para o mundo.

Amanda fitou o quadro por noventa minutos, e ao final não disse nada. Seus pais também preferiram não comentar, e a imprensa e os convidados não foram autorizados a entrar no ateliê.

Em seguida, todos foram direcionados ao saguão de recepção da galeria, onde taças de champanhe foram servidas. A família galaxial não estava presente, com exceção de Shell e dos demais convidados, que ficaram sem entender nada.

Quando o evento terminou, frei Angélico foi chamado pelo Rei X ao escritório de seu palacete.

– Como ousas agredir-nos com tal ato de profanação? – questionou severamente o Rei.

– Profanação ou apenas exposição da mais verossímil realidade, vossa excelência? – replicou frei Angélico.

– Quero que me digas como foste capaz de enxergar por detrás do filtro tridimensional. Ousaste proferir algum ato de magia?

– Jamais, meu senhor! Apenas enxerguei o divino por detrás do filtro. Dessa forma, imaginei que fosse assim que o senhor a queria em seu retrato.

– Divino? Como ousas chamar uma aberração de divinal? Qual pai gostaria de ver sua filha defeituosa retratada em uma pintura? E, no meu caso, sendo o Rei de Verty, expô-la vergonhosamente diante de todos os meus súditos?

– Mas, senhor, sempre disseste que apoiavas todos os teus súditos, filhos de Eros. Que ninguém era menos que o outro. Que nenhuma deficiência física diminuiria alguém perante seus semelhantes. Está escrito no livro sagrado!

– Sim, está correto. Isso vale para todos os meus súditos, mas não para alguém como a Princesa de Verty, que é mais especial e sagrada. Por que raios achou que eu havia colocado um filtro imperceptível no rosto de minha única filha primogênita? – esbravejou severamente o Rei X.

– Perdoa-me, majestade, mas Eros deve ter me dado o dom da sabedoria para ver mais do que podia, para desvendar o filtro e propagar a verdade a todos – respondeu o frei, redimindo-se.

– Não ouses blasfemar em nome de Eros, energúmeno!

– Perdoa-me, senhor! Posso refazer o retrato imediatamente. E deixá-la perfeita como o senhor assim deseja.

– Tarde demais! Pecaste contra Eros e contra vossa majestade.

– Vossa majestade, mas sou o teu frei e pintor renomado, desde a era do Berçário. Com mais de dez mil obras expostas por todos os museus afora. O pintor com mais obras do que qualquer outro, incluindo aqueles famosos da ex-Terra, como Picasso, Monet, Van Gogh, entre tantos outros. Sempre reconheceste meu precioso trabalho, dizendo que eu era melhor que todos eles, tendo minhas mais magníficas obras em teu palácio!

– Tuas obras serão preservadas para sempre, eu te garanto. Quanto a ti, não tenho outra escolha, senão enviar-te à Caldária de Verty.

– Por Eros, não, Vossa Majestade! O que teus súditos dirão de ti?

– Infelizmente contra o ato de suicídio de um ser humano, ainda em Verty, não se há nada a dizer, se não pedir a Eros que tenha misericórdia.

– Suicídio?

– Sim. Essa será a verdade propagada que todos saberão do mais famoso e brilhante pintor de Verty. Afinal, não são os artistas que têm suas almas sofridas por seus desejos internos e acabam muitas vezes extinguindo sua própria vida em nome da arte?

– Jamais ousaria tal ato, senhor. Seria contra as Escrituras Sagradas!

– Não estou agindo contra as Escrituras Sagradas, mas sim preservando Verty de inimigos como tu. Agora que és o único a saber sobre a verdade da Princesa de Verty, infelizmente Eros me concede tal exceção, meu caro amigo. Mas não te preocupes. Colocar-te-ei no melhor lugar da Caldária de Verty. Longe do mar do óleo escaldante, onde quase não se pode respirar. Estarás no topo da montanha, junto a outras almas de artistas como tu, porém também pecadores.

– Vossa Majestade, não ouses destinar-me à Caldária de Verty. Eu te suplico em nome de Eros! Sabes que nossa união em Verty ultrapassa os limites da mera amizade.

– Basta! Jamais ousaria colocar em perigo a integridade de Verty por nenhuma alma, nem mesmo aquela pela qual tivesse o maior dos sentimentos aflorado. Verty é e será eternamente o maior amor de minha vida.

– Revelarei, então, a todos a verdade sobre nós e nosso amor!

– Ousa falar qualquer incitamento obsceno dessa tua mente fértil, que imediatamente serás arremessado ao mar de óleo da Caldária. Adeus, meu caro Angélico.

Saindo do recinto, o Rei X ordenou que os guardas destinassem imediatamente frei Angélico à Caldária de Verty. Em seguida, o Rei foi para seu jardim de meditação e pediu que não fosse interrompido pelas próximas horas.

PARTE 4

"Porque influenciar alguém é lhe dar a própria alma. A pessoa não pensa mais seus próprios pensamentos, nem arde das próprias paixões. Suas virtudes deixam de ser reais para ela. Seus pecados, se é que existe tal coisa, são emprestados. Ela se torna um eco da música de alguém, um ator em um papel que não foi escrito para ele."

Oscar Wilde

Frei Angélico expôs algo que ninguém então havia desvendado. Um segredo real que em hipótese alguma poderia ser exposto aos súditos do Rei X.

Por mais legítimos que fossem seus sentimentos pelo caro Angélico, o Rei X não admitiria que ele soubesse tal segredo. Seria um risco e um possível fim da credibilidade do deus Eros. Que deus onipotente deixaria que a Princesa de Verty nascesse assim, defeituosamente, com apenas um olho, um nariz atrofiado e a cartilagem toda para dentro de seu rosto?

Amanda havia sido uma das primeiras habitantes de Verty a ter o nanochip instalado em seu cérebro, ainda enquanto feto. Infelizmente seu corpo teve uma rejeição ao nanochip, causando uma anomalia em seu rosto que a deixou deficiente. Isso jamais poderia ser revelado. Além de uma possível oscilação na crença de Eros pelos vertynianos, que não mais o considerariam perfeito como o Rei X o apresentava, seria uma vergonha à própria imagem do Rei, e seu sublime reinado estaria trincado.

O Rei X soube da tragédia logo após o implante do nanochip, nos primeiros ultrassons pós-cirurgia, enquanto Amanda ainda era apenas um pequeno feto, em processo gestacional.

Imediatamente o Rei X contatou seu melhor amigo e médico de longa data, doutor Kozlov. Pediu a ele que interviesse e trouxesse uma solução, que operasse o rosto de Amanda assim que possível, deixando-a com a aparência humana perfeita, como a de qualquer outro vertyniano. Infelizmente, por a anomalia ser tão grotesca, doutor Kozlov negou o pedido do Rei, dizendo que a operação, caso um dia fosse possível, seria realizada apenas quando Amanda fosse uma jovem mulher, já com seu corpo e estruturas ósseas bem desenvolvidas. Qualquer ato cirúrgico antes desse período, principalmente nos primeiros meses de seu nascimento, colocaria a vida dela em perigo.

O Rei X não poderia correr esse risco. A gestação e o nascimento de Amanda seriam televisionados a todos os habitantes de Verty. Esse era o acordo do Rei com seus súditos. Isso queria dizer que, assim que Amanda nascesse, deveria estar bela e perfeita para todos os holofotes que registrariam sua imagem.

Foi então que doutor Kozlov teve a brilhante ideia de programar um sistema de filtro tridimensional em seu rosto. Sua proposta fora inspirada pelos filtros de beleza que existiam nas redes sociais da ex-Terra. Porém, seria tridimensional, real e imperceptível aos olhos humanos. O Rei X sabia o que eram esses filtros das redes sociais apenas pelos livros de história, sem jamais ter tido contato com algo parecido. De toda forma, confiou piamente em doutor Kozlov.

Entretanto, o Rei X não sabia nem podia imaginar que frei Angélico tinha um dom mediúnico de enxergar além das lacunas e desvendar qualquer verdade oprimida, por mais camadas de espessura que houvesse. Isso não o tornava santo. De forma alguma. Frei Angélico sempre fora um servo aliado do Rei X e de seus ideais. Sabia exatamente muitos detalhes do plano do

Rei X desde o início e de seus atos para fazê-lo tornar realidade. Não o julgava, pois inclusive nutria sentimentos dentro de seu coração, que, mesmo que quisesse julgá-lo, não o permitiam.

Porém, tal qual um servo leal, frei Angélico realmente achou que o Rei X queria que Amanda fosse revelada ao mundo como defeituosa. Em seus pensamentos, achava que seria uma melhor propaganda ao Rei e que geraria maior admiração de seus súditos. Por ser um devoto estudioso das Escrituras Sagradas, todos os casos de pessoas defeituosas, como os leprosos, por exemplo, descritos no livro sagrado, sempre geravam um ato de comoção por parte do povo. Portanto, promover esse defeito de Amanda seria ótimo para que todos amassem ainda mais o nobre Rei. Porém, infelizmente o frei havia se equivocado em suas conclusões. Ao final havia agido em nome de seu leal amor pelo Rei X, mas, como o amor pode pregar peças, essa foi uma delas.

Trancada em seus aposentos, Amanda chorava desenfreadamente por descobrir sua horrenda anomalia. Até então, nem mesmo ela conseguia enxergar a verdade por trás do filtro, achando-se a mais bela das belas. É dito que, na ex-Terra, fenômeno similar acontecia aos terráqueos. Eles usavam esses filtros das redes sociais para camuflar não seus defeitos corporais, mas algo até mesmo pior. Eles não se aceitavam da forma como eram e, comparando-se com seus semelhantes, utilizavam filtros mascarados para terem rostos perfeitos e belos, influenciados pelo que a terrível Social Media propagava, mesmo que essa propagação fosse na realidade a mais terrível mentira. Os pobres terráqueos viviam duas vidas paralelas na ex-Terra: a vida real *versus* a vida virtual. Era uma farsa que com o tempo os corrompia e tornava suas vidas esvaziadamente entristecidas, ofuscadas por uma farsa virtual.

Assim que frei Angélico fora levado pelos soldados, o Rei X escutou Amanda gritando telepaticamente. De forma frenética, dizia que não sairia de seu quarto nunca mais, com aquele rosto horroroso repleto de anomalias. Disse que jamais perdoaria seu pai por esconder a verdade. Em seus pensamentos, Amanda sabia que esse era o preço que ela pagava por ser parte da realeza.

Amanda sentou-se na penteadeira e mirou-se no espelho, dessa vez enxergando-se por detrás da falsa máscara virtual. Pôde então ver todos os defeitos de seu rosto, nos mínimos detalhes, expandidos pelo seu enorme espelho vertical. Seu único olho saltado para fora, suas narinas atrofiadas para dentro de seu rosto, que lembravam o focinho de um porco. A única coisa que era igual aos demais habitantes de Verty era sua boca minúscula. Sua imagem simplesmente não a retratava como a Princesa de Verty, que deveria ser a mais bela entre todas.

Ela avistou então uma tesoura pontiaguda com cabo dourado, que estava sobre a penteadeira, e não pensou duas vezes. Segurou-a com suas duas mãos, mirando a ponta da tesoura para cima. Fechou seu único olho, levantando o pescoço para cima, e inspirou profundamente.

Amanda estava determinada a encerrar sua vida naquele momento, não conseguiria mais continuar. Estava cansada das mentiras, da hipocrisia de sua família, que somente se importava com a imagem e o poder.

Apertando ainda com mais força a tesoura, aproximou-a de seu pescoço, e suas mãos trêmulas balançavam enquanto seu único olho cerrado também tremeleava. De repente, sentiu uma mosca pousando sobre seu nariz atrofiado. Deu um forte espirro, deixando a tesoura cair de suas mãos e pousar no chão.

Morrendo de raiva, bateu a cabeça contra o espelho com força, rasgando sua testa, e começou a chorar compulsivamente. Sentia-se o ser mais incapaz e infeliz de Verty e da galáxia. Até mesmo a mosca, esse inseto voador que se alimenta de fezes, escarros, pus e produtos em decomposição de animais e vegetais mortos deveria ser mais feliz do que ela.

Enquanto chorava e via o sangue que escorria de sua testa pelo rosto, misturando-se com suas lágrimas, refletidas por alguns estilhaços do espelho, resolveu fazer uma pesquisa mental telepática no Grande Hub.

Em poucos minutos, havia encontrado algo que salvaria e mudaria sua vida, de uma vez por todas, para sempre.

Em questão de segundos, Amanda havia se teletransportado e estava na recepção de uma sala oval enorme. As paredes eram amarelas, cor de açafrão, e diversas aves tropicais coloridas e empalhadas decoravam o ambiente.

Uma gigantesca arara fascinou seus olhos. Sua penugem era vermelha e felpuda, desde o topo da cabeça até o dorso. Tinha pequeninos olhos azuis e um enorme bico mesclado branco e preto. Já do dorso de seu peitoral para baixo, a penugem de seu corpo dividia-se entre azul e amarelo. Era extraordinário, e ela nunca havia visto um animal tão belo e exótico. Tal animal infelizmente fora extinto na ex-Terra, devido a terríveis ações de desmatamento, que devastaram a flora e a fauna.

Cadeiras elegantes e largas de madeira maciça se enfileiravam lado a lado, contra a parede oval amarela. No centro, havia uma mesa hexagonal branca de marfim, com uma recepcionista sentada, que sorria e lhe dava boas-vindas.

A recepcionista era uma jovem preta, com as linhas de seu rosto desenhadas em perfeita harmonia e delicadeza, contrastando com as linhas grossas de seus lábios e as finas linhas de seu belo nariz. Usava um turbante de flores silvestres exuberante, acima de seu encaracolado cabelo negro. Ela serviu a Amanda um chá de hibisco com catuaba e guaraná, pedindo gentilmente que preenchesse o formulário.

Ela trouxe lenços de bambu com essência de alecrim, para que Amanda pudesse limpar o sangue, ainda umedecido, de sua testa rasgada. Sem graça, ela nem se lembrava mais de que havia batido sua testa contra o espelho. Amanda agradeceu e sentou-se em uma das cadeiras, limpando sua testa vagarosamente, enquanto admirava os outros animais empalhados. Aquele delicioso cheiro de alecrim e os lindos animais mortos empalhados tranquilizavam sua mente.

O célebre cirurgião plástico, segundo pesquisa telepática feita por Amanda, era o primeiro do ranking, com o maior score galaxial, e ela estava contando os segundos para poder encontrá-lo.

Após uma longa e ansiosa espera, uma mulher saiu apressada da sala do consultório do médico-cirurgião. Ela era de meia-idade, por volta de uns quinhentos anos, mas aparentava muito menos, e usava uma exuberante bolsa vermelha Burberry. Não avistando um degrau de desnível entre o consultório e a sala de espera, ela tropeçou, e todos os seus pertences de dentro da bolsa se espalharam no chão. Na mesma hora, Amanda se levantou, começou a ajudá-la a recolhê-los e reparou que, entre os objetos, havia umas algemas pretas de ferro. Ela também sentiu um cheiro de morango plastificado que exalava da pele dessa mulher, extremamente enjoativo; achou que iria vomitar.

Em seguida, a recepcionista a avisou que o cirurgião a aguardava em seu consultório e que ela deveria entrar.

Assim que Amanda adentrou o consultório, lágrimas voltaram a escorrer por seu rosto saídas de seu único olho, e ela implorou para ser operada naquele instante. Precisava ter dois olhos como qualquer ser humano normal e um nariz perfeito e fino, não mais atrofiado para dentro. Já que estava ali, gostaria também de aumentar um pouco o volume de seus lábios, seios e nádegas.

Muito educadamente, perguntou ao médico-cirurgião se ele poderia também retirar uma de suas costelas para afinar sua cintura e finalizar com uma bichectomia. Amanda estava decidida a se tornar a mais bela e perfeita mulher do mundo e curar esse seu trauma. O médico-cirurgião havia sido aluno de doutor Kozlov, portanto Amanda estava nas mãos do melhor médico-cirurgião de Verty.

E, simples assim, após 192 horas de cirurgia, o procedimento estava finalizado. Seriam necessários seis meses de recuperação, e Amanda estaria magnificamente pronta para sua aparição pública e apresentação do Festival de Eros, a famosa celebração das artes em homenagem ao deus, reunindo artistas, músicos, estilistas e dançarinos de toda a galáxia para apresentações e desfiles espetaculares. A próxima edição decanal do festival seria realizada no Coliseu de Roma.

CAPÍTULO 5

GRUNHIDOS TELEPÁTICOS

> "Ó Eros, não me castigues na tua ira nem me disciplines no teu furor. Misericórdia, Senhor, pois vou desfalecendo! Cura-me, Senhor, pois os meus ossos tremem: todo o meu ser estremece.
> Até quando, Senhor, até quando?"
> **Trechos das Escrituras Sagradas de Eros**

No quarto branco, as luzes haviam sido apagadas, e ninguém conseguia enxergar nada. Grunhidos de dor penetravam seus ouvidos, tal qual uma fina agulha estuprando lentamente cada um de seus tímpanos, ao mesmo tempo que se podia ouvir o som telepático de alguém murmurando palavras, como se estivesse pedindo ajuda, porém impossíveis de se compreender, mesmo telepaticamente.

A telepatia fora utilizada na Terceira Guerra na ex-Terra a fim de que a comunicação fosse mais fluida e ágil, para que os generais pudessem comandar seus soldados e robôs mais velozmente. Nanochips eram inseridos bem na região da nuca de todo o exército, conectando seus cérebros ao "hub central", possibilitando assim a comunicação telepática. Dessa forma, cada general conseguia repassar suas ordens em questão de segundos a todo o batalhão.

A CT era programada por níveis de acesso, ou seja, o general master tinha acesso a todos os níveis, e suas falas e ordens eram transmitidas a qualquer momento para quem ele quisesse. O acesso direto da fala telepática ao general master era restrito apenas ao comitê de elite dos generais do alto escalão. Os soldados recebiam as ordens telepáticas e não tinham poder de fala, mantendo somente a precária prática oral entre eles.

O problema foi que, durante a Guerra, o presidente da maior potência mundial, juntamente ao grande líder da Social Media, na época seu aliado, decidiu que todos os cidadãos de seus países adversários deveriam ser escravizados a serviço de seu poder, independentemente de sexo ou idade. Milhões de pessoas começaram a ser presas e enviadas para um local único onde seriam escravizadas pelo resto de suas vidas.

Segundo o Rei X, se não fosse pela sua intervenção no dia D, esse grupo extremista no poder realmente teria alcançado o trágico feito de escravização de milhões de pessoas inocentes, incluindo mulheres e crianças. Hoje, provavelmente não passariam de corpos ambulantes escravizados, sem mais resquícios de suas almas.

É dito que na ex-Terra, mesmo antes da Terceira Guerra, os habitantes já tinham seu comportamento de vida "escravizado" devido às terríveis redes sociais. Em virtude do capitalismo e da sede por poder e dinheiro, as pessoas se vendiam por meio dessas redes sociais para adquirirem prestígio e riqueza. O que elas não percebiam é que haviam se tornando marionetes, fantoches sádicos comandados pelos perversos algoritmos. O grande líder das redes sociais chamava os humanos de "meus preciosos bonecos falantes". Mas, na realidade, os seres humanos não passavam de produtos lucrativos e geradores de receitas dessa perversa máquina tecnológica, que obviamente enriquecia cada vez mais o bolso do líder da rede social. Alguns humanos eram aclamados por outros e se denominavam "influencers" e "creators". Pobres coitados, não se davam conta de que sua maior influência era efêmera em prol do lucro exacerbado de um perverso sistema capitalista.

Há aqueles que diziam que mudaram de vida, que as redes sociais lhes deram voz e os tiraram de uma vida de miséria. Não podemos discordar que, sim, isso era verdade, porém a porcentagem de pessoas que vieram de baixo e conseguiram subir e vencer o sistema era tão pequena comparada ao restante, que já nasciam filhos dessa máquina capitalista patriarcal, que simplesmente ia enriquecendo mais e mais.

Nunca houve tantos milionários na ex-Terra como no século XXI. Porém, os pobres e miseráveis continuavam sendo uma fatia considerável dessa sociedade, que simplesmente aceitava esse cenário entristecedor. Olhando de fora, humanamente descrevendo, não dá para entender tal comportamento. Como uma sociedade continuava enriquecendo uma pequena porcentagem de habitantes, que se tornavam milionários, bilionários ou até trilionários, enquanto milhões de irmãos ao lado morriam de fome, sem saúde e na miséria? Viviam precariamente e, além de tudo, eram usados em campanhas de ONGs para combater pobreza, miséria, fome, violência, entre outras causas, sendo que a maioria dos dirigentes dessas organizações sociais vivia no luxo e na riqueza, torcendo internamente para que as causas precárias continuassem a existir, a fim de que o problema jamais se extinguisse. Enquanto isso, eles continuavam sendo aplaudidos pela plateia de fantoches humanos pelo diferencial que estavam fazendo no mundo em combate a tanta injustiça, bebendo elegantemente seus vinhos e realizando suas refeições em restaurantes de chefs renomados, onde, apenas com o valor de um prato de comida e de uma bebida, seria possível sustentar uma família por um mês em um país emergente.

Essa mesma fatia da população da impiedosa instituição capitalista começava a pagar um alto preço pelo seu comportamento. Mesmo com a exacerbada quantidade de dinheiro existente em suas contas bancárias, suas vidas eram vazias, consumidas pela ganância, pelo prestígio e pelo poder. Sentimentos aflorados que precisavam ser reabastecidos em suas almas frequentemente, já que o mundo das redes sociais e da tecnologia havia alterado o comportamento da raça humana para efêmero e superficial. Era preciso muita energia, muitos ansiolíticos, muita terapia, muita meditação, muito autocontrole e muitas outras coisas mais para que a vontade de viver fosse mantida, para que o desejo de desaparecer, de cometer suicídio, de sucumbir diante desse mundo de irmãos cruéis não fosse mais forte. As pessoas haviam desaprendido o real valor de sua existência nesse mundo e o verdadeiro combustível necessário para abastecer não o bolso, mas a alma. O combustível que jamais fora material, mas sim espiritual. O combustível chamado amor.

Pobre humanidade era essa dos terráqueos, que, como *homo sapiens*, seres pensantes e inteligentes, haviam deixado de amar e se tornado meros gananciosos corruptos.

Após a Terceira Guerra, o Rei X manteve a comunicação por telepatia ativa para todos os habitantes de Verty, porém dessa vez com filtros e proteções criptografadas necessárias a fim de salvaguardar os cidadãos, já que era algo tão eficaz e ajudava também na saúde, tendo contribuído para exterminar doenças e auxiliar milhões de pessoas que sofriam de algum tipo de deficiência, como distúrbios da fala, gagueira, deficiência auditiva, mutismo e outras tantas mais. Entretanto, o rei aboliu as redes sociais para sempre de Verty. Ele dizia que esse era o grande influenciador maligno que fez com que as pessoas propagassem discursos de ódio e violência e que não iria admitir jamais esse tipo de comportamento em Verty.

De toda forma, queridos leitores, voltemos ao quarto branco.

⚡

Apesar de todos os benefícios e maravilhas da comunicação telepática, ela não era capaz de bloquear gritos ou grunhidos de desespero de alguém que estivesse tendo um ataque epilético, nem mesmo de formular as palavras corretamente, já que, nesse caso, a doença afetava diretamente os neurônios, causando uma severa alteração no funcionamento do cérebro.

Carlitos Pimentel era autista e sofria de uma rara e severa epilepsia tônico-clônica degenerativa, desde os seus 125 anos, quando teve sua primeira convulsão na sala de aula. Precisou ser acudido pelos paramédicos locais e ser levado às pressas ao hospital. Desde então, Carlitos passou a viver em tratamento com diversas drogas, precisando trocar seus medicamentos de tempos em tempos, já que os efeitos deixavam de ser eficazes, e ele simplesmente voltava a ter suas crises, cada vez mais fortes e violentas. Alguns médicos diziam que, caso não fosse medicado, ele poderia representar um risco e perigo a seus familiares próximos.

Seu pai, um grande empresário de minérios e pedras preciosas a serviço do Rei X, o violentava verbal e psicologicamente. Dizia que era uma doença para pessoas fracas e menos talentosas que outras. Afirmava que Carlitos era de uma raça inferior à de sua família. Vomitava palavras maldosas, enunciando que ele não era seu filho biológico, que deveria ser fruto de algum amante do passado de sua mãe.

No dia de seu aniversário de 150 anos, Carlitos voltava da escola no final do dia, após uma comemoração alegre e lúdica com seus colegas e professores, que haviam preparado uma festa surpresa e o presentearam com diversas lembranças de seu personagem favorito retrô da época dos terráqueos, o Harry Potter. Ele mal podia esperar para chegar em casa e fazer uma mágica para sua mãe, com uma de suas varinhas da coleção, que tinha ganhado de presente na escola. Ele estava pensando em fazer o truque do fogo, acendendo a lareira de sua casa com a varinha mágica, já que fazia muito frio e era inverno.

A alguns quarteirões de casa, uma chuva fina e cortante caía. Carlitos apertou o passo, porque odiava a ideia de chegar em casa com os pés molhados. Entrou pelos fundos da casa pela porta da lavanderia, arrancou os sapatos e as meias ensopadas, jogou tudo no tanque e correu para a cozinha, já que sua mãe devia estar terminando de preparar o jantar. Ela havia prometido que prepararia pílulas com a textura e o sabor de um suculento tênder ao vinho, com batatas assadas. E de sobremesa uma deliciosa pílula de strudel de maçã.

Entretanto, quando Carlitos entrou na cozinha, parou perplexo com o que vira, completamente atônito. Sua mãe estava seminua e desacordada no chão, enquanto seu pai a agredia sem parar, com ininterruptos e violentos chutes na boca de seu estômago. Apenas dolorosos gemidos podiam ser escutados.

Antes que seu pai o visse, ele agachou-se rapidamente debaixo da bancada da cozinha, e seu coração disparou. Primeiramente, suas mãos e seus braços começaram a tremer, em seguida seus olhos começaram a se revirar, enquanto sua mandíbula e seu maxilar chocavam-se ferozmente e seu corpo se contorcia todo, derrubando tudo o que havia em cima da bancada. Pratos, xícaras, copos e taças de vinho se estilhaçaram no chão, como se houvesse um terremoto em curso. Então ele gritou telepaticamente o mais alto que pôde, para que toda a vizinhança pudesse escutar e vir socorrê-lo e à sua mãe. Seu pai, percebendo sua presença, parou com os golpes. Veio imediatamente ao seu encontro para fazê-lo calar, como sempre fazia, prendendo-o no porão e deixando-o amarrado por longas horas.

Porém, dessa vez, seria diferente.

Carlitos estava deitado no chão, de costas, e tremia compulsivamente. Quando seu pai se aproximou para segurá-lo, ele virou-se rapidamente e, com sua mão direita, mesmo que tremeleando, conseguiu agarrar um dos estilhaços da taça de vinho. Sem que pudesse raciocinar, cravou o estilhaço pontiagudo na perna direita de seu pai, fazendo-o cair imediatamente no chão. Pulou então em cima dele. Dessa vez mirou seu terno pescoço e fincou a lasca de vidro em sua jugular. Sentiu uma horrenda vontade de abrir sua boca e ter dentes afiados para abocanhar o pescoço de seu pai, arrancar parte da carne e cuspi-la para o outro lado. Sentir o gosto de sangue quente deslizando entre a sua boca até o fundo de sua garganta, ácido e desagradável. Mas, como ele não tinha dentes afiados e sua boca era pequenina, continuou golpeando-o com a lasca afiada. Uma, duas, três e mais algumas vezes, dilacerando por completo seus músculos.

Em uma questão de minutos, e nunca mais seu pai iria violentar qualquer outra pessoa.

Após esse trágico episódio e o enterro de seu pai, sua mãe enlouqueceu e decidiu ir embora da cidade, abandonando Carlitos para sempre. Ele foi criado pelos vizinhos até completar a maioridade. Aos 210 anos, mudou-se para Gênova para estudar artes plásticas, na Academia de Belas Artes.

⚡

No quarto branco, enquanto os grunhidos continuavam ainda mais altos, todos começaram a escutar Carlitos se debatendo entre as camas, mas, devido ao completo breu do quarto, não sabiam exatamente reconhecer quem era. Apenas escutavam os grunhidos ao lado esquerdo, bem no fundo do quarto.

Joseph estava ao seu lado e tentou segurá-lo, mas não conseguiu, levando um forte golpe no rosto por uma das mãos de Carlitos, que não paravam de se sacudir, quase que como um processo mecânico desordenado de seus membros.

Chen, que sofria de pânico e ansiedade, apesar de estar do lado oposto do quarto, começou a sentir uma horrenda falta de ar e não se conteve, acendeu então sua lanterna, que de imediato iluminou o quarto, e encontrou Carlitos se debatendo e começando a babar. Em seguida, Oswald se arrastou rapidamente até Carlitos e, com um golpe de arte marcial certeiro, conseguiu imobilizá-lo, entrelaçando-o com seus braços. Shell veio engatinhando rapidamente próximo a ele e aplicou-lhe uma injeção de tranquilizante, que havia trazido em sua mochila. Ela sempre carregava injeções de tranquilizante para ajudar Chen, já que ela sofria constantemente de suas crises devido ao seu transtorno de personalidade.

Em poucos minutos, Carlitos já não babava mais, os grunhidos haviam cessado, e seu corpo anestesiado não mais se debatia. Uma enorme sensação de alívio e paz tranquilizou a todos.

Pelo menos por enquanto. Faltavam 600 minutos.

CAPÍTULO 6
NOITE ESTRELADA

Carinhosamente, recomendo uma taça de vinho tinto Merlot e a canção "Trouble on My Mind", de The Staves & yMusic, para a leitura deste capítulo.

O que poderia trazer a definição de amor e felicidade na vida de alguém? Entre uma infinidade de coisas, todas dispostas para diferentes gostos e aptidões, podemos citar, com absoluta certeza: viagens, filmes, música, comida, livros e vinhos; junto à companhia de alguém especial, ou apenas solitariamente.

Segundo Michelangelo, em seu poema "Amor celestial":

"Nenhuma coisa mortal fascinou esses meus olhos ansiosos quando encontrei a paz perfeita em seu lindo rosto.

Mas lá dentro, onde tudo é terra santa, a minha alma sentiu o amor, seu companheiro dos céus, pois ela nasceu com Deus no paraíso.

Nem todos os shows de beleza espalhados por aí nesse belo falso mundo as suas asas à terra amarraram.

O amor dos amores voa alto.

Não, as coisas que sofrem a morte, não extinguem o fogo dos espíritos imortais

Nem a eternidade serve ao sórdido tempo que murcha as coisas raras.

Não o amor, mas o impulso sem lei é o desejo, que mata a alma.

Nosso amor se torna ainda mais justo.
Nossos amigos da terra, mais justos em sua morte nas alturas."

Uma boa pintura, assim como um bom vinho, oferece diferentes prazeres e experiências igualmente fantásticas, limitadas apenas pelos sentidos específicos que cada um pode proporcionar individualmente ou em conjunto, mas, volto a frisar, possuem seu valor e mérito individualizado.

Para a degustação de um bom vinho, ele deve passear livremente pela boca e afundar lentamente na língua para que se possa, através da explosão de sabores em suas papilas gustativas, sentir suas diferentes sensações: doce, salgado, ácido ou amargo, apresentando as suas características, como corpo, consistência e maciez. Entretanto, após engolir, percebe-se um amargor no fim da língua, quase na garganta, além de um calor provocado pelo álcool no descer da bebida rumo ao estômago. Algumas pessoas amam. Outras, nem tanto.

Já a arte é um processo delicado e fugaz que provoca efeitos químicos no cérebro. O efeito da arte no nosso cérebro é semelhante ao que acontece quando olhamos para a pessoa amada: uma enorme carga de dopamina é descarregada no córtex orbitofrontal do cérebro, ativando milhões de neurônios e estimulando-os à sua dança sinapsial, que proporciona um prazer intenso a quem a recebe. Nesse momento, o fluxo sanguíneo para o cérebro aumenta em até dez por cento.

Caso você esteja escutando este livro, recomendaria que gentilmente fechasse os seus olhos; já para os que estão lendo, apenas por alguns segundos, feche também seus olhos e inspire lentamente, prenda a respiração por quatro segundos e, expirando vagarosamente, reabra seus olhos e recomece a leitura. Se você preferir, pode repetir esse processo seis vezes e assobiar enquanto expira.

Agora, imagine o quadro *A noite estrelada sobre o Ródano*, de Van Gogh, pintado em 1888 com a técnica óleo sobre tela na era pós-impressionista.

Existe um céu azul turbulento e cheio de curvas pinceladas em forma de espiral, de diversos outros tons de azul, e a noite é muito mais colorida do que o dia, iluminada pela oponente lua minguante amarela, acompanhada de dez estrelas brilhantes, sendo que uma delas, a estrela D'alva ou Vênus, possui um brilho mais esbranquiçado e estrondoso, se comparado ao das demais. Ao centro, o redemoinho existente se assemelha a uma baleia fêmea, que olha para cima e admira as estrelas. No lado esquerdo do quadro, existe um vultuoso cipreste verde-escuro, com extremidades que vão se afinando e parecem labaredas querendo tocar o céu. Mais para a direita, é possível avistar um vilarejo com uma igreja ao centro, alguns casebres feitos de barro empoçado, pedras retiradas do campo e com seus tetos de palha de centeio. Algumas casas estão com suas lamparinas acesas; já outras, iluminando-se apenas com o brilho da noite. No primeiro plano ao fundo, existe uma pequena floresta, exalando um perfume adocicado, como o de uma ameixeira, e, no segundo plano, mais ao fundo, montanhas curvilíneas azul-escuras se misturam com as ondas do céu, e uma delas é de um tom azulado, um pouco mais escuro que o de suas irmãs, e se assemelha à imagem de uma das imensas musas do pintor Botero. Nua e deitada, confortavelmente de barriga para cima, com seus seios fartos e sua cabeça do formato de uma gota d'água na horizontal, embebeda-se da madrugada mágica, que, em movimentos circulares, vai derretendo-se através de seus pequenos olhos brancos, estáticos e ressecados, que não consegue fechar.

O quadro é dividido na horizontal por uma linha, e na vertical por um cipreste, que é visto em primeiro plano. A forma de sua pintura é curvilínea, e as pinceladas integram-se de maneira ritmada, acima da superfície da imagem. A cidade, o cipreste e o céu fantástico e lúdico se integram perfeitamente. Paisagem que faz uma metamorfose de elementos reais com a memória de Van Gogh.

Van Gogh realizou esse trabalho quando estava internado por vontade própria no sanatório Saint-Rémy-de-Provence, na França. E essa era a visão da janela de seu quarto.

⚡

Eram 3h33 de uma refrescante madrugada de outono, Carlitos estava em seu quarto, prazerosamente deitado em sua cama. Há mais de três horas, ele intensamente observava os detalhes de seu novo quadro de Van Gogh, *A noite estrelada*, que estava pendurado na parede e que fora um presente de aniversário de sua mãe. Ali, naquele momento, através da grande janela horizontal, o quadro era iluminado e refletia toda a luz externa da Lua e das estrelas. Era completamente impossível saber o que Carlitos estava pensando, ele apenas tinha um leve sorriso no rosto e piscava lentamente enquanto admirava os infinitos detalhes de sua nova obra de arte.

Carlitos havia trocado seus remédios naquela semana, e um dos efeitos colaterais era esse dopamento anestésico, como de quem havia injetado uma leve dose de heroína. Ele se sentia pleno.

Duas semanas antes, durante as poucas vezes em que Carlitos saía de casa, ele havia tido uma de suas piores crises e sofrido uma queda do teleférico. Graças a alguns turistas que presenciaram o momento, socorreram-no e chamaram imediatamente uma ambulância, ele foi socorrido a tempo e levado às pressas ao hospital mais próximo na parte de baixo dos alpes, já que não havia um hospital no vilarejo em que morava. Acidentes assim eram comuns na vida de Carlitos, e ele odiava ver as pessoas presenciando esses seu momentos de vulnerabilidade.

A parte mais difícil para Carlitos, quando tinha uma de suas crises de epilepsia, eram as vozes internas que diziam para ele fazer coisas que não queria, e, sempre que resistia a elas, acabava se machucando. Ele havia dado nomes para elas, mas preferia não revelá-los.

Além das vozes, o que o incomodava era a necessidade de ter aquelas sensações, aqueles arrepios forçados que ele precisava ter em diferentes partes do corpo, toda vez que estava prestes a ter uma crise. Era quando ele geralmente começava a sentir as fortes dores na cabeça e a se debater, tentando expulsar as vozes, os arrepios e a inquietude de sua alma, que apenas gritava por socorro através de seu corpo. As palavras se embaralhavam em sua mente, e o máximo que ele conseguia era murmurar algumas descompassadas sílabas telepaticamente. Na maioria das vezes, estava sozinho. Ele só parava quando seu corpo já estava demasiado exaurido por horas a fio lutando contra sua mente incansável. Hematomas ficavam cravados em sua pele frágil e branca.

Angélica, sua mãe, sabia que a música clássica e o aroma de lavanda o acalmavam. Por isso havia mandado plantar algumas lavandas no jardim. Seu quarto, que ficava no andar de cima, sempre que possível estava com a janela aberta, para que o calmante aroma adentrasse. Tinha paredes à prova de ruídos sonoros e telepáticos. Seu pai, Carlos Aurelio, e sua irmã Ágnes não gostavam de escutar Carlitos gritando telepaticamente nem se debatendo contra as paredes, quando tinha suas crises.

Após a primeira crise de Carlitos na escola, os médicos identificaram que ele sofria de um raro transtorno do Espectro Autista, um dos tipos mais severos de autismo já identificados. Todas as pessoas autistas compartilham certas dificuldades, mas ser autista tem implicações particulares e únicas em cada indivíduo. Muitos deles possuem inteligência média ou acima da média e geralmente não têm dificuldades de aprendizagem, mas podem ter dificuldades específicas com certos temas e tendência a preferir o isolamento, o que não significa que não amem sua família e pessoas próximas. Eles têm menos problemas com a fala do que outros autistas, mas ainda podem ter dificuldades em entender e processar a linguagem. No caso específico de Carlitos, quando tinha suas crises, ele sentia o mundo de forma esmagadora, e sua reação sempre foi apenas defensiva, jamais intencional. Afinal, seu coração era envolto pela mais branda pureza de uma criança.

Seus pais o transferiram para uma escola especial. A partir de então, com as medicações, ele ficou muito mais tranquilo e foi nessa época que começou a se interessar por arte, mais especificamente pela pintura.

Com 135 anos, Carlitos estava participando com um de seus quadros da primeira exposição infantojuvenil para pintores na única galeria de arte do Vale de Núria. Esse pequeno vilarejo localizado a uma altitude de dois mil metros acima do nível do mar oferece uma elegante, porém pequena estação de esqui, equipada com um sistema de produção de neve natural o ano inteiro, independentemente da estação, permitindo a prática de esqui ou snowboard. A vista é magnífica, cercada por picos de até 2.900 metros de altitude, completamente encobertos por aquela imensa pelugem branca de flocos de neve.

Segundo a lenda descrita nas Escrituras Sagradas, Eros chegou a esse vale viajando através do meteorito 433 e esculpiu meticulosamente uma imagem da Virgem do Meteorito, que era sua mãe e se chamava Núria, que em catalão significa "lugar entre as montanhas". Eros teve que escondê-la em uma caverna quando precisou fugir, porque estava sendo perseguido pelos maléficos deuses. Séculos depois, um peregrino veio a esse lugar guiado por uma revelação divina. Ele então construiu uma pequena mesquita, tornando-o um local de culto e peregrinação, o qual até hoje atrai turistas não somente de Verty, mas de toda a galáxia, para admirarem a Virgem esculpida.

O vale é acessível somente através da Cremallera de Núria, que é uma estrada de ferro, um tipo particular de caminho que baseia o seu funcionamento na acoplagem mecânica com a via por meio de um terceiro trilho ou carril dentado denominado cremalheira. A disposição mencionada permite que seja utilizado em zonas onde haja um grande pendente, nas quais o funcionamento por aderência entre carris e rodas não seria possível devido à escassa fricção entre aquelas. Emprega-se principalmente em comboios, trens de montanha para turistas em altas montanhas para se conseguir chegar à primeira ou às principais elevações.

O prefeito da cidade construiu vias de cremalheira para uma máquina locomotiva lenta que até hoje é mantida como tradição no Vale de Núria. Decretada como um dos patrimônios de Verty pelo Rei X, o acesso por teletransporte sempre foi proibido, já que poderia depredar a cidade dado o número elevado de turistas.

Certa vez, alguns humanos se teletransportaram clandestinamente, mas foram identificados pelas câmeras de segurança, aprisionados e direcionados à tenebrosa Caldária de Verty, situada bem no centro do planeta, onde todos os criminosos e inimigos do Rei X estão presos perpetuamente, juntando-se a eles por seus atos de impunidade.

O Rei X fez questão de divulgar tal acontecimento telepaticamente a todos os humanos, para que estivessem alertados de que as regras eram claras e não deveriam ser descumpridas; caso contrário, haveria um caloroso preço a se pagar.

De poucos amigos e adepto à solitude, Carlitos amava ficar pintando em sua casa, no seu ateliê, que sua mãe havia mandado construir, a fim de que ficasse mais horas em seu quarto sem importuná-la. Ele passava horas do dia dentro do ateliê e só se lembrava de sair quando tinha fome e já era noite.

Era muito difícil Carlitos sair do controle e ter crises epilépticas desde que teve sua síndrome diagnosticada e passou a tomar os remédios regularmente. Entretanto, apenas o odor de vinho tinto conseguia fazê-lo sair do eixo, mesmo com suas medicações em dia e ficando a maior parte de seu tempo dentro de seu quarto.

Toda vez que ele sentia o intenso cheiro de vinho percorrer suas narinas, começava a sair do controle. Para evitar que isso acontecesse, na mesma hora em que ele começava a sentir o odor de vinho, beliscava fortemente uma das laterais do seu braço na parte superior, bem na parte de dentro, onde a pele é mais fina e a dor pode ser sentida mais intensamente. Em seguida, inspirava o máximo que podia e começava a assobiar a sinfonia de Beethoven nº 5, uma de suas favoritas. Pouco a pouco, ele ia se acalmando e tudo voltava ao normal. Ele tentava esconder o máximo que podia os hematomas deixados nos braços, às vezes com marcas de sangue coagulado. Quando porventura alguém as enxergava, ele dizia que tinha se machucado na aula de educação física ou simplesmente tropeçado.

O problema é que, nos últimos tempos, Carlitos estava sentindo o odor do vinho muito frequentemente. Por algum motivo, os beliscões em seu corpo, unidos às inspirações e aos assobios, não estavam fazendo efeito, e ele estava ficando muito irritado. Segundo seus pensamentos, talvez fosse por isso, porque ele não estava sendo um bom menino e se controlando como deveria, que seu pai o trancava no porão e só o deixava sair no outro dia, quando ele estava mais calmo. Todavia, estava acontecendo algo que soava muito estranho para Carlitos. Toda vez que seu pai o trancava no porão, sua irmã e sua mãe não estavam presentes, mas ele podia ouvir o som telepático de suas vozes, uma mistura de risadas regadas ao odor de álcool intenso. No dia seguinte, quando ele as encontrava e fazia algumas perguntas para saber o que havia acontecido, elas simplesmente diziam que não sabiam do que ele estava falando, que provavelmente ele havia sonhado.

Ágnes era sua irmã mais velha, e eles eram bem diferentes. Ela era muito parecida com a mãe, na fisionomia e na personalidade, já Carlitos tinha os traços físicos do pai, porém não se assemelhava a ninguém de sua família, com exceção de sua falecida *abuela,* dona Carlota. Ágnes era alta e magra, muito parecida com a maioria das garotas de sua escola. Era extrovertida e se dizia muito popular, contava para Carlitos que era a menina mais famosa do colégio. Ela pedia a ele que, toda vez que passasse por ela, fingisse não a conhecer. Era até melhor que ele evitasse sair no horário de intervalo e ficasse estudando dentro da sala de aula. Ela reforçava que era importante manter o relacionamento entre os dois apenas dentro de casa para evitar olho gordo. Afinal, como ela era muito popular na escola, e ele pequeno e frágil, alguém poderia machucá-lo só para atingi-la. De toda forma, ela dizia que amava muito seu pequeno irmãozinho e que se preocupava com ele. Toda vez que Carlitos contava isso à sua mãe, Angélica dizia que Ágnes estava certa e evitava conversar, pedindo a ele que subisse para o quarto ou fosse para o seu ateliê.

Angélica devia ter uns quinhentos anos, mas aparentava uns 390. A cada seis meses, ela se transportava para um paraíso tropical e afrodisíaco e, depois de duas semanas, voltava rejuvenescida. Carlitos tinha a impressão de que, toda vez que sua mãe voltava dessas viagens, ela chegava com um cheiro de plástico com morango delicioso, idêntico ao cheiro da boneca de sua irmã. Ele dava risadas, e sua mãe não tinha ideia do que ele estava pensando.

Durante a semana, ficavam apenas Carlitos, sua irmã e sua mãe em casa, enquanto seu pai fazia viagens internacionais a trabalho. Sua mãe dormia algumas noites fora de casa por causa do grupo de estudos da mesquita. Ela estava estudando as Escrituras Sagradas e, como memorizar os 433 mandamentos a deixava muito exausta, preferia dormir na capela da mesquita. Angélica era uma fiel devota de Eros. Nos finais de semana em que seu pai retornava de viagem, ela dizia a Carlos Aurélio que estava cansada da semana, porque, além dos estudos religiosos e de tomar conta da casa, tinha que sempre dar uma atenção redobrada a Carlitos.

Certa vez, Carlitos reparou umas algemas de ferro pretas na enorme bolsa vermelha de sua mãe, tirou-as de dentro, começou a correr e brincar de "pega-ladrão" e disse que ia prender sua mãe. Angélica foi pega de surpresa e, desconcertada, disse que não sabia de onde essas algemas haviam surgido. Carlitos então perguntou se ela estava ajudando os soldados a prenderem inimigos do Rei X e se ela talvez viraria também uma soldada. Irritada, ela deu um safanão em sua cabeça, dizendo para ele deixar de falar besteiras, ordenando que nunca mais mexesse em seus objetos pessoais. Saindo às pressas, disse que estava atrasada para o encontro na mesquita e que, quando voltasse, no dia seguinte, a casa deveria estar limpa, e as roupas lavadas e estendidas no varal do jardim. Ah, e que, se ele se esquecesse de lustrar as taças de vinho novamente, ela iria contar ao seu pai. O que Carlitos e seu pai não desconfiavam até então é que sua mãe o traía há décadas com o doutor Kozlov, o médico cientista e amigo muito próximo do Rei X.

Infelizmente, foi por esse motivo que, quando descobriu a farsa, seu pai a espancou e Carlitos interveio para salvá-la. Pobre Angélica, ela apenas não era uma mulher tradicional vertyniana, e sua alma jamais fora monogâmica. Além disso, sexo para ela era algo que deveria ser apimentado, exatamente como doutor Kozlov gostava de fazer, com direito a algemas de ferro e brincadeiras calientes que estimulassem sua libido. Carlos Aurélio era definitivamente um homem sem tempero algum para ela.

Apesar dessa difícil fase atribulada na infância e juventude de Carlitos, a somatória de seus problemas familiares e o trágico assassinato de seu pai, novos e brandos tempos de recomeço o aguardavam em sua nova jornada em Gênova, desde que fora aprovado e começara a estudar artes plásticas na Academia de Belas Artes.

Foi nesse novo período que Carlitos conheceu os melhores amigos de sua vida, com quem poderia contar, e foi quando também ele finalmente descobriu o amor.

CAPÍTULO 7

CHEDDAR&PEPPERONI

"Põe uma faca à tua garganta, se és homem de grande
apetite. Não comas a pílula daquele que tem o olho
maligno, nem cobices os seus manjares gostosos.
Porque, como imagina no seu coração,
assim ele é. Come e bebe, te diz ele,
porém o seu coração não está contigo.
Vomitarias o bocado que comeste e
perderias as tuas suaves palavras."

Trechos das Escrituras Sagradas de Eros

As luzes do quarto branco continuavam apagadas, e apenas o som da respiração de medo perambulava no ar. Eles não sabiam ao certo há quanto tempo estavam no quarto nem se a droga injetada em suas veias já estava fazendo efeito ou não.

Shell, particularmente, sentia muita tontura e não sabia quanto tempo mais conseguiria suportar o peso de seu próprio corpo, devido às dores inflamatórias de seus ossos, que começavam a se dissipar por cada célula até chegar em seu cérebro, causando um tenebroso desconforto.

Há anos Shell sofria de artrite piogênica aguda, e seu sedentarismo e peso elevado não a ajudavam em nada nesse aspecto. Ao mesmo tempo, o silêncio intragável que permanecia era assustador e lhe dava uma horrenda falta de ar.

Quando Shell era criança, por volta de seus noventa anos, seus pais lhe diziam que o silêncio era a porta do inferno para aqueles que viviam do pecado ou que houvessem cometido algum crime medonho e cruel. Se essa teoria fosse verdadeira, Shell estaria prestes a entrar no seu pior pesadelo. Afinal, seu passado a condenava ou, propriamente dizendo, a essência de sua a alma não era boa como pregavam as Escrituras Sagradas.

As luzes se acenderam. Carlitos continuava sob o efeito anestésico do tranquilizante, com sua cabeça encostada nos ombros de Joseph, e não babava mais. Seu semblante lembrava o de alguém que havia acabado de travar uma luta e que, apesar de vencida, em vez de estar relaxado, tinha uma respiração ofegante e não parava de olhar para a porta.

Tulio, que anteriormente não estava no quarto, havia aparecido e se juntado aos demais. Ele estava seminu, deitado de barriga para cima e algemado na cabeceira de uma das camas. Uma venda cor-de-rosa cobria seus olhos e um manto branco, que mais parecia uma saia de renda, cobria seus genitais, enquanto seus membros inferiores estavam também encobertos por um outro manto esbranquiçado, como os demais. Havia marcas de arranhões por todo o seu corpo, mais especificamente em seu peito e suas pernas, próximos à sua virilha. Era possível avistar seu abdômen se mover, conforme ele fazia longas respirações.

Inesperadamente, um delicioso cheiro de salmão assado com batatas sauté gratinadas começou a invadir o ambiente aos poucos. Em seguida, um cheiro de lombo de porco pairou no ar. Em seus pensamentos, Oswald conseguia sentir a crocância das dobradiças do porco estalando no céu de sua boca, algo inusitado que jamais sentira antes, mas que estava em seu subconsciente, quase como uma espécie de déjà-vu.

Na sequência, o bálsamo de um suculento peru assado e uma picanha malpassada adornaram o local, completando ainda mais aquele oásis de aromas. Eles nunca tinham sentido tais odores em suas vidas. Pílulas alimentícias não exalavam odor algum – todos os habitantes de Verty tinham apenas acesso ao sabor das pílulas quando elas se dissipavam e esparramavam suas essências de sabores em seus estômagos, após engoli-las geralmente com um gole d'água ou outra bebida destinada à ocasião. A boca de Oswald começou a salivar ainda mais, ao mesmo tempo que ele sentia muita sede.

A porta do quarto então se abriu.

⚡

A mesma senhora grisalha, de cabelos longos e ondulados, adentrou o quarto. Junto dela, havia três ajudantes mascarados que carregavam bandejas com pratos de comida. Quero dizer comida de verdade, como nos primórdios terráqueos, e não as pílulas alimentícias encapsuladas. Os ajudantes foram descarregando cada prato e posicionando-os um a um em frente a cada um dos convidados. Em seguida, a senhora e seus ajudantes saíram do quarto e trancaram novamente a porta.

Era a primeira vez que eles tinham tal visão paradisíaca como essa, ao mesmo tempo estranha, pois só conheciam imagens de comidas assim através dos livros de história da época da ex-Terra. Animais mortos e assassinados para consumo era algo considerado um verdadeiro crime para a sociedade vertyniana.

Desde o final da Terceira Guerra, o Rei X realizou um dos mais incríveis feitos em benefício da humanidade para exterminar a fome de uma vez por todas no planeta. Foi ele quem criou as pílulas alimentícias, com o doutor Kozlov, e determinou que, a partir de então, toda e qualquer alimentação seria realizada através e apenas pelo consumo delas.

Elas eram confeccionadas na maior indústria alimentícia já criada, com dez milhões de metros quadrados. Fora construída no antigo território onde havia um país chamado Rússia, que não mais existia em Verty.

Andrew Kozlov, um grande amigo do Rei X, foi o médico--cientista idealizador desse incrível projeto milagroso. Cada pílula continha todas as vitaminas de que um corpo humano necessitava para ser nutrido a níveis perfeitos de gorduras, proteínas, carboidratos e fibras.

Segundo o doutor Kozlov, tais pílulas continham os ingredientes para que os vertynianos estivessem imunes a praticamente todas as doenças, com exceção, é claro, dos transtornos psicológicos. Mas estes também não os preocupavam mais, já que, segundo relatos também do doutor Kozlov, os laboratórios tinham a mais avançada tecnologia para o desenvolvimento de todo o coquetel necessário de drogas de que um ser humano vivo de Verty necessitava para ter uma mente perfeitamente saudável, além de um corpo cem por cento nutrido, é claro.

Além de seus infinitos sabores e opções variadas de pratos internacionais, incluindo a culinária de praticamente todos os países, abrangendo também sobremesas, as pílulas alimentícias eram assinadas pelos maiores chefs de cozinha. Inclusive receitas de chefs da ex-Terra, como Gordon Ramsay, que era um dos chefs favoritos do Rei X e oferecia receitas de seus lendários pratos, como a pílula de *pasta&lobster* ou a pílula de *Beef&Wellington* e, para arrematar, uma pílula de *Rasberry&LemonCheesecake* de sobremesa. Todas elas geralmente acompanhadas por um vinho tinto ou um espumante. Apesar de todos esses sabores serem muito bem trabalhados pelo doutor Kozlov em seu laboratório, eles não eram reais e nem de longe possuíam qualquer semelhança com um desses pratos e alimentos verdadeiros que existiram na ex-Terra.

Em seu projeto, doutor Kozlov fez uma adaptação milagrosa no sistema digestivo dos vertynianos. Já que todos se alimentariam de pílulas e as engoliriam, ele adaptou o estômago para que tivessem papilas gustativas próprias. Desse modo, com qualquer pílula que fosse engolida, assim que começasse a dissolver-se no estômago, seria possível sentir os sabores através dessas novas papilas gustativas estomacais. Segundo o doutor Kozlov, elas eram mais evoluídas que as anteriores, que ficavam na língua. Apesar de os princípios e sabores serem os mesmos, doce, azedo, salgado, amargo e umami, ele dizia que a sensação era mais intensa, como se fosse uma versão avançada das antigas.

Porém, se tinha uma pílula que Shell detestava era a de *beef&garlic*. Na hora que a pílula era engolida, era uma delícia sentir o sabor daquele bife malpassado suculento, mas logo depois, ela ficava sentindo aquele gosto de alho no estômago que vinha subindo pela garganta, durante horas sem fim. Ela podia beber quantas Diet Coke quisesse, mas mesmo assim continuava com aquele gosto forte de alho no seu estômago. De vez em quando, ela ainda dava uns arrotos com mau cheiro, que a deixava constrangida, ou melhor, mais introvertida do que já era normalmente. Isso porque Shell estava longe de ser uma vertyniana exemplar, de acordo com a estética corporal padrão da maioria das mulheres jovens de sua idade.

Amanda, como sempre, a criticava, dizia que sua alimentação era péssima e que deveria comer como ela – meia pílula de *queijobranco* zero lactose pela manhã, uma pílula de *ceasersalad* no almoço, um quarto de pílula de amêndoas no meio da tarde, uma pílula e meia de bolacha *cracker* de água e sal com um oitavo de pílula de requeijão. Ah, e, segundo Amanda, Shell ainda poderia comer um terço de pílula de banana ou maçã, com meia pílula de copo de iogurte desnatado. Resumindo, uma dieta deprimente e desagradável, segundo Shell, que ela simplesmente se recusava a fazer.

Em vez disso, clandestinamente Shell contava com a ajuda de Tulio para confeccionar outros tipos de pílulas que ela realmente sentia prazer em degustar. Há alguns anos, Tulio havia construído um laboratório em sua casa com a ajuda de Evoé, a renomada chef alquimista estudante da Academia de Belas Artes e agora sua amiga. Ambos estavam muito entusiasmados pelo início dessa incrível empreitada. Essas novas pílulas tinham o dobro do tamanho das originais, que o doutor Kozlov, pai de Evoé, havia criado. Elas quase não passavam pelo pequeno orifício da boca, eram altamente ricas em gorduras das mais variadas e continham muito, muito açúcar. Shell se deliciava com elas, e suas favoritas eram as pílulas de pão de mel, brigadeiro, cocada e sorvete de doce de leite. Shell recordava que, na primeira vez que apresentou essas pílulas a Oswald, ele não gostou muito, dizendo que elas o deixavam enjoado. Nesse dia, Shell lhe disse que não tinha problema, que assim sobrava mais para ela. Realmente o sabor era excessivamente edulcorado. Diferentemente de Shell, que comia as pílulas alimentícias para se deleitar com seus sabores inusitados, mesmo que tivesse que pagar um preço com seu corpo para tal prazer momentâneo, Oswald já tinha uma relação diferente em seu processo alimentício. Ele se alimentava das pílulas não para saboreá-las, mas por pura compulsão, algo que infelizmente não conseguia controlar. Portanto, não importava se eram doces ou salgadas, artificiais ou saborosas, ele apenas as devorava ao ponto de seu estomago ficar lotado e ele começar a ter náuseas. Entretanto, nem sempre Oswald foi assim, tudo começou logo após um fatídico acontecimento em sua infância.

Em Verty, não se matava nenhum animal, já que o Rei X pregava que todos deveriam ser verdadeiros amantes leais à natureza, incluindo a flora e a fauna. E que eles, os animais, deveriam ser todos preservados sem exceção, a fim de serem considerados como irmãos da mesma espécie pelos vertynianos.

De qualquer forma, todas as pílulas alimentícias continham proteínas em sua matéria-prima, porém eram insecto-veganas. Continham a mais pura proteína de diversos insetos, como baratas, carrapatos, cupins, moscas-varejeiras, formigas entre tantos outros. Isso pode soar um tanto inusitado para você, terráqueo; e, quanto ao sabor, não se preocupe, pois felizmente o doutor Kozlov havia pensado em tudo; eram inseridas essências de sabores artificiais variados de cada tipo de carne, incluindo suas especiarias e temperos.

Desde um pouco antes da Guerra, na ex-Terra, não havia mais produção de animais suficientes para alimentar a população, e foi por isso que o Rei X destinou essa importante missão ao doutor Kozlov logo após o término da Terceira Guerra.

Segundo o Rei, esse milagroso projeto do doutor Kozlov fazia com que todos os vertynianos fossem seres mais evoluídos e desenvolvidos. Os vertynianos jamais precisariam ter que cozinhar, preocupar-se com inúmeras compras de mercado, incluindo itens infindáveis, ou se aborrecer com produtos estragados ou vencidos, como frutas, carnes ou qualquer alimento perecível, já que as pílulas não tinham prazo de validade. E nunca mais comprar pratos e talheres nem se preocupar em lavar louças. O melhor de tudo, ainda segundo o que o Rei dizia: "Nós, vertynianos, não precisamos nos preocupar com cáries e qualquer outro problema dentário como os habitantes da ex-Terra e escutar aquele barulhinho aterrorizante da broca de dentista perfurando o dente, dando aquela sensação de arrepio horripilante. Além de, claro, ser uma completa perda de tempo!".

Shell tinha ouvido dizer uma vez que os habitantes da ex-Terra precisavam "cozinhar" a comida, já que era crua. Isso soava bem estranho, pois, para ela e os vertynianos, o termo que eles chamavam de "cozinhar" era na verdade realizar misturas de sabores entre as pílulas, mas nada que levasse mais do que cinco ou dez minutos para preparar uma refeição elaborada. E no máximo ter que aquecer as pílulas, quando necessário. Shell achava uma verdadeira lástima a forma como os pobres terráqueos viviam no passado, desperdiçando o precioso tempo que poderiam dedicar a coisas mais evoluídas para seu aprendizado, a leitura ou outras afeições mais intelectuais ou prazerosas, como as atividades físicas. Essa última, algo que Shell, por mais que tivesse tempo disponível, detestava realizar.

Nessas horas, quando Shell se comparava com os habitantes da ex-Terra, ficava muito claro para ela que os vertynianos eram seres humanos mais desenvolvidos, e o fato de os animais viverem agora soltos no planeta próximo a Verty, Centauri B, fazia da galáxia um ecossistema ideal. O Rei dizia que era importante que os animais tivessem o seu próprio habitat no outro planeta para se sentirem mais livres.

Todavia, algumas vezes Shell se questionava por que os animais não habitavam entre os vertynianos. Por que eles viviam naquele outro planeta que era destinado a eles e proibido de se visitar, inclusive onde o teletransporte não funcionava? Na verdade, os únicos animais vivos que Shell e os vertynianos podiam ver eram aqueles do imenso e único zoológico de Verty, localizado no sul da África; lá era possível ver um animal de cada espécie, incluindo os que viviam em continentes frios, pois havia locais climatizados para eles. Porém, não era possível tocar nenhum animal vivo, o Rei dizia que os animais agora eram sagrados e não poderiam ser mais tocados.

Apesar de Shell entender esse maravilhoso conceito do Rei X, ela sentia falta de ter animais verdadeiros perto dela. Mesmo que ela tivesse o Félix, seu gato robô que era como um amigo, já que ele também se comunicava e entendia tudo o que falava telepaticamente, ela sentia falta de ter um contato mais real com esses animais vivos. De toda forma, se o Rei X dizia que eles estavam bem e protegidos no planeta Centauri B, isso deveria ser o mais importante, não é mesmo?

Dando continuidade a mais benfeitorias que o Rei X havia realizado, os vertynianos não precisavam se preocupar com qualquer infecção bacteriana ou doença bucal transmissível, já que as pílulas alimentícias eram engolidas e iam diretamente para o estômago, a fim de serem saboreadas e imediatamente digeridas. Sendo assim, o Rei teve a extraordinária ideia desse outro feito milagroso, segundo os vertynianos, para que suas bocas fossem então preservadas de qualquer doença por toda a vida.

Lembram-se do chip instalado em cada feto, ainda no período gestacional? Pois bem, todos os recém-nascidos recebiam um check-up para verificar se o chip que lhes dava o dom teletransportático havia sido inserido corretamente em seu cérebro e se estava funcionando de acordo. Na sequência, se tudo estivesse nos conformes, era aplicada uma anestesia no bebê, para que fios de ouro branco pudessem costurar suas delicadas bocas de uma extremidade a outra, deixando apenas um pequeno orifício redondo, um pouco maior do que o tamanho de uma azeitona, a fim de que pudessem se alimentar, beber água e, ocasionalmente, em alguma emergência, respirar, caso tivessem algum problema em suas vias aéreas.

Já que também não utilizariam mais seus dentes, no mesmo procedimento anestésico e antes de terem a boca costurada, a arcada dentária era arrancada por inteiro. O Rei dizia; "Para que ter dentes, se jamais serão utilizados?". Além disso, o Rei explicava que a estética facial de não ter mais os dentes deixava o rosto harmoniosamente afinado, com uma forma triangular perfeita, valorizando mais os ossos da bochecha, enquanto os olhos davam a impressão de serem maiores e mais vivos. E isso tudo, é claro, ainda segundo depoimentos do Rei X, deixava todos os vertynianos mais belos e atraentes.

Por último, havia o procedimento final que, segundo o Rei X, era a "cereja do bolo" de todo esse feito milagroso. Logo após as arcadas dentárias serem retiradas, as línguas também eram arrancadas e enviadas ao centro de produção das pílulas alimentícias, afinal eram partes do corpo humano ricas em proteína e colágeno e, sendo assim, utilizadas para o encapamento das pílulas. Partes de seus corpos os retroalimentando era a prova mais concreta de que todos faziam parte de uma civilização evoluída, com um dos mais avançados ecossistemas humanos sustentáveis da galáxia, segundo o Rei X. De acordo com ele, ter uma boca livre, sem dentes e língua, era algo libertador!

O que Shell mais adorava nisso tudo era poder beber sua Diet Coke de garrafinha. Ela encaixava o canudinho perfeitamente no orifício estreito e circular de sua boca e fazia um movimento de sucção bem rápido. Em seguida, sentia aquele líquido gasoso e gelado caindo direto na boca do seu estômago, sentindo o delicioso sabor caramelizado explodindo, e dando aquela sensação de bem-estar digestivo que ela simplesmente adorava.

Voltemos ao quarto branco, onde todos ainda estavam ludibriados pelos odores e comidas que lhes tinham sido apresentados. Um peru inteiro assado e dourado, uma crocante costela de porco, um enorme salmão regado ao mel e um fêmur inteiro e malpassado de uma vaca assada. Todos esses animais mortos estavam literalmente na frente deles e soltando aquele aroma carnal, incrivelmente apetitoso.

Uma sensação mista de prazer e desespero começou a envolver cada um deles, em especial Oswald. Apesar de não ter língua em sua boca, estranhamente ele sentia a boca tentando salivar, ao mesmo tempo que a sede aumentava ainda mais.

Shell, olhando em sua volta, sabia que infelizmente não seria possível comer o que lhes era ofertado. Era simplesmente impossível. Ela começou então a se perguntar em seus pensamentos: "Como ingerir essa comida pelo orifício de pouco mais de um centímetro de nossas bocas? E, mesmo que conseguíssemos colocar dentro de nossas bocas, como mastigar e engolir se não temos nem dentes nem língua? Por que raios estão fazendo tal atrocidade com todos nós, justo no dia em que eu me casaria e perderia minha virgindade com minha amada Sofie? Onde estará você, meu amor?".

De repente, todos escutaram um grito aterrorizante de Chen.

⚡

Todos olharam para o lado e viram que Oswald segurava o fêmur da vaca com suas duas mãos, enquanto sua boca tentava abocanhar a carne. Eles não compreendiam exatamente o que estavam vendo, mas, olhando mais de perto, conseguiram visualizar que ele tinha arrebentado os fios de ouro branco que costuravam sua boca. Ela estava escancarada e sangrando em cima do pernil da vaca.

Oswald tentava morder o pedaço de carne, mas não conseguia porque não tinha dentes. Ele queria pelo menos sentir o sabor e dar uma lambida naquele suculento pedaço de bife malpassado, mas não podia, porque não tinha língua. Irritado e eufórico, ele então arrancou com as próprias mãos e unhas um pedaço daquela carne vermelha e suculenta e enfiou dentro de sua boca. Entretanto, ainda não podia sentir o gosto de nada, já que não havia papilas gustativas dentro de sua boca, apenas em seu estômago. Para que conseguisse sentir o sabor, ele precisaria então engoli-la até que chegasse finalmente em seu estômago. Mas como, se ele não tinha dentes nem língua para conseguir mastigar e engolir? A única coisa que ele sabia é que precisava sentir o sabor daquela carne suculenta, nem que isso fosse a última coisa que fizesse em sua vida.

Ele então enfiou mais um pedaço de carne em sua boca, enquanto levantava seu pescoço para o alto e começava a mexer de um lado para o outro, ao mesmo tempo que movimentava sua mandíbula frouxa para cima e para baixo e com a mão esquerda pressionava a comida com força, para que adentrasse cada vez mais, até o fundo de sua garganta.

Repentinamente, ele agarrou o peru assado e arrancou ferozmente suas asas e coxas com sua mão direita, enfiando-as em sua boca, já completamente alargada e deformada. Em seguida, com a mão esquerda, pegou uma generosa posta de salmão caramelizado ao mel e socou ainda mais para dentro. Com a ajuda das suas próprias mãos e de seus longos dedos, pressionava com toda a força a comida em direção ao fundo de sua garganta, enquanto sua boca ia se abrindo e rasgando ainda mais pelas laterais, jorrando sangue para todos os lados, avermelhando por completo o chão de mármore branco.

Nesse instante, todos estavam completamente sem ar por assistir a toda aquela cena degradante. Shell sentia vontade de vomitar. Se ninguém fizesse algo rapidamente, além de seus graves ferimentos na boca, Oswald iria se engasgar com toda aquela quantidade de comida entalada, que já bloqueava quase por completo o fundo de sua garganta.

Chen então segurou nas mãos de Shell, e juntas decidiram ir até a porta pedir por socorro, tentar abri-la, fazer qualquer coisa. As duas foram se arrastando pelo chão de mármore gelado até chegarem à porta. Começaram a bater com toda a força e gritar telepaticamente por socorro, ou, pelo menos, por amor a Eros, por um simples copo d'água que ajudasse Oswald a engolir toda aquela comida, a fim de que ele não morresse engasgado.

De repente, o inevitável ocorreu. Todos começaram a escutar os gemidos dolorosos de Oswald se engasgando com um dos pedaços do peru entalado no fundo de sua garganta. Seus gemidos se transformaram em gritos telepáticos, invadindo todo o quarto. Ele suplicava por socorro, dizendo que não estava conseguindo mais respirar.

Chen e Shell continuavam a golpear a porta de aço o mais forte que podiam e a gritar por socorro, entretanto, totalmente em vão, sem nenhum sinal de retorno de um ser vivo sequer para socorrer Oswald. Joseph, que estava do outro lado do quarto, com Carlitos ainda anestesiado e deitado com a cabeça em seu colo, afastou-o de lado e, guiado pelos gritos telepáticos de Oswald, foi arrastando-se ao seu encontro. Pobre Oswald, já estava com o rosto roxo, quase completamente sem ar. Aproximando-se por detrás, Joseph abraçou-o bem forte com seus longos e troncosos braços, pressionando seu peito para que ele pudesse desengasgar e cuspir toda a comida. Pressionou uma, duas e mais e mais vezes, mas Oswald não conseguia reagir.

Carlitos, que começava a acordar, ainda meio grogue do calmante, assim que escutou os gritos dolorosos de Oswald, despertou e gritou bem alto.

– Em nome de nosso amor, sobreviva! Eu te amo e não posso viver sem você ao meu lado. Você é minha alma gêmea, a parte mais preciosa de minha vida. Eu confio em você!

Em seguida começou a assobiar bem alto, como sempre fazia para acalmar Oswald quando tinha suas crises de compulsão alimentícia. Conforme Carlitos foi assobiando a melodia da Sinfonia nº 3 de Johannes Brahms, a preferida de Oswald, ele começou a relaxar, e todos os seus músculos internos enrijecidos foram amolecendo pouco a pouco. Mais uma vez, Joseph pressionou o peito de Oswald com força. Finalmente ele cuspiu o pedaço de peru que estava entalado em sua garganta. Oswald enfim foi se desengasgando, jorrando os pedaços de comida para fora, e aos poucos voltando a respirar.

Nessa mesma hora, todos repararam em uma névoa esbranquiçada adentrando por baixo da porta de aço e começaram a sentir um gás frio com aroma de anis. Suas vistas começaram a embaçar, e seus corpos a adormecer. Em questão de segundos, estavam todos desmaiados no chão.

Um pouco antes de adormecer, Oswald sentiu que um fino pedaço do peru havia conseguido descer por sua garganta, chegando até a boca de seu estômago, tocando suas papilas gustativas. Ele sentiu um dos maiores prazeres que já havia sentido na vida.

Faltavam apenas 534 minutos.

CAPÍTULO 8

MELODIA SOLISTA

Para apreciadores e amantes da música clássica, recomendaria a leitura deste capítulo ao som da excelentíssima violinista Hilary Hahn em sua performance "Largo" from Bach's Sonata for Violin Solo nº 3, degustando uma deliciosa sobremesa de sua preferência. A minha definitivamente é um cheesecake de framboesas com calda esfumaçante de creme fresco.

Entre as posições de uma orquestra, conhecemos como principal a do maestro. Porém, ele nada seria se não houvesse os instrumentos de cordas, madeiras, metais, os de percussão e os de teclas. É uma unidade geral com movimentos, chefes e assim por diante.

O movimento liderado pelo maestro conduz toda a orquestra como uma dança musical, com o objetivo de seduzir quem a assiste, através da melodia de suas notas. É ele quem dirige a apresentação, com movimento de suas mãos e braços, e seu principal objetivo é definir o andamento e a estrutura do som do conjunto, em uma perfeita harmonia.

Oswald Schmidt se interessou pelo violino depois de ouvir no rádio uma apresentação de música clássica da famosa violinista Sherry Hahn, tataraneta de uma influente violinista do passado da ex-Terra, Hilary Hahn, e influenciado também por sua mãe, Teodora Schmidt, que era flautista. Aos trinta anos, quando criança, teve sua admissão negada no Conservatório de Berlim, por ser muito pequeno para segurar um violino.

Teodora o ensinou a tocar usando um violino de brinquedo até ter idade suficiente para poder entrar no Conservatório. Sua paixão pelo instrumento e pela música eram tamanhas, que ele estudava de três a quatro horas por dia e só parava porque seus dedos se enchiam de bolhas.

Seu pai, Klaus Schmidt, assistia a seus ensaios de longe sem nunca interromper. Teve apenas um dia em que, vendo Oswald com as bolhas nos dedos, perguntou por que ele não testava um outro instrumento mais leve, como a harpa ou a flauta, e ele respondeu ao pai, com uma forte gargalhada, que o violino era o único instrumento que tranquilizava sua alma inquieta.

Algumas décadas depois, Oswald participou de seu primeiro recital em Berlim. Foi como um sonho e sua primeira grande conquista. Estava ensaiando há seis meses a Sinfonia nº 3 de Johannes Brahms, com a direção de um rigoroso maestro estrangeiro chamado Charles Dimitri, que morava em Berlim há mais de quatrocentos anos. O senhor Dimitri tinha uma série de deficiências, mas também uma linda história de superação. Com apenas cinquenta anos, o maestro foi submetido a uma cirurgia para a retirada de um tumor benigno no pescoço. Uma operação malsucedida o deixou com uma fístula na pele, por onde vazava alimentos sempre que comia. Essa foi uma época difícil que o tornou um garoto complexado. Ao perceber o seu comportamento, o pai de Dimitri o presenteou com um piano. O primeiro professor foi seu pai, cujo principal ensinamento foi: "Nós vamos perseguir o sonho de você se curar, e tudo dará certo, graças à Nossa Senhora do Meteorito Amazônico". Pelos anos seguintes, Dimitri teve de passar por diversas e dolorosas cirurgias, 69 no total. A recuperação foi longa e complicada, fazendo com que ele tocasse com dificuldade até os trezentos anos. Após alguns anos, e já devidamente recuperado, Dimitri despontou sua carreira como pianista e, somente com 450 anos, tornou-se maestro principal da Orquestra Sinfônica de Berlim. No entanto, por obra do destino, ou alguns diriam provação celestial, ele começou a desenvolver distúrbios osteomusculares em suas mãos. Os distúrbios foram se agravando, e suas mãos tiveram de ser amputadas. Felizmente, graças à tecnologia avançada do centro de pesquisa de doutor Kozlov, mãos robóticas foram instaladas no dorso de cada braço de Dimitri, e o maestro pôde voltar à sua amada vocação com o mesmo brilhantismo e talento profissional de sempre.

Oswald estava extasiado de poder tocar a Sinfonia nº 3 de Johannes Brahms e ser regido pelo tão talentoso maestro Dimitri; e havia sido selecionado para ser o solista número 13, que ele dizia ser seu número de sorte.

O espetáculo foi um fenômeno e ficaria para sempre na memória de Oswald. Logo após o encerramento da apresentação, com toda a plateia ovacionando extasiada, Oswald e sua família foram comemorar com um jantar na renomada Brasserie Lamazère, seu pai, Klaus, sua mãe, Teodora, e seu tio, Alfred Schmidt, pelo qual Oswald tinha uma grande admiração e afeição. Tio Alfred era engenheiro e adorava fazer brincadeiras e mágicas nas horas vagas.

O banquete do jantar estava completo. Havia pílulas de *brezel*, de salsichas *currywurst*, de almôndega *königsberger klopse*, a deliciosa pílula de sanduíche de peixe *fischbrötchen* com chucrute, a suculenta pílula de joelho de porco *eisbein* e muitas pílulas de batatas das mais variadas e de diferentes texturas, como acompanhamento. Apesar de tamanha variedade de opções, Oswald estava tão extasiado e feliz, que quase não sentia apetite. Naquele momento, ele tinha todo o alimento que sua alma mais desejava.

Após os pratos principais, seu tio Alfred fez questão de ordenar as sobremesas para todos compartilharem. Eram assinadas pelo chef alemão da Brasserie Lamazère e as preferidas do tio Alfred: pílulas de profiteroles *krapten* e a pílula de *bratapfel*, que tinha o sabor de uma maçã recheada com amêndoas, passas, cravo, canela e torrone, com um toque de vinho do Porto.

Mesmo sem muito apetite, Oswald experimentou todas e pôde sentir, através de suas papilas gustativas estomacais, o leve sabor daquele prazer. O mais importante era que estava degustando esse momento de celebração e felicidade, junto de sua família, as pessoas que ele mais amava e confiava.

Após o jantar, tio Alfred iria dormir na casa de Oswald, pois no dia seguinte iriam acordar bem cedo para viajar para o norte e visitar os seus avós. Eles moravam no litoral, e, como era verão, seus avós ficariam aguardando todos para celebrar com alegria o sucesso do primeiro concerto de seu neto.

Fazia uma noite ofegantemente quente, e o céu estava estrelado, com uma enorme lua. Era noite de lua cheia e, devido à sua cor meio alaranjada, meio avermelhada, chamavam-na de lua de sangue.

No meio da madrugada, Oswald sonhava que participava de um concerto externo internacional, na praça principal de Gênova, uma de suas aspirações futuras, onde queria estudar na conceituada Academia de Belas Artes. Enquanto tocava seu violino, pequenos flocos de neve caíam do céu e tocavam gentilmente sua rosada face, bem do lado direito, acariciando seu rosto, quase como um carinho maternal. E, assim, ele nem se importava com o frio, já que seu maior prazer estava ali, tocar o seu violino e, ao final de cada música, escutar as palmas do público, que, ovacionando, acalentavam o ambiente. Conforme ia tocando, uma música atrás da outra, sua empolgação aumentava, e ele ficava cada vez mais extasiado.

Após tocar suas músicas favoritas por algumas horas, ele começou a sentir muito calor e a suar frio. Percebeu então que havia algo no banco onde estava sentado, que talvez estaria o incomodando, causando-lhe inicialmente uma leve sensação de desconforto. Mesmo assim, ele continuou a tocar seu violino, cada vez mais rápido e intensamente, enquanto a sensação de calor aumentava, e gotículas de suor começavam a surgir em sua testa.

Realmente havia algo bizarro no banco onde ele estava sentado, como se estranhamente o assento estivesse em movimento, subindo e descendo como uma mola, friccionando e machucando-o. No início, de forma lenta e aos poucos cada vez mais rápido.

A impressão que Oswald tinha era de que algo pontiagudo estava atravessando-o por dentro. Conforme o movimento do banco acelerava, ele era penetrado mais velozmente, e a dor que antes sentia começava a se transformar em uma enigmática sensação de contentamento, cada vez que era penetrado mais profundamente. Ele então acelerava o ritmo das notas no violino, indo cada vez mais rápido, ininterruptamente, até que seus dedos não aguentassem mais.

De supetão, Oswald acordou eufórico. Abriu seus olhos assustado com a fronte da face de seu tio encostada na sua, repleta de gotículas de suor. Sentiu então o peso do corpo desnudo de Alfred por cima dele, que o olhava sorrindo, enquanto acariciava seus fios de cabelo com a mão direita, e com a esquerda, colocava algumas pílulas de sobremesa que havia trazido da Brasserie através do orifício da pequena boca de Oswald.

No dia seguinte, Oswald e seus pais partiram em viagem para a casa dos avós, e seu tio Alfred não pôde ir, pois tinha um congresso na cidade de Milão. Durante todo o final de semana, Oswald não fazia outra coisa além de devorar mais e mais pílulas alimentícias, até que não aguentasse mais, tendo que ir ao banheiro algumas vezes vomitar.

Desde esse fatídico episódio, Oswald começou a desenvolver sua compulsão obsessiva por pílulas alimentícias. Ele as devorava e se empanturrava de pílulas até não aguentar mais. Essa era a única forma de tentar não pensar no que ocorrera e bloquear aqueles maus pensamentos.

Tal obscenidade causada por seu tio Alfred voltou a ocorrer algumas outras vezes. Em todas elas, seu tio o presenteava com pílulas de sobremesa que havia comprado na Brasserie Lamazère. Após as relações sexuais, quando seu tio partia, Oswald devorava-as imediatamente como forma de deletar as cenas de sua mente. Ele não entendia o que estava ocorrendo e sentia medo e vergonha de contar a seus pais, ao mesmo tempo que se julgava culpado, por sentir, ao final de cada relação, tal prazer exacerbado.

Quando Oswald completou 150 anos, foi convidado a participar da Orquestra Filarmônica de Berlim como solista, sendo a pessoa mais jovem a ingressar na orquestra desde sua existência. No ano seguinte, participou e venceu o Concurso Internacional de Música de Viena como melhor violinista na categoria infantojuvenil. Ter esse novo título em seu currículo musical, além de trazer todo o prestígio, lhe permitia também agora realizar seu grande sonho de fazer parte do renomado curso de música clássica na Academia de Belas Artes.

No ano seguinte, Oswald se mudou para Gênova.

CAPÍTULO 9

ORIFÍCIO OVAL

"Não é aquilo que entra no homem que o torna impuro, mas aquilo que sai dele. Porque do coração procedem os maus pensamentos, mortes, adultérios, fornicação, furtos, falsos testemunhos e blasfêmias."

Trechos das Escrituras Sagradas de Eros

Assim que Shell acordou no quarto branco, notou que sua vista estava embaçada. Ainda meio sonolenta, sentiu uma horrenda falta de ar. Havia uma fumaça escura, o odor era ácido, fazendo suas narinas arderem e seus lábios tremerem de frio.

Sobre o chão de mármore do quarto branco, havia um grosso e felpudo tapete vermelho-escuro. O rosto de Shell estava virado de lado, encostando no tapete, que estava completamente grudento e com uma gosma com odor de sêmen. Tentando limpar seus olhos para ver se conseguia enxergar melhor, ela sentiu uma forte dor nas suas articulações do punho e do cotovelo. Deu um grito telepático agudo de dor. As juntas dos seus dedos doíam, e ela não sentia suas pontas. Apenas podia sentir a palma de suas mãos, que estavam grudentas. Levando as mãos próximo ao rosto, esfregou-as sobre seus olhos, que ardiam muito com aquela fumaça ácida, que fazia sua cabeça doer e congestionava suas narinas.

Em seguida, passou as mãos levemente no seu cabelo curto, descendo pelas suas orelhas, seu pescoço e retornando para o seu rosto, tocando novamente seus olhos, seu nariz, seus lábios da boca e seu queixo. Ela estava com seu corpo completamente envolto por toda aquela gosma branca de odor forte e um tanto quanto enjoativo.

Ela percebeu que havia também gelo sob o seu cabelo. Seus longos cílios estavam congelados. A cada piscada, ela sentia o gelo tocar seu rosto. A ponta de seu nariz e as extremidades das orelhas estavam congeladas também, e a cada respiração ela sentia aquele gélido ar penetrando seu pulmão dolorosamente, resfriando cada ramificação de seus brônquios. Era preciso respirar muito devagar para que seu pulmão não doesse tanto.

Tentou se levantar, mas sentiu uma pontada de dor nas vértebras de sua lombar, que se ramificou para as nádegas e pernas, deixando uma sensação de formigamento, impossibilitando-a de se movimentar. Percebendo que seus ossos pareciam estar congelados, ela voltou a se deitar tentando não encostar seu rosto no tapete gosmento. Forçava seu pescoço para cima o máximo que conseguia. Porém, aquele cheiro quente e gosmento continuava adentrando suas narinas, fazendo seus olhos lacrimejarem. Shell levantou um pouco mais seu pescoço. Lentamente, a fim de não ser avistada, já que não sabia o que estava acontecendo, começou discretamente a olhar ao seu redor. Espremia bem seus olhos, quase fechando-os, enquanto, quase em câmera lenta, controlava seus movimentos.

Finalmente ela conseguiu visualizar que eles estavam sentados em círculo. Tulio estava bem no meio, na posição de lótus, com as mãos juntas em formato de prece, encostando-as em seu peito desnudo. Seus olhos estavam fechados. Tulio não estava mais algemado e não tinha aquela venda rosa, que cobria seus olhos. Ele continuava praticamente nu. Havia apenas o manto de renda branco sob a região de sua virilha, deixando uma amostra de seu membro cavernoso aparecendo de relance. Podia-se vislumbrar a parte superior. Era arredondado, lembrava o formato de um robusto morango rosado, porém sem sementes. Tulio era circuncidado. Logo abaixo, era possível visualizar também a parte inferior de seu saco escrotal, também de coloração rosada e liso. Esparramando-se, tocava o tapete vermelho-escuro, quase colando seus testículos naquela gosma branca. Os mesmos mantos brancos que envolviam os membros inferiores de todos também continuavam a cobrir os de Tulio.

Abrindo um pouco mais seus olhos, Shell forçou sua vista para conseguir enxergar os arranhões na virilha e no peitoral de Tulio. Percebeu então que não eram arranhões, mas sim letras tatuadas com tinta preta, formando longos textos na horizontal. Ela apertou um pouco mais seus olhos para conseguir ler, mas infelizmente não pôde identificar sequer uma única palavra naquela sopa de letras cravadas na carne.

Shell reparou nos longos cílios pretos de Tulio começando a se erguer, enquanto suas pálpebras acompanhavam lentamente, e seus olhos iam se abrindo pouco a pouco. Suas pupilas estavam completamente dilatadas, escondendo o fundo de seus olhos cor de anis. Quanto mais ele abria os olhos, mais ela podia ver que havia uma expressão estranha, na verdade um tanto sombria. Seus olhos vagavam de um lado para o outro, como se ele estivesse avaliando a situação, tirando um raio X de cada um. Todavia, somente seus olhos se movimentavam, enquanto seu corpo continuava concretamente preso ao chão. A palma das mãos continuava encostada uma na outra em formato de prece.

De repente, suas pupilas encontraram-se com as de Shell, mirando diretamente em seu âmago e fixando-a por longos segundos. Ela podia agora sentir o calor de sua contemplação, penetrando-a e percorrendo seu corpo, quase como uma corrente elétrica. Ela se sentia completamente presa e conectada a ele, física e espiritualmente.

Naquele momento, Shell sentiu o frio esvaindo-se de seu corpo, enquanto uma onda de calor subia de baixo para cima, começando pela planta de seus pés, subindo pela parte de trás de suas pernas e coxas, passando por suas nádegas. Em seguida, em ziguezague, essa mesma onda continuava a subir, passeando pelas suas costas volumosas, até chegar à nuca, tocando cada um dos fios de seu cabelo ruivo, quase raspado, até o topo da cabeça. Foi então que ela sentiu um arrepio prazeroso, com alguns tremores rápidos de reflexo no corpo todo, daqueles que só são sentidos no momento do ápice do gozo, ou, para aqueles de gostos mais obscuros e sensitivos, aquele mesmo arrepio que se sente quando um espírito passa por trás da alma. Shell sentiu que suas bochechas estavam calorosamente aquecidas agora, talvez até coradas.

Em seguida, ela escutou dentro de sua cabeça um comando para que se levantasse imediatamente e se sentasse na posição de lótus em reverência meditativa, assim como os demais presentes no recinto. A voz lhe dizia que esse seu ato de permanecer deitada de bruços era um grande desrespeito a Eros, e que, caso ela não se levantasse imediatamente, sofreria graves consequências.

Shell estava tomada por uma sensação mista. Parte de seu corpo sentia um prazer demasiadamente estranho que o aquecia, enquanto sua mente parecia estar dominada pelo comando de voz de Tulio, que era responsável pelas suas ações físicas naquele instante. O comando ordenava que se levantasse. Ela então impulsionou as pontas de seus dedos das mãos contra o tapete vermelho com toda a força que pôde, enquanto levantava parte de seu dorso. Seus flácidos braços começaram a tremelicar, e ela despencou no chão. Lágrimas começaram a brotar de seus olhos compulsivamente.

Mais uma vez ela sentiu o comando da voz de Tulio em sua mente, ordenando que se levantasse e que não fosse aquela mórbida preguiçosa de sempre. Com as pontas de seus dedos agora em carne viva, ela forçou-os fortemente contra o chão mais uma vez, a fim de levantar seus mais de 160 quilos.

A porta do quarto se abriu, e a senhora de cabelos grisalhos adentrou com seis ajudantes. Cada um segurava uma pá nas mãos, enquanto a senhora carregava uma ferramenta de broca potente nos braços. Avistando Shell fragilmente tentando ao máximo se levantar, uma cruel gargalhada telepática ressoou no ambiente. Em seguida, com um comando autoritário, a senhora ordenou que seus ajudantes começassem a cavar um buraco bem ao lado de Shell. Prontamente, seus ajudantes então seguiram suas diretrizes. Conforme a senhora ia quebrando a superfície do chão de mármore com a broca da ferramenta, eles iam retirando o material de entulho, começando a cavar o buraco com suas pás.

Shell, agora com as pontas dos dedos de suas mãos sangrando, continuava a se esforçar com a pouca energia que tinha, ainda na esperança de conseguir levantar-se, ao mesmo tempo que telepaticamente gritava por socorro a seus amigos. Entretanto, todo o seu esforço era em vão, e eles nem sequer a escutavam.

Assim que o grande orifício oval estava por fim completamente escavado, exatamente do tamanho proporcional ao corpo de Shell, a senhora aproximou-se do buraco e agachou-se. Tirou então um minúsculo saquinho prateado de seu bolso e abriu-o, despejando o conteúdo, deixando que aqueles minisseres parasitas fossem adentrando, um a um enfileirados, depositando-se bem lá no fundo da cavidade.

Com o ritual quase completo, havia chegado a hora da punição de Shell.

Faltavam 468 minutos.

CAPÍTULO 10
OBEDIÊNCIA ORDINÁRIA

*"Quando estão bem limpos, os vulcões queimam
calma e regularmente, sem erupções."*
O Pequeno Príncipe, de Antoine Saint-Exupéry

*Recomendo as músicas "Zero!", de Liniker, e "I am her", de Shea
Diamond, combinadas com um dirty martini e um trago de sua
escolha como complemento.*

– Eu já mandei você não se juntar a esses empregados! Como ousa desrespeitar-me assim? – disse severamente o Rei X a Shell.

– Mas, papai, eu só quero ajudá-los porque não estou fazendo nada aqui.

– Já lhe disse mil vezes para você ocupar seu tempo com seus afazeres escolares, ou ir à mesquita na companhia de sua mãe.

– Eu já terminei todos os meus deveres, e a mamãe só faz coisas chatas e fúteis. Eu odeio ficar indo na mesquita ou passar o dia inteiro com a mamãe fazendo compras ou enfurnada dentro de um salão de beleza!

Dando uma bofetada no lado esquerdo do avantajado rosto de Shell, o Rei X gritou telepaticamente:

– Como ousas blasfemar contra os mandamentos de Eros! Ou não sabes que ir à mesquita é um ato de disciplina e amor ao nosso Senhor? Tu deves ser um exemplo como tua irmã! Vá fazer alguma atividade física! Daqui a pouco não vais conseguir nem passar pela porta da frente da casa, muito menos arranjar um marido.

Com o lado esquerdo de seu rosto ardente e avermelhado, Shell tentava segurar o máximo que podia seu choro de lamento, enquanto gotas salgadas escorriam de seus olhos, passeando por suas arredondadas bochechas e descendo por seu roliço pescoço.

– Eu odeio estar aqui! Por que não me manda de volta ao meu país ou me envia de vez para a Caldária? – respondeu Shell enfurecida ao Rei X.

– Menina profana! Queres voltar àquele país de retrocesso, que seu pai quase acabou por destruir com aquele seu governo medonho e do qual eu te salvei, dando-te uma nova vida? Ordeno que vás para teu quarto agora! E só saias de lá após o ato de *disciplina*, que pessoalmente averiguarei se foi realizado. Que Eros tenha piedade de tua alma!

Como assim Shell precisava ainda passar por tudo isso? Ela já era uma jovem universitária da Academia de Belas Artes e não mais uma menina. Shell não suportava mais essas discussões com seus pais, tal como ela não suportava mais a *disciplina*. Não pelos hematomas que ficavam estampados em seu corpo flácido, mas pelas marcas que já haviam grifado sua alma.

Depois de mais uma das inúmeras discussões que Shell tinha quase todos os dias com o Rei X, ela sempre corria e se trancava em seu quarto e começava a chorar, antes de realizar o ato da *disciplina*.

Disciplina era um pequeno flagelo contendo sete cordas, com seis nós em cada uma. Era descrito nas Escrituras Sagradas como uma forma de cura e arrependimento de maus atos praticados para absolvição em nome do deus Eros.

Primeiramente Shell se ajoelhava no púlpito que havia no seu quarto, de frente à imagem de Eros. Em seguida iniciava a leitura da passagem das Escrituras Sagradas:

Se vós não obedecerdes ao Senhor Eros, se não seguirdes cuidadosamente todos os seus mandamentos e decretos que hoje vos são dados, todas estas maldições cairão sobre vós e vos atingirão: vós sereis amaldiçoados na cidade e sereis amaldiçoados no campo. A vossa cesta e a vossa amassadeira serão amaldiçoadas. Os filhos do vosso ventre serão amaldiçoados, como também as colheitas da vossa terra e os insetos e nutrientes de que vos alimentais. Vós sereis amaldiçoados em tudo o que fizerdes.

Enquanto lia a mensagem, Shell deveria se flagelar seis vezes com a *disciplina*, bem na região das costas. Posteriormente, o Rei X averiguaria se havia marcas dos nós em seu dorso. Às vezes Shell precisava se flagelar algumas vezes a mais e com mais força para que os nós ficassem devidamente marcados. Na maioria das vezes, hematomas com marcas de sangue coagulado marcavam seu costado em formato de circunferência dos nós.

Logo após o ato de *disciplina* e a averiguação do Rei, a exaurida Shell retornava ao seu quarto e se lambuzava com pílulas e mais pílulas de sobremesas que Tulio confeccionava para ela. As pílulas eram diversas. Todas ricas em gorduras e açúcares inseridos em sua composição. Às vezes Shell preferia sair do palacete para espairecer e convidava Oswald, seu melhor amigo, para esses momentos, enquanto dividia as pílulas edulcoradas com ele. Mas isso ocorria raramente, quando sua preguiça e seu cansaço não eram tamanhos a ponto de ela nem se dar a esse trabalho, preferindo degustar solitariamente o prazer açucarado de uma vida amargada.

Infelizmente, Shell passava por uma questão que não era compreendida nem pelo Rei X nem pela Rainha Zeta, nem por sua irmã Amanda. Shell tinha muito medo de contar sobre esse sentimento para alguém e isso chegar aos ouvidos do Rei X. Isso seria o fim para ela. Até porque nem mesmo ela conseguia entender o que realmente sentia, se era algo passageiro, ou não.

O Rei X dizia que Shell era adotada, mas na verdade ela era sua filha biológica e irmã gêmea bivitelina de Amanda. Ambas oriundas da mesma mãe, porém de óvulos diferentes. O Rei X havia feito esse plano para que, caso Amanda tivesse algum problema em vida ou até mesmo viesse a falecer, ele tivesse uma filha de backup. Segundo as Escrituras Sagradas, a nova Rainha do trono deveria ser a primeira filha nascida do Rei X.

Quando ambas nasceram, mesmo Amanda tendo sua deficiência facial aflorada, o Rei X soube que ela era a verdadeira Princesa e que Shell seria o backup. Amanda tinha a pele branca como neve, enquanto Shell tinha a pele da cor parda. Ela havia herdado mais os genes de sua mãe, e Amanda mais os genes do pai. Mas, em realidade, para o Rei X, o verdadeiro sinal que definiu Amanda como a Princesa foram os seus olhos. Eles tinham uma coloração de anis idêntica à dos olhos do Rei X, enquanto os de Shell eram castanho-escuros, idênticos aos de sua avó materna. O Rei X se apaixonou por Amanda e disse para o deus Eros que seus genes eram idênticos e que por isso ela seria a Princesa galaxial. Já sua deficiência facial era algo em que o doutor Kozlov daria um jeito, em nome de Eros. Apesar dos percalços estéticos de seu rosto defeituoso, Amanda havia nascido com saúde perfeita. E por isso Shell era apenas um backup para assumir o trono, somente caso Amanda não sobrevivesse. Já para Shell e seus súditos, o Rei X mantinha a farsa de que ela era adotada. A mãe delas estava proibida de revelar esse segredo real. Caso revelasse, ela seria enviada à Caldária de Verty. E convenhamos que o Rei X já estava sendo bom o suficiente ao não enviar a mãe de suas filhas à Caldária por seu passado pecaminoso na ex-Terra. Ela sabia disso e por isso respeitava a majestade.

Desse modo, assim que Shell nasceu, foi destinada a pais adotivos escolhidos pelo Rei X, que haviam acordado que a criariam com muito amor de acordo com os preceitos de Eros e jamais revelariam que não eram seus verdadeiros pais. Era um segredo entre eles.

O novo pai de Shell havia sido um aliado do Rei X no período da Terceira Guerra, um grande líder militar do maior país tropical da ex-Terra, com a maior floresta também, infelizmente destruída por completo pelo seu exército durante a Guerra. O acordo era que esse líder militar e sua fiel esposa criariam Shell até os seus 160 anos e depois a enviariam para o palacete. O Rei diria então a todos que Shell havia sido adotada por ele. Era uma estratégia do Rei X, já que dizer que ele havia adotado uma filha, ainda mais de pele "escurinha", como ele dizia, traria ainda mais prestígio e respeito à sua imagem por seus súditos.

O problema é que, quando Shell completou 160 anos, seu pai adotivo, Aldeberto Saissem, não queria que ela fosse entregue ao Rei X, pois a majestade não havia lhe dado o que fora combinado: o cargo oficial como um dos 24 assessores da realeza galaxial. Desde o acordo inicial da aliança realizada, o líder militar do Brasil esperava ansiosamente que o acordo fosse cumprido, em troca de todos esses anos de ajuda ao Rei X.

Entretanto, o Rei disse a Saissem que isso não seria possível, pois ele já tinha seus vinte e quatro assessores completos, mas que ele poderia continuar no governo de seu país tropical sob a supervisão dos assessores galaxiais. O líder não concordou com a decisão do Rei X. Acabou confrontando-o diretamente, foi preso e enviado à Caldária de Verty. Shell nunca soube o destino de seu pai. O Rei X havia dito que infelizmente um dos inimigos o havia matado injustamente. Desde esse episódio da suposta morte de Saissem, Shell foi morar no palacete em Gênova e nunca mais encontrou seu pai.

No período da Guerra, Saissem fora um grande aliado do senhor X, que, na época, com suas empresas avançadas de tecnologia, ajudava ferozmente o presidente de seu país, os Estados Unidos da América, a progredir nos combates contra seus inimigos da Terceira Guerra. É importante ressaltar que nessa época o Rei X ainda não era Rei, sendo apenas o Senhor X. Entretanto, devido à sua grande influência na área da tecnologia, ele estava com muito afinco ajudando o governo de seu país na Guerra.

Nesse período, o Senhor X decidira se mudar com sua família dos Estados Unidos para Gênova, enquanto seus soldados, quero dizer, aliados, continuavam a morar no seu país de origem. As más línguas diziam que o Rei X sabia desde o início sobre o meteorito Eros 433, que ele atingiria em cheio seu país natal e que fora por isso que decidira se mudar para Gênova com sua família. Mas o Rei X negou ferozmente qualquer uma dessas acusações. Disse que, quando se mudou para Gênova, foi apenas por ter sentido um chamado em seu coração e obviamente porque a família da Rainha Zeta era ítalo-russa. Portanto, morar em Gênova deixava-a mais próxima de sua família. É uma pena que partes do meteorito 433 tenham caído também na Rússia e exterminado a população quase por completo.

De toda forma, no período da Terceira Guerra, o Senhor X já tinha o apoio e a admiração, quase que adoração, da maioria dos habitantes da ex-Terra, com exceção de alguns países não adeptos ao capitalismo, segundo seus próprios relatos. Nos livros de história, é dito que ele tinha mais de um bilhão de seguidores, nessas tais maléficas redes sociais. Após o fim da Guerra, em um de seus primeiros discursos a seus súditos, o Rei X afirmou que ele participava das redes sociais tão ativamente, a ponto de ter criado a sua própria, apenas para se aproximar do povo e poder lutar pelos direitos de cada cidadão.

Aldeberto Saissem utilizou todos os recursos naturais do território de seu país como matéria-prima e base de produção de armamentos para a Guerra, incluindo a extinta Amazônia. O principal combate naquela época, em que o Rei X e Aldeberto Saissem se uniram, era para que a ex-Terra pudesse ser salva de seus inimigos mortais, incluindo os maléficos criadores das redes sociais, que haviam se aliado a outros países inimigos de sua nação e estavam enlouquecendo os habitantes, a ponto de os deixarem doentes, espalhando mentiras das mais severas denominadas, naquele período, como fake news.

Muitos habitantes já tinham inclusive sido mortos por conta dessas mentiras. O Rei X contou a Shell que seu pai fora essencial, que o ajudara a salvar o planeta desses inimigos mortais. Todavia, apesar de ele ter sido um ótimo soldado no combate, o Rei não considerava que tinha uma inteligência perspicaz com ideias próprias de inovação. Era apenas um exemplar capitão.

Foi também nesse mesmo período da Guerra que, nesse país tropical, as pessoas estavam morrendo de infecção pulmonar devido a uma fumaça espessa e escura, oriunda das queimadas que ocorriam na grande floresta, somada à elevada temperatura, que chegava a quase sessenta graus celsius. As pessoas utilizavam máscaras de oxigênio para poder respirar, sem poder sair de casa. Elas olhavam pela janela de suas casas e viam o céu completamente escuro e esfumaçado, fazendo o dia parecer noite, mesmo que de manhã.

Quando Shell tinha noventa anos e morava no Brasil com seu pai, Saissem, sua mãe, Miranda, e seus irmãos, ela estudava em um colégio sacerdotal de Eros, somente para meninas. Isso era algo importante que o Rei pregava em Verty, que os meninos e as meninas fossem criados e educados separadamente até seus cem anos, para então estudarem juntos. O Rei dizia que isso contribuía para um fortalecimento da moral e da essência da identidade sexual de cada um. E que era após os cem anos que os meninos e as meninas, já bem desenvolvidos, poderiam conviver.

Toda quinta-feira era o dia da aula de balé, das quais Shell simplesmente tinha pavor, mas fazia por obrigação. Logo após a aula, todas as meninas iam para o vestiário para tomar banho. Como era a última aula do dia, todas as alunas estavam dispensadas, e Shell aproveitava para ir embora, deixando para se banhar em casa. Ela preferia assim. O quanto antes ela chegasse em casa e se trancasse em seu quarto, melhor se sentiria em seu refúgio na companhia de seus melhores amigos, os livros. Os únicos que não a desapontavam e conseguiam transportá-la para um mundo muito melhor do que aquele em que ela vivia.

Porém, naquela fatídica quinta, a professora pediu a todas as alunas que tomassem banho e esperassem prontas, pois haveria um anúncio especial. Elas deveriam estar de banho tomado, devidamente perfumadas, pois, além do anúncio, haveria a presença de alguém que elas admiravam no recinto.

Antes mesmo de a aula de balé acabar, Shell suava frio, sentia-se nervosa, pois nunca tomara banho na presença de outras meninas. A única mulher que a havia visto nua até então fora sua mãe adotiva. Mas isso havia sido há muitos anos, e Shell só se recordava brevemente de alguns flashes em sua memória, quase como algo que ela não deveria ter visto. Infelizmente, a ultraconservadora educação na qual Shell fora criada havia trazido severos bloqueios em sua mente. Tudo era fonte de atos pecaminosos, conforme os ensinamentos segundo os quais fora catequizada na mesquita de Eros.

Assim que Shell chegou ao vestiário e viu as meninas se despindo, foi sentindo um mal-estar, um calafrio horrível e decidiu que iria embora imediatamente. Entretanto, quando foi chegando à saída do recinto, foi abordada por uma das inspetoras, que ordenou a ela que retornasse ao vestiário. É importante mencionar aqui que o teletransporte não era autorizado para crianças até os seus 180 anos, com exceção de quando era aprovado esporadicamente, uma vez ou outra, para determinado evento solicitado pelos pais, ou quando, por exemplo, um adolescente precisava ser emancipado para sua maioridade, e aí sim ter direito completo ao teletransporte. Porém, infelizmente, não era o caso de Shell.

Quando ela retornou ao vestiário, todas as meninas já estavam debaixo do chuveiro tomando banho, umas conversando, dando risadas, enquanto outras cantarolavam em volume alto e desafinado. Ela começou então a se despir, mas não conseguiu. Sentou-se no banco do vestiário e começou a chorar discretamente, para que ninguém percebesse, enquanto olhava para baixo e balançava a cabeça de um lado para o outro como forma de negação.

Como ela não conseguia ser como as outras meninas? Leve e sentir-se bem como elas? O que havia de tão estranho dentro de si, a ponto ponto de sentir-se tão diferente? Ou, melhor dizendo, o que fazia com que Shell não se sentisse pertencente ao próprio corpo divino que lhe fora dado? Dentro de sua cabeça era como se duas Shells habitassem o mesmo lugar. Uma era sua alma, que ela amava e respeitava. A outra era o seu corpo, que deveria ser seu templo, mas não passava de um tormento, algo de que ela não se sentia parte, um verdadeiro peso, no qual não conseguia se identificar toda vez que se olhava no espelho; tinha nojo, asco, até mesmo pavor de se olhar, pois não era quem ela era, ou melhor, não era quem sentia que realmente era, em sua verdadeira essência. Por que seu corpo não refletia a verdadeira imagem de seu âmago?

Shell não sabia, mas era por isso que ela não dava a mínima para o seu corpo e não queria se exercitar e, assim, conforme foi crescendo, ia cada vez mais tendo desprezo por um corpo do qual não se sentia parte. Há cada ano Shell ficava cada vez mais sedentária e preguiçosa, ficando trancafiada em seu quarto a maior parte do tempo. Imersa em seus livros, que eram a única coisa que preenchia de certa forma sua alma masculina.

Enquanto Shell ainda choramingava no vestiário e continuava imersa nos fragmentos de seus pensamentos, a inspetora adentrou e viu que ela era a única que ainda estava vestida. Ordenou que se despisse e se banhasse imediatamente, ou levaria uma suspensão.

Shell, que geralmente era argumentativa e confrontadora, nesse momento, frente à inspetora, simplesmente paralisou, sem conseguir ter qualquer reação. Ali foi o momento no qual a definição de viver para Shell passou a ser apenas um ato de sobrevivência e não mais um desejo que um dia ela teve, quando sua mãe, Miranda, lhe contava histórias de seu personagem favorito, o Pequeno Príncipe, e lhe dizia que jamais deixasse de sonhar. Entretanto, ali no vestiário, seu único sonho era o de não mais existir.

A inspetora, vendo que ela não tomava nenhuma ação, falou telepaticamente e de forma agressiva que iria suspendê-la por três dias e que seus pais seriam notificados, caso ela não se despisse e tomasse seu banho imediatamente. Shell continuou imóvel, permanecendo ali sem demonstrar nenhuma atitude, com exceção de seus pensamentos, que martelavam a sua cabeça sem parar, reverberado através do movimento de suas lágrimas, que, sem preguiça ou falta de atitude, escorriam pelo seu roliço rosto. O que muitos considerariam uma falta de respeito à inspetora, para Shell era a única forma de reação.

Shell era um vulcão em plena erupção, incinerando a cada dia o néctar de sua alma.

CAPÍTULO 11
MEMBROS INFERIORES

"A preguiça faz cair em profundo sono, e a alma indolente padece à fome. O que guardar o mandamento guardará a sua alma, porém o que desprezar os seus caminhos morrerá."
Trechos das Escrituras Sagradas de Eros

Enquanto Shell tentava se levantar, a fim de que não fosse lançada viva à cova que lhe havia sido preparada, junto daqueles minisseres parasitas asquerosos e peçonhentos, ela começou a se lembrar de todas as vezes em que havia negligenciado suas atitudes por vontade própria, apenas para esquivar-se do mundo e das pessoas, pelo fato de não aceitar ser quem era e, por isso, culpando o mundo e a todos. Porém, tudo o que ela mais queria nesse momento era o contrário, era ter atitude e conseguir vencer toda a sua dor física, poder levantar-se e ter sua vida poupada. E, assim, jurava a ela mesma que, se conseguisse tal feito, prometeria mudar sua vida por completo, até aceitar esse seu corpo que lhe fora dado sem mais reclamações, mesmo que isso significasse uma vida sem sabor. Ela se contentaria apenas com suas pílulas açucaradas. Naquele momento, Shell queria apenas poder continuar a viver em nome de seu amor por Sofie.

De toda forma, ela sabia que todos esses anos de paralisação diante da vida haviam trazido severas consequências ao seu corpo. Mesmo tendo apenas trezentos anos, uma jovem adulta, o funcionamento de seu sedentário corpo era semelhante ao de uma senhora idosa e cansada. Aliás, muitas senhoras tinham corpo e saúde melhores que Shell. Todo esse sedentarismo de anos acumulado, somado a uma péssima alimentação, rica em gorduras e açúcares, fazia com que ela já pudesse ser considerada uma obesa mórbida.

A senhora veio lentamente se aproximando de Shell, agachou bem próximo à sua cabeça, que ainda continuava encostada no tapete vermelho gosmento. Deu-lhe um beijo na nuca e falou telepaticamente bem baixinho que tudo isso que estava acontecendo com ela era apenas para que se arrependesse de seus atos falhos e pecados do passado. Onde já se viu, uma menina desrespeitando as ordens das Escrituras Sagradas e os mandamentos de Eros! De toda forma, a senhora enfatizou que ela não precisava ficar tão preocupada, pois não iria morrer enterrada nesta cova. Ali seria apenas um momento de libertação e oferta, e, uma vez encerrado o ritual, Shell agradeceria por tamanha bênção que em breve receberia.

Em seguida, a senhora ordenou a seus subordinados que viessem e rolassem Shell para a cova, assim que ela desse o comando. Era necessário o empenho de cada um deles, já que Shell estava pesando mais de 160 quilos. Eles começaram a se aproximar, todos vindo do mesmo lado em sua direção, segurando cada um suas respectivas pás. Assim que chegaram próximo a Shell, a senhora ordenou que aguardassem suas ordens para dar sequência. Shell somente poderia ser destinada à cova após Tulio dar início à primeira tarefa do ritual.

Enquanto isso, no meio do círculo, todos continuavam sentados e imóveis, com as mãos em formato de prece, completamente em transe e hipnotizados por Tulio.

Uma música de meditação começou a tocar ao fundo do quarto branco. Tulio pediu gentilmente a todos que fechassem os olhos, que fizessem três respirações profundas guiadas por ele e que não se preocupassem com o ar frio. Disse ainda que aquele exercício acalmaria a mente de todos e acalentaria seus corações.

Enquanto todos exalavam completamente o ar de seus pulmões pela boca, na última respiração, eles começaram a escutar um som vibracional grave e contínuo. Era um sonido telepático, mas que se misturava ao ruído grave que saía do fundo da garganta de Tulio, através de sua boca, que agora estava semiaberta. Era um som anasalado e produzido pelo ar que saía de seu pulmão. Esse sonido continha quatro letras, e a letra final era silenciosa.

Não era a primeira vez que Shell escutava essa melodia de mantra. Era agradável e relaxante de se escutar, transportando-a para outra dimensão. Levemente, ela começou a sentir sua mente esvaziando-se por completo, enquanto seus músculos iam relaxando. Nessa hora, o frio não incomodava mais o seu corpo, e ela também não sentia mais a textura da gosma branca do tapete vermelho, que agora parecia ter se integrado ao seu corpo, e o seu cheiro, que antes era ácido, agora estava meio adocicado, lembrando o cheiro de um abacaxi maduro.

Logo após Tulio recitar três vezes o som do mantra "Aum", ao término da meditação de seis minutos, ele pediu a todos que abrissem lentamente seus olhos. Foi nessa hora que algo misterioso e inusitado aconteceu.

⚡

Shell, que estava desde que entrara no quarto branco sem sentir seus pés e suas pernas, encobertos pelo manto branco, começou a senti-los de forma vívida, mas peculiarmente estranha. Ela sentia seus membros inferiores, mas não como antes. Algo havia sido modificado, mas ela não sabia distinguir exatamente o que era. De todo modo, pelo menos nesse único momento, só o fato de poder sentir novamente seus pés, mesmo que ainda cobertos pelo manto branco, era algo magnífico para ela; isso, quem sabe, a ajudaria a se levantar.

Apesar de ainda sentir os ossos de seu corpo doloridos e semicongelados, Shell, usando todas as forças que tinha, foi conseguindo levantar seu dorso com a ajuda de seus braços, até que, de supetão, finalmente conseguiu virar-se de lado e sentar-se. Esbaforindo, com a ajuda das mãos, conseguiu cruzar suas rechonchudas coxas na posição de lótus. Ela continuava sentindo dores nas suas juntas e articulações. Finalmente, sentada na posição de lótus e com as mãos no peito, em formato de prece, Shell olhou na direção da cova. A senhora e seus ajudantes não estavam mais lá.

No quarto branco estavam apenas Shell e seus cinco amigos: Chen, Joseph, Carlitos, Oswald e Tulio, que continuava no meio do círculo. Amanda ainda continuava ausente, e Shell se perguntava onde raios estaria sua amada Sofie.

Olhando discretamente para cada um deles, Shell pôde ver que todos estavam ainda conectados em transe, que, apesar de seus olhos não estarem cem por cento fechados, era possível visualizar os globos oculares por debaixo das pálpebras, girando de um lado para o outro.

De repente, ela sentiu um formigamento em seus membros inferiores, então olhou para baixo. De relance, conseguiu enxergar parte de seus pés, ou, melhor dizendo, parte de suas novas garras.

Na mesma hora, completamente assustada, Shell olhou para Chen ao seu lado, para tentar se comunicar, e avistou que, por debaixo do manto que encobria seus membros inferiores, havia quatro pares de patas afinadas de coloração amarelada, que lembravam as de algum artrópode aracnídeo, mas ela não conseguia identificar qual poderia ser.

O mais estranho para Shell era que ali naquele instante, enquanto todos ainda estavam em transe meditativo, ela parecia ser a única a perceber tais mudanças vívidas em seu corpo e no de Chen. Porém ela não tinha a menor ideia do que estava por vir.

Faltavam 402 minutos.

CAPÍTULO 12
INDAGAÇÕES E FÉ

"O mal é ausência do bem, da mesma maneira
que as trevas são a ausência da luz."
Santo Agostinho

"Quem foi que disse que o número 666 era o código da besta mortal ou o pior dos seus inimigos? Que iriam tatuar seu corpo com navalha e fogo marcando sua carne para sempre? Não estou perguntando onde está escrito, mas sim quem disse realmente e a comprovação de tal veracidade. Que o Criador seria capaz de amaldiçoar qualquer número? Se Ele, o onipresente que ama cada um de seus filhos? Por que o pobre número seis, que já é chamado de meia dúzia, seria ainda assim rebaixado pelo Onipresente? Eu nunca ouvi dizer que o número 6 tenha matado ou prejudicado qualquer ser vivo em Verty. Até porque, 6 + 6 + 6 é igual a 18 e 1 + 8 é igual a 9, e noves fora é igual a zero. Eu disse zero, neutro, sem nenhuma proporção ao bem ou ao mal." E, seguindo, Shell deu continuidade às suas anotações:

"Pois bem, que então nos proponhamos agora a discutir mais profundamente tais conturbados conceitos sobre o Bem e o Mal. Segundo Santo Agostinho, um dos célebres filósofos medievais do século XVII na ex-Terra:

O que é o mal, e por que Deus permite isso em sua criação? De um modo geral, o mal é uma ausência ou falta do que deveria ser. Tecnicamente falando, chamamos isso de privação, então o mal não *é* um ser ou está na natureza. *É* a ausência de algo. Suponha que eu lhe dê a tarefa de desenhar uma lua cheia. Ao final, quando vejo o que desenhou, concluo que em sua lua não há o término do seu círculo, faltando um pedaço da linha que a finalizaria por completo. Quando volto a você, questionando por que não finalizou a tarefa propriamente, então lhe digo: "Ei, sua lua está incompleta, ela não é uma lua boa. Parte dela está faltando". Estou objetivamente lhe apontando uma privação de seu desenho. Observe, entretanto, que na verdade você não causou diretamente algo que seja ruim em si mesmo, ou melhor, que não seja bom, sendo então mal. O círculo de sua lua é bom até onde vai. Mas simplesmente não vai até o fim. Não teria sido melhor se você tivesse desenhado todo o círculo por completo? Bem, em geral, sim, mas talvez houvesse uma boa razão para você não ter feito isso. Talvez você estivesse tentando ilustrar o que é uma privação para mim. Nesse caso, esse círculo defeituoso de sua lua seria uma parte essencial de algum projeto maior, algum bem maior que você quisesse me mostrar – para que eu pudesse entender o real problema de como fazer com que você entenda o problema do mal.

Tomás de Aquino, outro filósofo e teólogo estudioso do pensamento de Santo Agostinho, afirmava que o Criador onipotente concebeu um mundo mutável de coisas materiais e, para que esse mundo exista, é necessário que as coisas cresçam, deteriorem-se e morram. Aquino chama essas coisas de males naturais. Gazelas comem grama, e leões comem gazelas. Isso quer dizer que os leões são piores ou maiores causadores do mal do que as gazelas? Ou podemos definir aqui que isso seria apenas um contexto de sobrevivência da cadeia alimentar, sem acusar os pobres animais?

Aquino, portanto, define essa ideia do mal natural em um contexto mais amplo. É uma característica necessária do bem de todo o ecossistema do universo. Mas vamos trazer agora outro exemplo mais próximo de nós, seres humanos e racionais. Quando Tomás de Aquino fala sobre o mal que os seres humanos experimentam, ele não fala mais do mal natural. Em vez disso, existem dois tipos únicos de mal que pertencem às criaturas racionais e livres. O *malum poenae*, que em latim é traduzido tipicamente como o 'mal de pena', e o *malum culpae*, que em latim é traduzido como o 'mal de culpa'."

Terminando mais um dia de anotações, Shell fechou seu caderno e o guardou dentro do armário de seu quarto estudantil, lembrando-se de fechá-lo com o cadeado de código secreto. Desconectou seus neurônios da rede clandestina de informações de Verty, antes que o efeito da pílula *Anonymous* passasse. Toda vez que Shell precisava ficar anônima e não ter seus atos rastreados pela Mãe Protetora, ela tomava essa pílula. Foi o Tulio que havia conseguido recriar essa milagrosa pílula, tudo secretamente em seu laboratório. Eis o motivo pelo qual Tulio havia criado a pílula *Anonymous*.

⚡

Uma vez instalado o chip em seus cérebros enquanto fetos, na cápsula do útero fecundador, todos os vertynianos eram monitorados quarenta horas por dia, em todos os momentos. Veja bem, segundo o Rei X, isso não era para controlar a vida de ninguém, muito menos espionar o que cada um fizesse, era apenas para manter a ordem e a civilidade de Verty. O Rei também dizia que os momentos de cada um, incluindo os íntimos e particulares, eram preservados e que, apenas caso algum habitante tivesse algum ato suspeito que violasse as leis ou as

Escrituras Sagradas, ele teria acesso às suas imagens. Ah, e isso tudo era monitorado pelo Grande Hub criado pelo doutor Kozlov, chamado carinhosamente de Mãe Protetora.

Em linhas gerais, pode-se dizer que os habitantes de Verty seguiam suas vidas normalmente e nunca reclamavam de tal monitoramento. Diziam sentir-se protegidos pelo Rei X. Para o Rei, a sua maior preocupação em monitorar os vertynianos era preservar a paz e evitar conflitos futuros, especialmente em se tratando de assuntos relacionados à fé e a suas crenças. Era estritamente proibido discutir esses assuntos ou indagar sobre eles. Eram ordens do Rei. Em seus discursos, ele sempre reforçava isso, dizendo que essas discussões religiosas foram um dos estopins da Terceira Guerra Mundial, mas que, graças a Eros, desde que parte do meteorito atingiu a ex-Terra, ele havia sido escolhido pelo próprio Eros para salvar a humanidade, instalando a harmonia e a paz entre todos.

Apesar de tamanha bondade proferida pelo Rei X, tudo isso acabava proibindo Shell e qualquer vertyniano de se aprofundarem em estudos religiosos e filosóficos em geral.

Shell tinha uma grande admiração pelos sete discípulos de Eros, as Escrituras Sagradas e seus mandamentos, mas ela também se interessava por conhecer e aprender outros ensinamentos e filosofias, mesmo que, no final, chegasse à conclusão de que eram todos farsantes, como as Escrituras Sagradas diziam. Shell tinha um vívido hábito de leitura, por meio da qual conseguia aprendizados dos mais variados. Descobrir a essência da alma humana era uma de suas maiores paixões. Foi essa sua vontade desbravadora que a levou ao curso de letras filosofais na Academia de Belas Artes de Gênova. No curso, além de temas gerais da literatura, ela estudava também as Escrituras Sagradas, cada um de seus mandamentos e os farsantes religiosos do passado. Ela havia estudado sobre a vida desses que se intitulavam iluminados, tais como Jesus Cristo, Muhammad al-Mahdi, Buda, entre outros, mas que na verdade haviam ludibriado os habitantes da ex-Terra, tornando-os pecadores. Shell também estudava nas Escrituras Sagradas o quão forte essas outras religiões e crenças eram enraizadas em diferentes regiões. O quanto eram radicais e provocavam conflitos. Segundo ainda o livro sagrado, por essa razão, desde o milagre do meteorito, Eros havia escolhido o Rei X como seu fiel mensageiro, para finalmente promover e preservar a paz.

De acordo com os manuscritos de Eros, por volta de 3500 a.C. foi a primeira vez que parte do meteorito atingiu o planeta. Nessa época, sete pessoas encontraram partes dos resquícios do meteorito em diferentes regiões da Mesopotâmia, onde viviam. Iluminados então pelo milagre do meteorito, os 433 mandamentos foram registrados, em escrita cuneiforme. Eles, os sete iluminados, escreveram também as epístolas 1, 2 e 3, além do livro do Apocalipse, este que aconteceu veridicamente tal como escrito nos mínimos detalhes nas Escrituras Sagradas, desde os dizeres de que as pessoas seriam todas marcadas, que haveria uma grande guerra final e novamente o encontro do meteorito com o planeta, elegendo o novo Rei santo que governaria o planeta a partir de então.

Queridos irmãos, talvez o mais fundamental sobre o presente momento é o que lhes revelo agora. Amanda, Shell, Chen, Tulio, Carlitos, Oswald e Joseph vinham cada um de uma das linhas genealógicas de um grande discípulo divinal da Macedônia. O primeiro discípulo que depois deu origem a muitos outros que vieram na sequência. Seu nome era Alexandre, o Grande. Um discípulo que, apesar de seus dons, vinha com a essência dos sete pecados capitais e era sodomita. Após Alexandre, vieram outros discípulos também, entre eles um que foi considerado na ex-Terra como um grande salvador, mas que na verdade era um falho pecador mundano: Jesus Cristo de Nazaré. Ele acobertava os pecadores, dizia perdoá-los e era próximo às prostitutas.

Essa era uma informação secreta a que unicamente o Rei X e Eros tinham acesso, enquanto eles, os descendentes, nem sequer imaginavam que vinham dessa linhagem pecadora divinal. A única coisa que eles sabiam é que eram escolhidos pelo Rei X como súditos especiais e que tinham, sim, acesso a certos privilégios, que outros habitantes de Verty não tinham. Mas isso porque eles acreditavam no que era dito pelo Rei, que tais privilégios lhes eram ofertados por conta do que seus antepassados haviam feito, ajudando o Rei. O Rei X fazia questão de manter o segredo a sete chaves, pois, segundo as Escrituras Sagradas, eles saberiam sobre seus dons e que eram descendentes do grande discípulo no momento certo em que lhes fosse revelado.

Seria talvez por isso que Shell questionava a vida e os comportamentos dos demais vertynianos? Talvez por ser uma das descendentes do discípulo Alexandre, o Grande, que ela era apaixonada pelo tema da teologia e estudava secretamente sobre outras religiões que haviam existido na ex-Terra? Se Shell e seus amigos vinham da linhagem de Alexandre, o Grande Pecador, quais seriam seus pecados para estarem sendo punidos pelo Rei X a mando do deus Eros?

Desde que iniciara seu curso de letras filosofais e adentrava mais a fundo nas Escrituras Sagradas, em seus pensamentos, Shell questionava inclusive a veracidade delas. "Onde estariam tais evidências dos milagres descritos nas Escrituras Sagradas? Quem garante que o apocalipse foi realmente escrito antes de tudo ocorrer? E por que os resquícios do meteorito estão trancafiados no castelo do Rei X e ninguém pode acessá-los nem sequer para vê-los?"

De qualquer forma, Shell sabia que estava devidamente protegida e que a Mãe Protetora não estava a par do que ela estava pensando ou fazendo, graças à pílula *Anonymous*. Ela podia então dar continuidade aos seus estudos sobre as religiões, os filósofos da ex-Terra, crenças e demais assuntos interligados, e então tecer suas próprias conclusões.

Shell não revelava as teorias veladas dos pensamentos e tudo o que fazia a praticamente ninguém, com exceção de seu melhor amigo, Oswald. Eles costumavam se reunir pelo menos uma vez por semana após o término das aulas. Era praticamente um encontro já combinado que tinham em sua rotina.

Após saírem da aula, por volta das vinte horas, hora do almoço, Shell e Oswald se teletransportavam para o seu lugar favorito, a Piazzale Michelangelo. Situada no topo de Florença, na Itália, era possível admirar aquela bela cidade, que mais parecia uma pintura em óleo sobre tela do pintor Leonid Afremov, da ex-Terra. O melhor horário para se apreciar a vista é ao final do entardecer quando o sol se despede, deixando apenas os rastros de sua luz incandescente ao final, que se derrama por todo o céu, misturando-se com o singelo azul, transformando-o em uma nova paleta. Às vezes mais amarelada, às vezes mais alaranjada e, esporadicamente, mais na época do inverno, apenas rosada. De toda forma, deixando claro para qualquer ser vivo que, sem a presença do astro-rei, a vida simplesmente não poderia existir.

Oswald se encarregava de levar as pílulas para o almoço, enquanto Shell se ocupava de levar as bebidas. Geralmente eles bebiam sucos naturais que Shell mesma preparava pela manhã no palacete, antes de ir para a Academia de Belas Artes. Ela levava duas garrafinhas em sua mochila com os sucos devidamente preparados. Abacaxi e melancia com hortelã eram os seus favoritos. Já Oswald gostava de comprar as pílulas de almoço sempre no dia anterior, no Mercato Della Foce, seu lugar favorito de Gênova. Lá existiam opções de restaurantes com diversas variedades de pílulas; o seu favorito era a Casa del Parmegiano.

Certo dia, em uma dessas tardes de pôr do sol e de conversas questionadoras, em que Shell e Oswald gostavam de dialogar sobre todo esses questionamentos de crença, existencialismo, do meteorito de Eros e das Escrituras Sagradas, entre tantos outros, Shell disse a Oswald:

– Mais vale aceitar o mito dos deuses do que ser escravo do destino; o mito pelo menos nos oferece a esperança do perdão dos deuses por meio das homenagens que lhes prestamos, ao passo que o destino é uma necessidade inexorável.

– Mito dos deuses? Como, se o único deus é Eros, segundo as Escrituras Sagradas? Não estaria você questionando novamente o livro sagrado, né, Shell? Mesmo com todas as provas da existência do meteorito e os milagres dele?

– Não afirmo que Eros não exista, afirmo que ele não seja talvez o único e talvez nem seja deus. E sobre o meteorito, Oswald? Me poupe! Sabemos muito bem que pode ser apenas o destino naturalista do próprio universo.

– Não seja profana, Shell! O Rei nos provou diversas vezes que tem contato com Eros e tudo que faz é a pedido dele! E sobre todos os milagres que estão descritos no livro sagrado?

– Exato, meu amigo. Milagres apenas descritos, mas sem provas ou evidências reais.

– É claro que há provas! Basta ir aos templos que poderá ver e vivenciá-los! Estão lá expostos, com cada uma de suas evidências.

– Evidências que não podemos tocar ou examinar de perto, correto?

– Isso é uma questão de fé, Shell. Ou você tem e acredita, ou não.

– Prefiro acreditar naquilo que conheço e posso examinar com minhas próprias mãos, ou prefiro continuar a adquirir conhecimento em meus estudos para tirar minhas próprias conclusões.

– Pois bem, faça isso. Mas lembre-se de que a Mãe Protetora está te olhando sempre. E quem sabe, se continuar com esse seu comportamento, não seja destinada à Caldária de Verty!

Dando uma forte gargalhada, quase que zombeteiramente ao que Oswald disse, Shell respondeu:

– Não seja tolo, Oswald. Primeiro que essa tal Mãe Protetora é um Hub. Sabe o que é isso? Uma máquina, e não uma mãe. Segundo, eu jamais seria destinada à Caldária de Verty. Aliás, quem você conhece que já esteve na Caldária para dizer que ela realmente existe?

– Não ouse blasfemar dessa forma! Só não quero que essa sua sede de conhecimento e indagações possa te levar para caminhos obscuros e que você se perca ou sofra terríveis consequências.

– Me perder seria continuar enclausurada como você está, em seus pensamentos e ideias plantados em sua cabeça, e que você jamais ousou questionar!

– Não tenho ideias plantadas na minha cabeça!

– Ah, não? Então me diga quem foi Jesus Cristo.

– Um terrível pecador e inimigo de Eros!

– Pode me explicar em mais detalhes?

– Segundo as Escrituras Sagradas, ele plagiou tudo o que Eros revela sobre a humanidade e seus mandamentos. Além disso, ele carregava os sete pecados capitais dentro de sua alma, tal qual Alexandre, o Grande. Todos pecadores!

– E por isso Jesus Cristo foi então crucificado? Para ser punido por seus pecados contra Eros? E quem o crucificou foram os ancestrais santificados de Eros?

– Isso mesmo, Shell! E você sabe disso.

– E se eu te contar que esse tal Jesus Cristo morreu para salvar a todos nós?

– Como assim salvar a todos nós?

– Salvar de nossos pecados cometidos em vida.

– Segundo as Escrituras Sagradas, nós, vertynianos, nascemos limpos, puros e livres dos pecados.

– E o que é pecado então, já que você é um ser tão perfeito, Oswald? Tão perfeito que não consegue se controlar e come por compulsão aquelas suas malditas pílulas!

Extremamente constrangido e já atrasado para sua aula de música erudita, ao mesmo tempo querendo fugir dessa acalentada discussão com Shell, com medo do que poderia ocorrer a eles caso a Mãe Protetora os ouvisse, Oswald disse:

– Bom, não quero continuar esta conversa, porque ela já se tornou mais uma ofensa da sua parte contra mim do que uma discussão. Além do mais, preciso ir à minha aula. E, mais uma vez, Shell, só quero que tome muito cuidado para que nada de ruim lhe aconteça, minha amiga, em nome de Eros! E deixo claro aqui que em nome dele não concordo com o que está dizendo, pois sou devoto eternamente de nosso Criador. Sei que ele me escuta através dos ouvidos do nosso amado Rei X e por isso reforço aqui minhas palavras de devoção.

Fazendo o sinal de devoção, Oswald benzeu-se assim que terminou os seus dizeres, fazendo o sinal de X na testa.

– Desculpe-me se me exaltei. Jamais quis ofendê-lo. Apenas dizer verdades que você não vê, em seus cegos olhos remansados por Eros. Mas nada acontecerá nem com você nem comigo, estamos protegidos, lhe garanto. Eu continuarei com essa minha sede e fome de conhecimento até que encontre mais respostas, e quem sabe, um dia, possa dividir com você e com todos os nossos irmãos de Verty a verdade e onde está a nossa real liberdade.

Nessa hora, mesmo já atrasado, Oswald olhou sério para Shell e perguntou:

– Peraí, quer dizer que você não se considera livre vivendo em Verty, depois de tantos maravilhosos feitos realizados pelo nosso Rei X?

Nessa hora, Shell ficou zangada com o comentário de Oswald e falou firme:

– Liberdade seria eu sentir que minha alma pertence ao meu corpo e que eu me amo da forma como sou. Infelizmente não posso dizer isso, portanto não sou livre coisa nenhuma!

Nessa hora, os olhos de Shell se encheram de lágrimas. Ela odiava essa sensação de não se sentir pertencente ao seu corpo, saber que o que sentia era errado, um pecado diante de Eros, segundo as Escrituras Sagradas.

Oswald, já bem atrasado para sua aula, tentou quebrar o gelo, fazendo umas caretas que Shell adorava, enquanto fazia cosquinhas debaixo de seus rechonchudos braços.

Shell, não contendo sua escandalosa risada, respondeu:

– Para com isso, seu moleque atrevido! Se você continuar me fazendo cócegas, nunca mais lhe dou aquelas pílulas de sobremesas que você adora!

– Eu te odeio, sua manipuladora filósofa cruel!

E, fazendo mais caretas engraçadas, Oswald se teletransportou às pressas para sua aula.

Assim que retornou para o palacete, Shell ficou rindo sozinha em seu quarto por algum tempo, enquanto lembrou que precisava pedir mais pílulas *Anonymous* a Tulio. Pensou também que talvez deveria contar sobre as pílulas a Oswald, para ele saber que ela sempre as diluía nos sucos naturais que preparava. Assim talvez Oswald falasse mais abertamente sobre o que pensava sobre tudo isso, sem se preocupar em estar sendo monitorado pela Mãe Protetora.

Conforme o efeito da pílula *Anonymous* ia passando, o efeito de euforia de Shell foi também diminuindo, até se tornar melancólico. Enquanto se olhava no espelho nua, com asco de seu corpo, ela se questionava sobre todos esses pontos que antes enfatizava com tanto fervor para Oswald. Ao mesmo tempo, olhando-se e sentindo nojo de quem era, sua mente já ordenava que ela realizasse o ato de *disciplina* e pedisse perdão a Eros por tais blasfêmias, por ter tido maus pensamentos e por não aceitar quem ela era. Enfim, por ser apenas uma pecadora.

Sem que quisesse racionalmente, seu subconsciente já havia ordenado o comando. Shell já estava de joelhos em frente à imagem de Eros e com a corda nas mãos para iniciar o ato da *disciplina*.

CAPÍTULO 13
CHEGADA IMACULADA

*"Ali o Anjo de Eros lhes apareceu numa chama
de fogo que saía do meio de uma sarça.
Todos viram que, embora a sarça estivesse em
chamas, não era consumida pelo fogo."*
Trechos das Escrituras Sagradas de Eros

Após uma meditação de três horas, Tulio pediu a todos que ficassem de pé e cumprimentassem uns aos outros com a "Paz de Eros". Esse era um ritual muito comum que acontecia nas mesquitas. Ao final de cada celebração do culto, o líder religioso pedia a todos que se cumprimentassem desejando a paz. Todos se cumprimentavam, fazendo o sinal do X na testa na sequência. Era uma forma de proferir sua fé no deus Eros e em que o Rei X era o enviado santificado.

Tulio continuava a trajar o manto branco na cintura cobrindo seu traseiro e seus genitais, e outro na região das pernas e dos pés, sendo que o manto da cintura se assemelhava a uma saia de renda curta com furinhos quadriculados. Era possível ver de relance seu órgão avantajado.

Shell conseguiu se levantar, mas ainda sentindo uma dor aguda em sua lombar. Discretamente, ela olhou para seus pés e constatou outra vez suas novas garras. Ela reparou que eram pontiagudas, de coloração amarelada, e que ela tinha apenas três dedos em cada pata.

Todos agora de pé se cumprimentavam, sorrindo uns aos outros, numa sensação de paz e tranquilidade que havia tomado conta do ambiente. Chen, que estava ao lado direito de Shell, cumprimentou-a, segurou sua mão esquerda, apertando-a bem forte, e, acenando com a cabeça, disse-lhe telepaticamente que estava tudo bem, confiante de que todo esse tormento iria em breve acabar. Apesar de sempre confiar em Chen, e ela parecer que não estava com seu transtorno de personalidade aflorado, Shell não tinha a mesma certeza. De toda forma, ela sorriu de volta a Chen, dando-lhe uma piscadela. Shell se sentia pelo menos aliviada que seus amigos haviam saído do transe da meditação.

Voltando seus olhos para o meio do círculo, Shell pôde ver que cada um cumprimentava uns aos outros com olhares esperançosos desejando a "Paz de Eros".

Shell virou-se para o lado esquerdo avistando Oswald. Ao cumprimentá-lo, seus olhos encheram-se de lágrimas. Foi muito difícil visualizar sua feição, antes homogeneamente belo, agora com sua boca e rosto completamente desconfigurados. Apesar do sangue ressecado, sua boca estava escancarada. Mesmo assim, ele a olhava carinhosamente. Telepaticamente lhe dizia que estava tudo bem, e que logo estariam tomando seus drinks favoritos e dando gargalhadas novamente.

Olhando para a frente, Shell visualizou que Carlitos e Joseph se abraçavam emocionados, enquanto Tulio permanecia dentro do círculo, imóvel, mas continuava a sorrir. Se ele realmente estivesse fazendo o papel de chefe religioso, tal qual o líder dos cultos nas mesquitas, ele não cumprimentaria os demais.

Todos então escutaram o ranger da porta do quarto se abrindo. Novamente, a senhora de cabelos acinzentados adentrou. Pela primeira vez ela sorria. Trazia uma enorme bandeja de ouro branco com compridas taças de cristais, com um líquido quente e perfumado. Foi entregando a eles uma a uma.

Quando a senhora se aproximou de Shell para lhe entregar a taça, fitou-a bem de perto e, ainda sorrindo, passou suas mãos pelo seu cabelo, acariciando seu rosto ainda gélido.

Acenou com a cabeça e pediu-lhe telepaticamente que bebesse todo o chá, que lhe faria bem e curaria as dores de seu corpo todo. Nesse mesmo instante, os olhos de Shell encontraram-se com os da senhora em forma de agradecimento. Ela percebeu que neles não havia íris de nenhuma cor, muito menos pupilas. Havia apenas a esclera, a parte branca dos olhos, e a dela tinha uma tonalidade cinza esfumaçada.

Tomando a taça com sua mão direita, Shell aproximou-a de seu nariz e sua boca, sentindo um aroma um tanto quanto ácido. Quando olhou o líquido do chá, antes de beber, reparou que havia uma espuma branca e grossa na parte superior, que lembrava clara de neve batida. Bebericou o chá através do canudinho de metal, dando pequenos goles. Sentiu que o líquido era bem encorpado e pastoso, um tanto quanto proteico, deixando seus lábios meio grudentos. Ela então olhou para o lado e viu que Carlitos, Oswald, Chen e Joseph também bebiam o chá. Pobre Oswald, com sua boca dilacerada, quase não conseguia beber. Por vezes, o líquido amornado escorria pelas arestas de sua boca, misturando-se com o sangue seco.

Conforme eles degustavam a bebida, sentiam-se cada vez mais lúcidos e proteicamente alimentados. Todo esse momento remetia-lhes ao final da celebração do culto na mesquita. Geralmente depois de se cumprimentarem desejando a "paz de Eros", todos saíam e faziam suas refeições na praça principal de Gênova.

Escutou-se um espirro fino e delicado. Todos olharam em direção à porta. Nesse instante, o coração de Shell quase saltou pela boca.

Sofie De Montmorency havia aparecido e adentrava o quarto, deslumbrantemente angelical. Ela trajava um vestido de seda branco com sete pétalas de rosa vermelhas, todas enfileiradas e costuradas, desde a região do dorso ao ventre. Seus cabelos de coloração loiro queimado estavam presos em um perfeito coque. Ela usava um brinco de argolas grandes com o pingente de um grifo dourado do lado esquerdo.

Em sua cabeça, Shell começava a ter pensamentos conturbados. Ao mesmo tempo que ela enxergava Sofie quase como uma gravura santificada, ela tinha pensamentos que deturpavam essa sacra imagem, que se traduziam em um desejo carnal que sentia. Se não estivesse sofrendo das inúmeras dores em seu corpo, levantaria de súbito e agarraria Sofie, tomando-a em seus braços, entregando-se finalmente a tal lascívia aguardada e, por que não assim dizer, aos seus desejos espirituais, já que Shell amava também sua bela alma.

Conforme Sofie ia se aproximando do círculo, sorria e cumprimentava um a um, acariciando de leve seus rostos, com sua delicada mão esquerda, a mão do coração. Todos sentiam como se estivessem sonhando acordados, sentindo aquele carinho feminino, quase maternal, porém não santo. A cada toque dos finos dedos de Sofie, anestesiava-se e curava-se qualquer dor ou incômodo até então existente. Oswald não sentia mais a dor de sua boca dilacerada, Carlitos sentia-se calmo e brando, e Chen não se sentia ansiosa ou sedenta por seus comprimidos ansiolíticos.

Aproximando-se de Shell, antes de cumprimentá-la, Sofie virou-se em direção à senhora de cabelos grisalhos, ajoelhou-se, reverenciando-a. Em seguida, a senhora lhe entregou também uma taça.

Assim que chegou a vez de cumprimentar Shell, antes de acariciar seu bolífero rosto, Sofie levantou a taça com sua mão direita e, telepaticamente, disse de forma carinhosa, mas em alto e bom tom:

– À nossa querida e amabilíssima Shell!

E todos responderam:

– A Shell!

Faltavam 336 minutos.

CAPÍTULO 14
CHAMA DO AMOR

"Ela era uma alma capaz de tornar doce a atmosfera mais vulgar e fazer com que as coisas do espírito parecessem tão simples e tão naturais quanto a luz do sol ou o mar, alguém para quem o sofrimento e a beleza caminham de mãos dadas e têm a mesma mensagem."

Oscar Wilde

Foi no seu primeiro dia de aula na Academia de Belas Artes que Shell a avistou pela primeira vez. Sua pele cor de ébano realçava ofuscantemente seus olhos de esmeralda. Seus sedosos cabelos loiros queimados desciam onduladamente até sua cintura. Seu vestido rosa comprido, sutilmente decotado no dorso, realçavam seus seios de pera. Ela usava luvas rosas até o antebraço e, sobre seu braço esquerdo, portava um relógio de ouro Rolex com diamantes cravados. Suas sobrancelhas e seus longos cílios combinavam perfeitamente com o contraste de seu afinado nariz, e um batom levemente rosado delineava seus finos lábios de fresa, dando o toque final. Já quem a via por trás podia admirar as ondulações por debaixo do vestido, de suas imponentes polpas dançantes, de um lado para o outro, e que, a cada passo, iam delineando cada um dos lados.

Desde o instante inicial, Shell sabia que havia algo de diferente em Sofie, que beirava entre o pecaminoso e o angelical.

Sofie aparentava ser 150 anos mais velha que Shell e estava no vigésimo ano de seu curso de fragrância e odores. Trabalhava como perfumista em uma das maiores indústrias de cosméticos naturais de Verty. Sendo o oposto de Shell, ela não era tão exageradamente simpática, porém sempre muito educada. De requintadas etiquetas, fazia questão de cumprimentar todos à sua volta, com um olhar meigo e um leve sorriso estampado nos olhos.

Foi nesse primeiro fatídico dia que Shell também conheceu seus melhores amigos, sem saber que com o tempo eles seriam o grupo dos sete da Academia de Belas Artes. Apesar de serem de cursos diferentes, nos primeiros dez anos, todos os novos alunos cursavam uma mesma matéria juntos: filosofia de Eros. Nessa matéria-base eram reforçados os preceitos não apenas sagrados, mas também toda a história e filosofia que embasavam as Escrituras Sagradas.

Nesse mesmo ano, Sofie havia sido transferida para a Academia de Belas Artes de Gênova, vinda da École des Beaux-Arts de Paris, onde estudou por vinte anos. Lá não era lecionada a matéria de filosofia de Eros, portanto, mesmo já estando no trigésimo ano letivo de seu curso, ela deveria realizá-la. Sofie acabou caindo na mesma sala que o grupo dos sete e logo se tornou colega de todos. Por mais que Shell e seus amigos quisessem que Sofie adentrasse o grupo dos sete, ampliando-o para a nomenclatura "dos oito", Sofie dizia-se sempre muito ocupada com o trabalho e os estudos e nunca se envolveu profundamente na amizade com nenhum deles, exceto Shell, mas que nesse caso não podemos chamar de uma mera amizade. De toda forma, o pouco tempo que Sofie passava com o grupo já era capaz de despertar diversos tipos de sentimentos em cada um deles e em especial em Shell.

Conforme os anos de convívio iam passando, Shell se tornou mais próxima de Sofie, mesmo sentindo que jamais teria alguma chance amorosa com ela. Primeiramente porque o sentimento que nutria por Sofie era algo proibido em Verty, por ambas serem do mesmo sexo.

De acordo com os 433 mandamentos, os relacionamentos deveriam ser apenas entre homens e mulheres, mas jamais, em hipótese alguma, com pessoas do mesmo sexo. Tal ato era pecaminoso. Quem ousasse cometer tal obscenidade seria destinado perpetuamente à Caldária de Verty. Segundo as Escrituras Sagradas, duas mulheres ou dois homens se relacionando sexualmente corrompia as tradições morais e espirituais da alma do indivíduo. O Rei X não tolerava relações poligâmicas ou orgias sexuais: eram proibidas e contra as leis divinas, um grave pecado. O ato da reprodução deveria ser santo e puro. A posição sempre a do homem sobre a mulher, preferencialmente pelo período matutino. Era fundamental que os casais copulassem somente utilizando seus genitais. Era dito que os terráqueos faziam obscenidades utilizando suas bocas e línguas, encostando-as nas genitálias e na região anal de seus parceiros. Por tal motivo também, o Rei X soube desde o início que retirar as línguas e costurar as bocas com fios de ouro, deixando apenas um pequeno orifício aberto, era algo muito bom, até mesmo santificado, que ele estava fazendo pelo bem dos vertynianos. Dessa forma, o Rei X os ajudava a evitar atos impuros, preservando suas almas puras.

Nas Escrituras Sagradas, era dito também que, na ex-Terra, nos últimos anos antecedentes à Terceira Guerra Mundial, os seres humanos tinham expandido suas relações, antes monogâmicas, para poligâmicas. Isso havia causado diversos males: a taxa de natalidade havia caído brutalmente, e as pessoas, por não terem filhos como antigamente, sentiam-se mais depressivas e solitárias, apesar de terem múltiplos parceiros. As redes sociais foram um forte estímulo para que tal ato pecaminoso da poligamia se expandisse e as pessoas então vivessem relacionamentos abertos, na época chamados de "relacionamentos líquidos". Eram efêmeros. Tudo um verdadeiro ato de adoração à carne através de sexo desenfreado. Naquela época, os seres humanos se diziam mais livres e independentes, mas na verdade estavam vivendo relacionamentos fadados ao fracasso, sentindo-se cada vez mais solitários. Como severa consequência de seus atos, não estavam mais expandindo seus genes ao milagre de novas vidas. Por mais estranho que isso possa parecer, é dito que os seres humanos preferiam expandir suas famílias criando animais domésticos, como cachorros, gatos, porcos, galinhas, entre outros, em vez de procriar sua mesma espécie. Bem próximo ao início da Terceira Guerra, as pessoas viviam à mercê das redes sociais, completamente viciadas nesse mundo paralelo virtual, cada vez mais individualizadas em suas "bolhas", não suportando mais o convívio com os próprios seres da espécie.

O segundo motivo pelo qual Shell achava que o relacionamento dela com Sofie não seria possível, mesmo que ambas estivessem dispostas a arriscar tudo e infringir as leis de Verty, era porque Shell não se achava nada atraente. Em seus pensamentos, ela jamais teria uma única chance com Sofie. Para ela, era como tentar misturar óleo e água: impossível. Para Shell, Sofie era como água cristalina, enquanto ela era o denso óleo engraxado.

Entretanto, como a vida prega peças e não age de acordo com o fluxo racional do pensamento, Shell surpreendeu-se com o que ocorreria nas décadas seguintes.

Queridos irmãos, voltemos à aula de filosofia de Eros, em que Shell conheceu a doce Sofie pela primeira vez.

⚡

A aula estava sendo ministrada pela professora Betsy, que finalizou sua apresentação com o texto a seguir, extraído do livro *O Banquete,* de Platão:

O que há porém é, a meu ver, o seguinte: não é isso uma coisa simples, o que justamente se disse desde o começo, que não é em si e por si nem belo nem feio, mas se decentemente praticado é belo, se indecentemente, feio. Ora, é indecentemente quando é a um mau e de modo mau que se aquiesce, e decentemente quando é a um bom e de um modo bom. E é mau aquele amante popular, que ama o corpo mais que a alma; pois não é ele constante, por amar um objeto que também não é constante. Com efeito, ao mesmo tempo que cessa o viço do corpo, que era o que ele amava, "alça ele o seu voo", sem respeito a muitas palavras e promessas feitas. Ao contrário, o amante do caráter, que é bom, é constante por toda a vida, porque se fundiu com o que é constante.

Assim que terminou a leitura, a senhora Betsy indagou Shell:
– Ei, senhorita de casaco vermelho. Poderia nos dizer qual sua interpretação do texto desse grande filósofo à luz das Escrituras Sagradas?
– Bom, eu diria que esse trecho de Platão se equivale à parte das Escrituras Sagradas que diz que devemos ter relações sexuais apenas com aqueles que amamos.
– Com aqueles que amamos? – indagou a professora Betsy, um pouco severa.
– Ah, não, que-quero dizer, apenas com aquele escolhido por Eros – respondeu Shell, gaguejando.
– E o que mais?
– Unirmos nossos corpos e almas em apenas um e amando sempre o espírito do outro em primeiro lugar, a fim de recebermos as bênçãos de Eros.
– Bravo! – exclamou com orgulho a professora Betsy.
Apesar de não concordar com nada anteriormente dito, Shell só estava tentando ser uma aluna exemplar, garantindo assim que não ficasse presa nessa frívola matéria nos anos seguintes. De acordo com a autorização do Rei X, o único filósofo da ex-Terra

que fazia parte inclusive das Escrituras Sagradas do livro sagrado era Platão. Já os demais eram considerados pelo Rei e pelos mandamentos de Eros seres indignos e pecadores em suas ideias, sendo excluídos dos estudos. A partir do momento em que o Rei X se tornou monarca de Verty, junto com o advento do milagre do meteorito de Eros, desde 2100 havia excelentes e novos filósofos que vinham surgindo, todos muito bem-conceituados. Um deles era o próprio doutor Kozlov, que já havia escrito diversos livros que o Rei achava extraordinariamente reveladores.

Todavia, Shell tinha suas fontes secretas de estudo e conseguia ter acesso a diversos outros filósofos existentes na ex-Terra. Ela admirava e adorava estudá-los em seus momentos de lazer. Shell não era nada fã de Platão e preferia Aristóteles. Ela achava que Platão tinha ideias fundamentalmente boas, porém muito conservadoras. Segundo ela, Platão era cético em relação às experiências sensoriais, vendo-as como enganosas e não confiáveis para obter o verdadeiro conhecimento. Em contraste, Aristóteles via os sentidos como cruciais para entender a realidade e argumentava que a raiz do conhecimento começava com a percepção sensorial, a qual seria responsável por formar a base para a investigação intelectual do indivíduo. Mas Shell não falava muito dessas suas divergentes ideias a quase ninguém, com exceção, é claro, de seu confidente amigo, Oswald.

Enquanto Shell se vangloriava internamente por ter tido o reconhecimento da professora Betsy, foi interrompida pela intromissão de Sofie:

– Discordo do que diz a senhorita, e também de seus dizeres, senhora Betsy! – disse Sofie telepaticamente, em alto e bom tom.

– Como é que é? Acho que não compreendi bem – replicou a senhora Betsy.

– Isso mesmo que a senhora escutou. Tal miserável texto traz enraizados conceitos demasiadamente belos, porém retrógrados aos tempos atuais.

– Como ousa desrespeitar as Escrituras Sagradas com tamanha blasfêmia, senhorita?

– Não as desrespeito, senhora Betsy, apenas considero minha opinião livre e a exprimo aqui diante de meus colegas e da senhora.

– Isso não é liberdade de opinião, senhorita. É um ato de heresia! Por gentileza, retire-se agora de minha sala de aula! – esbravejou a senhora Betsy gritando.

– A sala não é sua, e sim de todos nós! Somos apenas oprimidos súditos, agindo como robôs programados a aceitar goela abaixo tudo o que nos é imposto!

Antes que a senhora Betsy pudesse dar qualquer tipo de réplica ofensiva, Sofie se teletransportou para sua casa, saindo daquele ambiente tóxico. Isso foi mais um ato de afronta à senhora Betsy, já que os alunos deveriam respeitar a regra de que o teletransporte fosse realizado apenas quando saíssem do recinto da Academia de Belas Artes, jamais estando dentro, muito menos na sala de aula. Sofie foi explusa das aulas da senhora Betsy, e com certeza isso prejudicaria sua formação ao final do curso. Sofie não se importava com isso. Seus objetivos iam além de sua formação como perfumista.

Após o ocorrido, Shell e seus amigos criaram uma verdadeira admiração pela brava Sofie, por ter sido verdadeira em sua opinião, desafiando as leis do sistema em que viviam.

Nas semanas seguintes, todos os dias ao final da aula da senhora Betsy, Shell e seus amigos encontravam Sofie no refeitório da Academia, almoçavam juntos e aos poucos iam fazendo outros tipos de programações culturais e artísticas. Nas discussões que tinham nos cafés, Sofie continuava enérgica e progressiva em suas ideias, ao mesmo tempo que mantinha discrição total de sua vida pessoal. Shell se questionava quem seria essa garota que falava publicamente suas ideias de forma tão destemida. Ela não teria medo de ser pega e aprisionada pelos assessores do Rei X? Tinha algo especial em Sofie que Shell não sabia dizer o que era, apenas sentia.

Além de sua simples, porém exuberante beleza, o que mais atraía Shell em Sofie era esse grande mistério de sua vida: por mais tempo que passassem juntas, Sofie jamais revelava detalhes íntimos. Era sabido apenas que ela havia nascido em Montpelier, no sul da França, e que seus pais eram agricultores. Vivendo e sendo criada em um ambiente de natureza, o seu encanto por odores e fragrâncias havia se desenvolvido desde cedo. Não era sabido se Sofie era solteira ou compromissada. Toda vez que esse assunto vinha à tona, ela preferia não comentar. Isso intrigava Shell ao mesmo tempo que a fazia ficar cada vez mais apaixonada por Sofie.

Após quase dez anos de amizade e convivência, na primeira semana de outono, o grupo dos sete e Sofie haviam ido ao Teatro Municipal de Gênova assistir à peça de ópera-balé inspirada em uma passagem da Escritura Sagrada chamada "Arca da Aliança". Chen, que além de bailarina era uma artista performática e cantora lírica, bravamente fez o papel de um anjo enviado por Eros à Arca, para proclamar seus milagres. Ao final, após sua apresentação, foi ovacionada de pé pelo público. A peça tinha duração de dez horas, com três intervalos.

Assim que retornaram do último intervalo, e após o terceiro sinal para início do último ato, quando as luzes se apagaram, poucos segundos antes que se reascendessem para a entrada dos bailarinos, Shell sentiu repousando sobre sua coxa direita a mão de Sofie, que delicadamente a acariciava.

Assim que as luzes se acenderam e o espetáculo terminou, Shell se levantou e saiu ofegante da sala sem se despedir. Em seguida se teletransportou para seu quarto. Ela não podia ter aqueles pensamentos, sentir aquela sensação ofegante que subia por debaixo de sua saia, pulsando suas partes íntimas, pedindo que as acariciasse. Não, não era correto, era contra as Escrituras

Sagradas, ainda mais porque Sofie era uma mulher e Shell também, mesmo que, dentro de sua alma, ela sentisse que não.

Sem que percebesse, nada de forma racional, quando tomou conta de si, seus dois dedos já estavam lá na parte de baixo, roçando delicadamente seu clitóris corpulento para fora. Shell salivava de demasiado prazer em seus pensamentos, enquanto continuava a se tocar, cada vez mais profundamente com sua mão direita, enquanto sua mão esquerda apertava cada um de seus mamilos, alternadamente.

Pela primeira vez em sua vida, Shell sentiu o prazer orgástico.

⚡

Logo após, antes de deitar-se, mesmo sentindo-se esgotada, escreveu em seu diário tudo o que vinha em sua mente, não respeitando se nenhuma pontuação, para que não perdesse nenhuma ideia:

"Você faz algo porque você quer e porque você tá sentindo ou simplesmente pela sua ansiedade e pela sua mente incansável e relutante que pressiona o seu corpo para fazer coisas que você na verdade não gostaria de fazer mas você faz porque caso contrário a sua mente inquieta influencia os seus pensamentos que causam aquele desconforto irreparável e você é obrigada a tomar aquelas atitudes e fazer o que não gostaria de fazer. Por esse motivo é que você acaba se tornando escrava da sua mente e fazendo aquelas coisas que você não quer fazer mas lá no fundo você busca a libertação e arrancar essas amarras que envolvem o seu coração e que não deixam você sentir a verdadeira emoção o verdadeiro sentimento que tá dentro do seu coração e que é tão leve tão simples tão bonito de sentir completamente diferente do que a sua mente nebulosa e tenebrosa faz com que você cometa atos retrocessos e no final do dia sinta-se culpada e de joelhos peça perdão arrependida de algo que não era você que queria fazer mas eram aquelas vozes que perturbavam os seus pensamentos como alfinetes pequenos alfinetes pincelando cada célula cada neurônio dentro de você. Mas isso não faz você desacreditar do amor nem um segundo sequer porque você sabe que ele tá lá dentro do seu coração ele está lá dentro de você intacto apenas preso pelas amarras das vozes dos inimigos mas você acredita porque você é esperançosa você sabe que o amor sempre vence. E você tá só esperando que esse dia chegue e aí os dias serão mais claros o sol voltará a brilhar e você vai sentir aquele ar penetrando seus pulmões da forma mais magnífica que você poderia sentir e a sensação de gozo e de liberdade infinita que quando você estava no colo de sua mãe que você pôde um dia sentir esse amor que faz parte da sua memória das suas lembranças e da sua trajetória. Ele está lá vivo presente ele é a coisa mais poderosa que existe dentro de você é a sua esperança que te faz viver."

CAPÍTULO 15
CONVIDADO ESPECIAL

"Ele o viu subir do mar, tendo sete cabeças e dez chifres, e sobre seus chifres dez diademas, e sobre suas cabeças um nome de blasfêmia. Era como um leopardo, com pés como os de um urso e uma boca como de leão."
Trechos das Escrituras Sagradas de Eros

Logo após todos terminarem de beber o chá, Tulio cordialmente convidou Sofie a vir para o meio da roda. Era a primeira vez que Tulio falava telepaticamente de forma tão educada. Diferentemente dos demais, não havia nenhum manto encobrindo suas pernas e seus pés, e ela estava descalça. Conforme Sofie dirigia-se ao centro do círculo, era possível vislumbrar no rodapé de seu vestido de seda branco seus sedosos pés de boneca.

Ao chegar ao centro do círculo, Sofie fez um gesto de reverência a Tulio, com as palmas das mãos no peito. Com o toque de suas mãos, acariciou seu rosto como havia feito com os demais convidados. Em seguida, ela foi retirando cada uma das sete rosas costuradas em seu vestido, entregando-as uma a uma aos convidados. Sem pressa alguma, voltou ao centro do círculo. Vagarosamente, Sofie começou então a despir-se.

Primeiramente ela desfez o coque, soltando seus longos e ondulados cabelos loiros queimados. Levantou o pescoço, sacudindo a cabeça para trás, a fim de que suas madeixas se assentassem ordenadamente até sua cintura. Em seguida, virou de costas para Tulio e pediu a ele que deslizasse o fecho do zíper de seu vestido, desde a sua nuca até embaixo, bem próximo de seu cóccix. Assim que ele terminou, ela agradeceu-lhe virando seu pescoço, enquanto, com os finos dedos de suas mãos, levantou as alças do vestido sobre seus ombros e, levando-as levemente para os lados, soltou-as simultaneamente, deixando que o vestido branco de seda fosse caindo, quase em câmera lenta, deslizando-se por completo até o tapete vermelho felpudo.

Agora já com seu corpo desnudo, Sofie virou-se de frente para Tulio. Aproximou-se bem perto dele e, com as duas mãos, foi gentilmente retirando o manto branco de renda de sua cintura.

Os dois estavam praticamente nus, com exceção do manto que ainda encobria as pernas e os pés de Tulio e dos brincos de argola que Sofie não havia tirado. A exuberante negritude do corpo de Sofie contrastava com o dourado bronzeado do másculo corpo de Tulio.

Todos escutaram novamente o ranger da porta se abrindo, porém dessa vez não era a senhora com cabelos brancos que adentrava o quarto branco, mas um ser estranho, um tanto quanto pavoroso.

Rastejando-se da entrada da porta do quarto pelo corredor adentro, Hera aproximou-se do meio do círculo, onde Tulio e Sofie continuavam de pé de frente um para o outro, desnudos e em posição de prece.

Hera era um ser meio cobra, meio humana, com sete cabeças femininas. Sua pele era de réptil, amarela com escamas brancas arredondadas por todo o seu corpo, enquanto seus olhos eram avermelhados, e suas pupilas, verticalizadas, inteiramente pretas. Sobre cada uma de suas cabeças, acima de seus chifres, havia coroas de cores alternadas. Podiam-se escutar seu rastejar pelo tapete vermelho e o barulhinho de suas línguas toda vez que saíam para fora de suas bocas.

Adentrando o círculo abruptamente, Hera esvoaçou em direção a Sofie. Foi subindo rapidamente pelas suas longas pernas, enrolando-se pela sua cintura e subindo até o seu pescoço. Devidamente enrolada em Sofie, Hera cobria seu corpo nu, e suas sete cabeças estavam depositadas acima do crânio de Sofie, na parte frontal.

A besta, mirando cada um dos convidados com suas sete cabeças, ordenou imediatamente a Chen e Carlitos que adentrassem o círculo. Em seguida deu um salto e dependurou-se no gigante lustre de cristal que ficava no meio do quarto, bem no topo do grande círculo. Agora, de cima para baixo, enrolada no lustre, Hera podia observar a todos com suas sete cabeças esvoaçantes.

Assustados, Chen e Carlitos se levantaram como podiam, já que as faixas brancas encobriam seus pés e suas pernas e não era fácil movimentar-se. Eles sentiam seus membros inferiores formigando. Mesmo assim foram se arrastando para dentro do círculo. Tulio ordenou a Carlitos que ficasse de joelhos em sua frente, enquanto Sofie brandamente pedia a Chen que ajoelhasse também defronte o seu ventre. Na sequência, Tulio pediu que Carlitos se despisse. Ele balançava a cabeça como sinal de não querer e olhou para Oswald, com os olhos assustados, enquanto respirava ofegantemente. Na mesma hora, Oswald titubeou em ir acudi-lo, porém Shell segurou firme uma de suas mãos, apertando-a bem forte, impedindo que Oswald tomasse alguma ação precipitada e se ferisse ainda mais.

Carlitos e Oswald eram namorados e se conheceram no primeiro ano de faculdade, ambos gravemente feridos por seus traumas familiares. Felizmente, puderam encontrar amor e compaixão nessa relação afetuosa de verdadeira cumplicidade que construíram. Carlitos acalmava Oswald com sua compulsão alimentícia, ao mesmo tempo que Oswald também o acalmava, quando tinha suas severas crises epiléticas com acessos de raiva. Era uma relação de troca e amparo, ao mesmo tempo poética e artística.

Oswald, com seu dom musical, tocava suas melodias com seu violino, enquanto Oswald tinha sua compulsão alimentar acalmada, quando via Carlitos pintando seus quadros, na maioria das vezes abstratos. Carlitos sentia-se inspirado pela melodia de Oswald, que servia de alumbramento para suas obras. E ali os dois sentiam uma sensação mútua de êxtase que completava a relação, como um verdadeiro ato de comunhão. Era ali também naquele momento singular que se sentiam conectados, corpo e alma interligados como se fossem apenas um. Para eles, esse era o real significado e a perfeita tradução da palavra "amor". Obviamente a relação dos dois era como uma grande amizade amorosa, já que o afeto não se estendia carnalmente. Não que não tivessem vontade, mas porque sabiam que seria contra as Escrituras Sagradas.

⚡

De repente, agarrando Carlitos por seus cabelos encaracolados, Tulio puxou seu rosto para a frente, olhou bem dentro de seus olhos e ordenou que tirasse suas roupas imediatamente, caso contrário ele mesmo o faria. Desde a chegada de Hera ao quarto branco, o comportamento de Tulio havia ficado mais animalesco. Sofie, por outro lado, fez o mesmo pedido a Chen de forma muito mais elegante e delicada. Ela silenciosamente a obedeceu, despindo-se de seu vestido lilás e de suas roupas íntimas.

Carlitos, por sua origem catalã, tinha a pele clara e cabelos encaracolados de uma coloração loira brilhante. Sua estatura era mediana, seu corpo definido, não musculoso. Ele exalava um tipo clássico de masculinidade, porém com um rosto delicado. Seus olhos eram repuxados, tinha sobrancelhas grossas bem delineadas. Seu peitoral e sua barriga eram lisos e definidos, com apenas uma fina carreira de pelos entre o seu umbigo e as suas partes íntimas, demarcando o território.

Chen, sendo uma jovem sino-brasileira, ostentava seus traços orientais de presença marcante. Tinha a pele dourada, cabelos negros longos e lisos que caíam suavemente sobre seus ombross, enquanto seus olhos escurecidos brilhavam com intensidade, transmitindo uma interna inquietação. A figura esguia e atlética de seu corpo refletia sua dedicação à dança. No entanto, suas expressões faciais e seus movimentos refletiam seu estado mental instável.

Carlitos e Chen estavam agora desnudos, apenas com o manto branco encobrindo seus pés e pernas. Tulio ordenou a ambos que retirassem também o manto de seus membros inferiores, ou ele mesmo o faria.

Foi nessa hora que, quando Carlitos e Chen retiraram o manto branco, todos puderam visualizar horrorizados aquela cena – seus pés haviam sido amputados, e, no lugar deles, havia patas de animais.

Carlitos tinha duas patas felinas brancas de um lobo selvagem; estavam costuradas, ligando seus tornozelos a elas. Já Chen tinha quatro pares de patas meio marrom-alaranjadas, quatro acopladas de um lado e quatro do outro, todas conectadas a cada uma de suas pernas, totalizando oito patas. Elas eram longas, finas e peludas, similares às de um artrópode invertebrado rastejante. Era possível visualizar o ferimento da amputação de seus pés e os novos membros acoplados em seus tornozelos.

Era horripilante para todos testemunhar essa cena de metamorfose de seus corpos, agora meio homem, meio animal, desnudos e fragilizados.

Hera urrou a todos em alto e bom tom, ordenando que o ritual começasse e que Tulio desse início à primeira tarefa. Esta era a primeira vez que todos eles escutavam vozes faladas e não telepáticas. Era estrambólico seus ouvidos compreenderem tal melodia de fala.

Faltavam 270 minutos.

CAPÍTULO 16
SONHO DE NAJACIRA

Que tal uma taça de Chardonnay ao som de "Oh Pretty Woman", de Roy Orbison, caso sua alma esteja mais afeminada hoje, ou, se não, recomendo um Jack Daniels Honey ao som de "Baby Snakes", de Frank Zappa. Ou que tal um drink de cada?

O senhor Liu Tóngqíng conheceu a mãe de Chen, a senhora Maria Najacira da Silva, na cidade do Rio de Janeiro, após o final da Terceira Guerra, já durante o reinado do Rei X.

Era a primeira vez que o senhor Tóngqíng visitava o Brasil. Após longas reuniões com líderes do governo para aprovação de seu projeto verde, de transformar uma antiga estação petroquímica da ex-Terra em um hotel sustentável flutuante, ele finalmente realizaria seu sonho. Como recompensa por seu árduo trabalho, aproveitaria a noite para celebrar.

A estação veraneia do país tropical era como nos filmes que o senhor Tóngqíng assistia da ex-Terra, nos seus tempos de glória. Porém com apenas a flora presente, sem a abundância dos animais que ali existiam, com exceção apenas dos passarinhos e das aves voadoras. Esses o Rei X deixou que habitassem em Verty, a fim de que seus cantos alegrassem os vertynianos. Somente os pássaros voadores que se alimentavam de sementes, frutas e pequenos insetos, jamais os carnívoros.

O senhor Tóngqíng estava bem confortável. Vestia uma camisa florida, bermudas de sarja cor de cáqui e um par de havaianas em seus pés, tradição desse belo país. Tudo bem colorido e confortabilíssimo. Assim que adentrou o anfiteatro do hotel Copacabana Palace, situado na frente da praia de Copacabana, mirou seus olhos no fundo do salão e avistou aquela musa das galáxias, já em cima do palco iniciando sua performance.

Najacira, seu nome artístico, mas carinhosamente apelidada de Naja por seus fãs, era brasileira e afrodescendente por parte de sua mãe. Ela havia sido cantora e dançarina de uma das bandas de axé music mais famosas do Brasil, na época em que morou em Salvador, na Bahia. Sua maior alegria era apresentar-se no Carnaval, em cima de seu trio elétrico. Este era o nome dado a imensos caminhões com caixas de som gigantes, que, uma vez por ano, no período carnavalesco, transitavam pelas avenidas, atraindo um rio de multidões. Os artistas ficavam no topo de cada caminhão, cantavam, pulavam e dançavam sem parar, com suas bandas e seus bailarinos, por mais de doze horas por dia.

Durante a Terceira Guerra, em seus atos ativistas contra as tenebrosas redes sociais, Naja protestava e pedia a abolição desse grande mal, já que tantas pessoas haviam morrido por causa delas. Naja fora presa por ordem dos líderes radicais das redes sociais, que na época tinham o apoio do governo brasileiro. Nesse período, ela foi vítima de muitas agressões e, o pior de tudo, teve suas cordas vocais arrancadas, para que nunca mais cantasse ou utilizasse sua voz novamente em qualquer ato. Ela achava que nunca mais poderia falar ou cantar, mas, graças ao Rei X e ao doutor Kozlov, após o chip ter sido implantado em seu cérebro, após o final da Guerra, Naja felizmente pôde utilizar sua belíssima voz novamente, de forma telepática. Desde então ela havia jurado ao Rei X que seria eternamente devota a Eros, seguiria seus mandamentos, propagando a boa nova a todos os vertynianos, e seria também uma assídua frequentadora da mesquita aos domingos. Nessa época, o Rei X sabia apenas dos talentos artísticos de Naja, mas não tinha conhecimentos de seus outros dons místicos.

Após todo esse período conturbado na vida de Naja, ela decidiu que não voltaria a ter uma banda novamente, seguiria agora apenas sua carreira solo como dançarina e performer. Mesmo que pudesse utilizar sua voz telepática para cantar, ela não sentia que era a mesma coisa de quando tinha suas cordas vocais. E, mesmo sabendo que todos os bebês vertynianos nascidos após a Terceira Guerra também tinham suas cordas vocais retiradas, enquanto fetos, naquele procedimento de retirada da arcada dentária e da língua, mesmo assim ela não queria mais cantar. O Rei X e o doutor Kozlov chegaram à conclusão de que, se os habitantes podiam utilizar a comunicação de suas vozes telepáticas, para que terem aquelas cordas vocais desnecessárias? O Rei X dizia que assim seria melhor, e os únicos sons externos que podiam ouvir eram dos pássaros. Segundo o Rei X, um perfeito oásis transcendental, já que ele odiava lugares barulhentos e agitados.

De qualquer forma, nesse dia especial de Carnaval, evento ainda celebrado como memória do que já tinha sido no passado da ex-Terra, obviamente sem as cenas de vulgaridade e os corpos nus que eram frequentes nessas celebrações, Naja realizaria uma apresentação solo, uma nova performance de dança que estava ensaiando já há algum tempo, e hoje seria sua estreia no palco do Copacabana Palace.

Naja era uma mulher preta de pele lustrosa, com um metro e oitenta e três de altura, cabelos pretos, longos e cacheados. Vestia um macacão vermelho bem justo, que delineava seu corpo diabolicamente escultural, todo curvilíneo. Seu corpo negro estava todo banhado a óleo de abacate, para ficar ainda mais brilhoso, realçando sua beleza natural. Já seus olhos, grandes e pretos, pareciam bulitas reluzentes, com longos cílios desenhados por cima e uma boca volumosa vermelha. Isso fazia com que senhor Tóngqíng ficasse de queixo caído, literalmente babando.

Ela entrou no palco dançando um novo estilo musical. Lembrava uma mistura de dança do ventre odalisca com uma bossa nova instrumental, ao ritmo de samba. Mas ela não estava sozinha. Subindo pela sua cintura até seus ombros e dando voltas em torno de seu pescoço, até repousar sua cabeça em formato hexagonal bem na altura de seus seios, ali estava ela, uma exuberante cobra píton de coloração albina com manchas avermelhadas. O mais inusitado era aquele animal que, dando voltas em torno de seu corpo e pescoço, dançava juntamente com ela no mesmo ritmo e sincronicidade da música, conectadas.

A cada timbre do tambor, a píton, que tinha três metros de comprimento, se contorcia e mudava a rota de direção de seu corpo conforme as notas da música. Paralelamente, Naja segurava a cabeça da cobra com suas mãos, alternando-a entre uma mão e outra, a cada mudança de direção e contorcionismo que a cobra fazia.

Era uma verdadeira performance artística. Causava arrepio no senhor Tóngqíng ver a língua da cobra passeando pelas partes do corpo de Naja, e ela, como se não sentisse nada, continuava a dançar no perfeito ritmo caloroso da música, junto às batidas do tambor. A cada batida, a dança ficava mais intensa. Apenas ao som instrumental da banda, Naja e sua píton faziam com que o público ficasse hipnotizado, incluindo o senhor Tóngqíng.

Naja era a única vertyniana a ter cobras píton, já que as demais cobras e animais, como dito anteriormente, haviam sido teletransportados para o planeta Centauri B. Esse era um acordo feito entre Naja e o Rei X no passado, já que ela não conseguia viver sem suas cobras. Digamos que elas eram parte de sua família.

De toda forma, foi nessa noite especial que, logo após sua apresentação, Naja e senhor Tóngqíng se conheceram. Após sua performance, ela estava no bar e pedia seu drink de sempre: duas doses de Jack Daniels Honey sem gelo. O senhor Tóngqíng quase nunca consumia bebidas alcoólicas, mas hoje abriria uma exceção e a acompanharia, tomando uma caipirinha de limão. Os dois beberam e conversaram durante a noite toda. O senhor Tóngqíng contou a Naja todos os seus sonhos e sobre a aprovação de seu projeto verde, enquanto ela o escutava atentamente, com sua píton sempre ao seu lado, ora enrolada em seu pescoço, ora passeando por seus braços.

No início, ela não estava nem um pouco interessada pelo senhor Tóngqíng. Na verdade estava sendo apenas simpática, por saber que ele era um grande empresário asiático e próximo ao Rei X. Como uma boa súdita leal ao Rei, estava sendo o mais agradável e gentil que poderia, mesmo estando exausta e morrendo de vontade de se teletransportar para sua casa, encontrar suas pítons e poder dormir.

Entretanto, quando o senhor Tóngqíng contou sua história de vida, que havia perdido sua esposa na Guerra, Naja se sentiu comovida, percebendo que, por trás desse grande homem de sucesso, havia uma alma triste e solitária.

Após longas conversas, já de madrugada, eles foram os últimos convidados a deixar o bar do Copacabana Palace. O senhor Tóngqíng convidou Naja para um último drink em seu quarto do hotel, e ela não teve como recusar. Apesar de não ter uma queda por homens orientais, ele havia despertado um real interesse em Naja; parecia ser o parceiro ideal que ela estava esperando para alcançar sucesso em seu plano acordado com o Rei X. Antes que o sol amanhecesse, os dois já haviam se tornado mais íntimos. Dozes meses depois, Naja deu à luz a pequena Chen, às 6h66 em sua casa, no bairro de Santa Teresa, com vista ao Eros Redentor.

Naja morava em um grande casarão e criava sete pítons. Dizia que cada uma delas era a cópia idêntica da personalidade de cada um de seus filhos e fazia questão de dar a cada cobra apelidos similares aos nomes deles. Ela achava que era uma forma carinhosa de agregá-las à família. Todas as noites, suas pítons dormiam com Naja na mesma cama, apesar de terem um quarto somente para elas. Ela dizia que suas cobras eram parte de sua família, juntamente com seus legítimos filhos, todos paridos de seu ventre. Seus filhos não moravam com Naja, ela havia apenas dado à luz cada um deles. Novamente, isso tudo fazia parte do acordo de Naja com o Rei X, que em breve lhes revelarei.

Entretanto, boatos na cidade diziam que havia algo misterioso e obscuro entre Naja e suas cobras. Certa vez, alguém disse ter visto as cobras arrastando um grande saco de lixo preto, próximo a um riacho, bem do lado da casa de Naja. Essa pessoa jurava que havia algo se debatendo dentro do saco e murmurando, como se fosse um ser humano. Nunca encontraram nenhuma evidência ou vestígios nem no riacho nem em qualquer lugar. Porém, Seu Anísio Silva, um dos ex-maridos de Naja, que morava ali próximo, estranhamente desapareceu nessa mesma semana em que tal indivíduo relatou o fato à polícia. Seu Anísio nunca mais foi encontrado na cidade. Interrogada pela polícia, Naja disse não saber de nada.

Naja ficava irritada com essas histórias e conversava com seus botões: "Ah, essas pessoas linguarudas e desconfiadas de uma mulher como eu, apenas porque sou divorciada e uma artista dançarina!". Naja dizia que as pessoas tinham muita inveja dela e de suas pítons, suas filhinhas serpentes. Ela dizia que eram presentes divinos enviados para tomar conta dela e, mesmo que à distância, uma lembrança de seus filhos amados.

Quando se tratava de fé e crenças, Naja dizia-se devota a Eros, mas na verdade era seguidora de DVX. Para que se recordem, queridos leitores, DVX remetem aos números romanos quinhentos, cinco e dez, que é o anagrama da palavra latina "DUX", que significa líder, chefe. Tal força não possui gênero ou forma. É a maior força regente do Universo, responsável por cada partícula viva, desde um grão de areia, aos planetas, às estrelas, galáxias, incluindo os buracos negros. Essa força suprema é o micro e o macro, presente em cada átomo, inclusive no ar que respiramos. Esse extraordinário poderio comanda todo e qualquer movimento do universo, incluindo o tempo. É maior do que o próprio Eros e qualquer outro deus já existente.

Naja dizia ser um instrumento dessa grande divindade criadora do Universo e por isso tinha seus dons especiais.

Quando Chen nasceu, Naja disse ao senhor Tóngqíng que, se não viesse da China em uma semana para pegá-la e levá-la embora, daria o bebê de comida a uma de suas cobras. É claro que ela jamais faria isso. Ela falava essas coisas porque estava com muita raiva de o senhor Tóngqíng ter voltado para a China e não ter aceitado morar com ela no Rio de Janeiro. Na época em que ficou grávida e lhe contou, ele já estava de volta à cidade de Shenzen e convidou-a para morar com ele, mas ela respondeu-lhe que não poderia, que seu lugar e o de suas pítons era ali e que, se fosse assim, ele deveria levar o bebê para ser criado por ele, logo após o período de amamentação. O senhor Tóngqíng era um homem muito honesto. Ele cumpriu o acordo levando Chen para ser criada por ele. Jurou a Najacira que jamais faltaria coisa alguma à sua filha e que ela teria a melhor educação e cuidados que uma filha amada poderia ter.

É claro que Naja confiou no senhor Tóngqíng. Mas o que ele não sabia é que ela visitava a pequena Chen todas as noites desde que ele a levara para morar em sua mansão em Shenzen. Naja contava histórias para sua filha desde cedo para ela dormir em paz, mas pedia que nunca contasse esse segredo delas ao seu pai. Caso contrário, ele poderia proibi-la de visitar sua doce menina oriental. Chen, sendo uma filha exemplar, sempre a obedeceu.

Chen era a única filha que Naja visitava. Ela não tinha contato próximo com os outros. Aliás, não podia. Eram ordens do Rei X.

CAPÍTULO 17
PRIMEIRA TAREFA

"O coração em paz dá vida ao corpo, mas a inveja apodrece os ossos. Pois, onde há inveja e ambição egoísta, aí há confusão e toda espécie de males."
Trechos das Escrituras Sagradas de Eros

Animais não eram seres racionais e muito menos tinham o dom da fala. Dessa forma, era estranho para todos, e ao mesmo tempo intrigante, visualizar Hera, esse animal meio cobra, meio humano, comunicando-se com vozes reais. Paralelamente, era de forma também bizarra para Shell, Oswald e Joseph observarem o que ocorria no centro daquele grande círculo: três grandes amigos e uma colega que conheciam desde quando se tornaram estudantes na Academia de Belas Artes de Gênova, agora todos desnudos; dois deles com seus pés amputados e patas animalescas costuradas em seus tornozelos, que se moviam grotescamente, transformando-os em seres meio homem, meio animal. Carlitos, com suas patas felpudas e unhas afiadas de um legítimo lobo branco selvagem. E Chen, com seus quatro pares de patas aracnídeas amareladas, de tom alaranjando.

Dando início à primeira tarefa, Tulio agora não estava nada gentil, tendo seu semblante euforicamente irritado. Ele fitou Carlitos, nu e ajoelhado à sua frente, com as solas de suas patas de lobo selvagem viradas para cima. Ordenou que aproximasse a cabeça próximo à sua virilha e que iniciasse a leitura das palavras tatuadas. Tal tarefa e as seguintes baseavam-se na leitura das Escrituras Sagradas tatuadas nos corpos de Tulio e Sofie. O objetivo principal era que cada um dos integrantes do quarto branco, lendo parte dos textos sagrados, pudesse se arrepender de seus pecados originais, através desses atos de purificação. A leitura das Escrituras Sagradas seria uma forma de remissão e arrependimento de seus pecados, caso resistissem à tentação, após terem tomado o chá branco que continha a pílula *Cum40* diluída.

Bom, esse era o plano do Rei X. Ao mesmo tempo que parecia ser uma simples leitura, havia desafios para cada um dos integrantes em concluir as tarefas atribuídas a eles. Seriam capazes de resistir à tentação?

Carlitos suava frio e gaguejava, enquanto tentava ler as palavras tatuadas na virilha de Tulio, mas não conseguia deixar de mirar seu membro exuberante bem defronte seus olhos catalães. Sofie, que tinha também textos tatuados em seus pés, virilha, nádegas e seios, ordenou a Chen, que também estava ajoelhada à sua frente, que desse início à leitura telepaticamente em alto e bom tom, a fim de que todos do recinto pudessem escutar. De repente, lá de cima, Hera rosnou balançando suas sete cabeças, dizendo que estavam atrasados e que Chen deveria ser a primeira a iniciar a leitura.

Chen não conseguia distinguir ao certo o que estava passando em seu corpo, se era por conta do chá que havia bebido ou se era por algum outro motivo, mas algo estava diferente em seus sentidos. Obviamente, ter quatro patas de um artrópode acopladas em cada tornozelo, no lugar de seus pés, era algo no mínimo macabro e fisicamente muito desconcertante, inclusive para se movimentar. Porém, não era exatamente isso que a estava incomodando. Na verdade, ela estava sentindo algo pulsante dentro de seu corpo, tal qual uma bomba-relógio, parecendo que iria explodir a qualquer instante. Procurando então retomar o controle de seu corpo, Chen tomou uma respiração profunda para tentar se acalmar, lembrando-se dos exercícios de meditação que havia aprendido no retiro da Índia. Após expirar gradativamente, sentiu-se mais branda. Tomou primeiramente o pé esquerdo de Sofie em suas mãos e deu início à leitura do texto tatuado, que começava na parte superior e ia descendo até a sola.

"Eros criou o homem e a mulher à sua imagem e os abençoou dizendo: Sede férteis e multiplicai-vos! Enchei e subjugai o planeta! Dominai sobre os peixes do mar, sobre as aves do céu e sobre todos os animais que se movem pela galáxia."

Lentamente devolveu o pé esquerdo de Sofie ao chão e tomou o pé direito em suas mãos, dando sequência à leitura:

"Sê bendita a tua fonte! Alegra-te com a esposa da tua juventude. Gazela amorosa, corça graciosa; que os seios de tua esposa sempre te fartem de prazer, e sempre te embriaguem os carinhos dela."

Ao final da leitura, Chen beijou demoradamente o pé direito de Sofie, esfregando-o em seu rosto, antes de devolvê-lo ao chão.

Sofie agradeceu-a e, abrindo cada uma das pernas para o lado, pediu que desse continuidade à leitura do texto, tatuado nas duas laterais de sua virilha. Ainda ajoelhada e com os olhos baixos, Chen não conseguia levantar seu rosto. Paralisou ali por alguns instantes, enquanto seu corpo tremulava. Devido ao seu transtorno de personalidade borderline, Chen tinha duas orientações sexuais afloradas, dependendo do estado em que estivesse. Um delas era assexuada, quando ela se encontrava meiga e tranquila, e a outra era lesbiana, tomando forma quando ela era submetida a alguma situação de extremo estresse ou excitação. Porém, ambas as orientações sexuais de Chen eram mantidas em sigilo, já que eram abominadas pelo Rei X, segundo os mandamentos de Eros.

Hera, de cima do lustre, soltou um novo grito enfurecido e ordenou a Chen que levantasse seu rosto imediatamente, dando continuidade à leitura sagrada. Obedecendo de imediato, ela levantou seu rosto, avistando, bem à frente de seus olhos, os lábios rosados da genitália de Sofie para fora, com seu pelos pubianos negros circundando volumosamente a área. Dessa vez, sem que pudesse controlar, abruptamente debruçou o orifício de sua boca bem em cima, iniciando um movimento de sucção diretamente em seu clitóris.

O sexo oral era uma prática completamente proibida em Verty e considerada pecaminosa pelas Escrituras Sagradas. Esse era inclusive um dos motivos pelos quais os vertynianos tinham suas bocas costuradas e línguas arrancadas, a fim de que tal ato profano fosse evitado.

Apesar da surpresa, Sofie deixou-a permanecer ali por alguns instantes, quando então sentiu dois dedos de uma das mãos de Chen acariciando seu ponto G. Naquele instante, Sofie sentiu-se fisgada pelo júbilo orgástico que irradiava por seu corpo, deleitando-se com cada espasmo que sentia. Chen continuava a sugar seu clitóris, tal qual um bebê suga o mamilo de sua mãe, em busca do prazer.

Não aguentando mais, Sofie agarrou as longas madeixas negras de Chen, puxando sua cabeça para trás, implorando que parasse, em nome de Eros. Porém, já demasiadamente imersa em sua personalidade fatal lesbiana, ela não obedeceu aos comandos de Sofie. Ao contrário, prendeu cada par de suas patas aracnídeas nas pernas de Sofie, a ponto de perfurar parte da sua epiderme e prender-se ainda mais forte. Em seguida, debruçou novamente sua boca em seu clitóris, dando sequência a um movimento ininterrupto de sucção, enquanto continuava a acariciar seu ponto G, agora com os quatro dedos.

Enquanto todos testemunhavam aquele momento de euforia caótico, escutando os gemidos telepáticos de Sofie, não sabendo ao certo se se tratava de dor ou prazer, eis que uma nova metamorfose inicou-se no corpo de Chen. Primeiramente seus braços foram se transformando em grandes pedipalpos: duas gigantescas e afiadas garras, uma de cada lado. Em seguida, bem próximo às suas nádegas, bem ali no osso do cóccix, uma enorme cauda grossa de carapaça avermelhada, dividida em pedaços, como grandes gomos, começou a brotar e circundar por detrás de seu corpo, até chegar à altura de sua cabeça humana. E, no final da cauda, bem acima da cabeça, havia um poderoso ferrão pontiagudo. Chen havia se metamorfoseado em um imenso escorpião.

Chen, dominando a situação, aproximou seu enorme ferrão alaranjado próximo ao rosto de Sofie. Gritava telepaticamente para que ninguém se aproximasse, ou então ela fincaria o ferrão em seu pescoço, envenenando-a mortalmente. Sofie tremulava seu corpo todo e suava ofegante, parte por medo, parte pelos múltiplos espasmos que sentia, enquanto todos continuavam a escutar seus gemidos telepáticos.

Sadicamente, Chen gargalhava ao ver Sofie expor a todos sua intimidade. Ela se recordava das inúmeras vezes em que Sofie havia sido melhor do que ela na Academia de Belas Artes de Gênova. Das vezes que Sofie havia chamado mais atenção ou sido mais elogiada, mesmo com toda a fama e reconhecimento de Chen. Em seus pensamentos, ela não entendia como uma parisiense desconhecida, uma mera perfumista, poderia chamar mais atenção do que ela, a mais famosa dançarina performática de Verty. Para Chen, Sofie era apenas uma parisiense sem graça, enquanto ela era uma descendente oriental de raízes africanas. O que os outros viam de tão incrível em uma menina tão sem graça e que fala baixo, que nem sequer dança ou tem dons artísticos, que só sabe ficar horas e horas trancafiada em um laboratório inalando fragrâncias?

Após intermináveis minutos dessa euforia sexual animalesca, Sofie sequer tinha forças para ficar de pé. Chen então a empurrou com força para o chão, onde ela permaneceu deitada, imóvel.

Rastejando-se rapidamente, Chen subiu pelas paredes em direção ao grande lustre. Em questão de segundos, estava dependurada junto a Hera, que a lambia da mesma forma que uma mãe lamberia sua cria.

Enquanto Chen olhava para todos embaixo, em especial para Sofie, praticamente imóvel, com respirações ainda ofegantes, ela se vangloriava por ter se vingado de décadas que se sentiu humilhada. Décadas em que sua beleza e seu talento foram ofuscados por alguém que era extraordinariamente mais encantadora do que ela, superior em todos os sentidos, a ponto de fazer sua cólera invejosa sobressair e ela agir dessa forma, deleitando-se fartamente com o sabor do gozo da vingança.

Apesar de Chen ter se vingado de Sofie, ela não havia finalizado a primeira tarefa da forma como deveria, não apenas por não ter terminado a leitura dos textos tatuados na virilha de Sofie, mas principalmente por não ter resistido à tentação. Além de se deixar envolver por suas lascívias sórdidas carnais, ela instigou seu pior pecado: a inveja.

Por que Hera não havia urrado ou exigido que Chen finalizasse a leitura para concluir a primeira tarefa, como previa o ritual?

Faltavam 204 minutos.

CAPÍTULO 18
FILHA DE NAJACIRA

Que tal um aperol spritz, caso esteja na sua versão mais feliz, ou quem sabe um scott on the rocks, caso esteja na sua versão mais introspectiva? Ou até quem sabe um blind drink preparado por mim, caso você não saiba exatamente qual a melhor descrição de seu estado atual?
Qualquer um dos drinks que escolher, tenho total certeza de que combinará com o som de "Ashes of Tomorrow", da banda Meta Golova. Pois todos eles têm seu "bitter" na sua essência.
E particularmente eu apenas lhe digo: "Você não sabe o quão maravilhoso é ir para a cama de noite e saber que será você mesmo que irá acordar no dia seguinte..."

A bailarina
"Esta menina tão pequenina quer ser bailarina.
Não conhece nem dó nem ré mas sabe ficar na ponta do pé. Não conhece nem mi nem fá
Mas inclina o corpo para cá e para lá
Não conhece nem lá nem si,
mas fecha os olhos e sorri.
Roda, roda, roda, com os bracinhos no ar e não fica tonta nem sai do lugar."
Cecilia Meireles

Esse era o poema favorito de Chen. A senhora Najacira havia apresentado a poesia a ela. Todas as noites em que a visitava, Naja lia poemas e canções de seus escritores e artistas brasileiros favoritos. Entretanto, Chen teve uma educação formal chinesa, frequentando uma das melhores escolas de Shangai. A disciplina vinha sempre em primeiro lugar, junto com atividades físicas de calistenia para fortalecer o corpo e trazer condicionamento, conceitos educacionais oriundos da cultura não só chinesa, mas de toda a Verty. A caridade e a servidão em ajudar o próximo eram também parte da essência da doutrina educacional chinesa, que o senhor Liu Tóngqíng fazia questão de replicar para sua filha.

Chen se sentia muito bem, quase aliviada, toda vez que realizava alguma ação social em prol dos delinquentes criminosos da Caldária de Verty. Seu pai lhe dizia que ajudar é se doar ao próximo sem esperar nada em troca.

De toda maneira, a pequena Chen tinha fé, mas não era a mesma fé do Rei X em Eros. Lá no fundo de seu âmago, sua concepção de deus era resumida simplesmente pelo sentimento do amor, e não por um ser onipotente o qual se denominava o codinome amor. E, para Chen, a lei da justiça era a lei do retorno.

O senhor Tóngqíng sempre lhe dizia: "Tudo o que você fizer em sua vida voltará na mesma intensidade e proporção. Isso fará parte do seu carma, minha pequena Chen". Ele também não acreditava em Eros, mas sim nas tradições budistas. Obviamente tudo secretamente, apenas em seus pensamentos, jamais pronunciados. Era tradição de sua família, e ele havia aprendido tais ensinamentos com Nainai, sua falecida avó paterna ainda na época da ex-Terra. Já para o Rei X, o senhor Liu era um servo cumpridor das Escrituras Sagradas e um profissional exemplar. Ele era engenheiro biólogo, proprietário de uma corporação vertyniana, apoiada pela realeza, que tinha por objetivo principal reverter todos os malefícios deixados pela ex-Terra, como retirar os resíduos tóxicos, reciclar aquelas bases gigantescas de petróleo que iam perfurando o solo marítimo, extraindo aquele óleo preto nojento, que os antigos terráqueos comercializavam e utilizavam para abastecer medíocres e atrasados meios de transporte, utilizando o tal óleo como combustível. Sem contar que devemos lembrar que esse amaldiçoado óleo também enriquecia a minoria da sociedade, causando miséria e pobreza aos demais. De toda forma, hoje está tudo esclarecido. É sabido que o tal óleo foi destinado ao lugar de onde jamais deveria ter saído, a Caldária de Verty.

Quanto a Shell e seus amigos, é claro que eles também eram súditos do Rei como os demais habitantes. Antes que novos julgamentos possam ser tecidos sobre eles serem os poucos pertencentes à Academia de Belas Artes de Gênova, isso nada tinha a ver com superioridade. Esse privilégio, como já mencionado, fora herdado de seus antepassados milenares, os sete discípulos de Eros. Como forma de retribuição por serem os escolhidos, eles tinham como principal objetivo em suas vidas se tornarem os melhores súditos que o Rei poderia ter, servindo-o com seus talentos extraordinários.

Por exemplo, Chen. Ela não estudava para ser apenas mais uma dançarina profissional, mas sim para ser a melhor de todas. Conquistar esse lugar dependia apenas de seu esforço próprio. A única coisa à qual ela tinha acesso era a melhor educação, os melhores tutores da galáxia, a fim de treiná-la a ponto de ser realmente a melhor de todas, servindo ao Rei e entretendo seu povo, com a maestria de seu talento na arte da dança, herdado de sua mãe, Najacira.

Como dito anteriormente, não havia mais distinção de classes sociais, pessoas mais ricas ou pobres. Entretanto, ainda existiam os criminosos cidadãos que cometiam atos desumanos. Esse grupo da população de Verty era composto na maioria de filhos ou descendentes dos inimigos do Rei, que, portanto, estavam presos na Caldária de Verty. Segundo o Rei, eram pessoas muito más, que não queriam seguir os mandamentos das

Escrituras Sagradas, muito menos as diretrizes do Rei para viver em uma sociedade harmônica. Tampouco estavam arrependidos de seus crimes e pecados. Essas miseráveis *persona non grata* (pessoas não gratas), como dizia o Rei, tinham como lugar destinado para o resto de suas vidas a Caldária de Verty.

Chen Tóngqíng, seu nome oficial, vinha da província de Shenzen, na China, lugar onde nasceu e foi criada até os 155 anos pelo seu pai, antes de se mudar para Shangai. A família por parte de pai não era grande, ela era filha única. Já pela parte de sua mãe, tinha seis irmãos, sendo ela a número sete.

Quando pequena, a arte da dança foi apresentada a Chen pela sua mãe durante suas visitas secretas noturnas. Era o momento em que ela mais se realizava e conseguia acalmar seus transtornos de personalidade. Entretanto, Chen vivia a maior parte do tempo com seu pai na China. Foi lá que ela começou a estudar na Academia de Dança Chinesa de Shangai, até se formar dançarina profissional, para no futuro seguir carreira internacional na Academia de Belas Artes de Gênova, período em que conheceu seus melhores amigos, em especial, sua melhor amiga e confidente, Shell.

Suas crises de transtorno de personalidade começaram na infância, quando foi diagnosticada com o transtorno de borderline, o qual engloba espectros neuróticos e psicóticos, passando por distúrbios de personalidade, entre eles: instabilidade emocional, medo de abandono, dificuldades de autopercepção e impulsividade elevada. Seus sintomas se intensificaram durante a infância na escola, logo depois que Chen conheceu Evoé, filha do doutor Kozlov, que estudava no mesmo colégio que ela. Por Evoé ser de origem russa, seu pai achava melhor que ela fosse educada na China por dois motivos: primeiro porque a Rússia havia virado um grande polo industrial sustentável de Verty, após sua destruição pelo meteorito 433, e segundo e principal motivo: o doutor Kozlov acreditava que uma educação mais rigorosa, como a disciplinar da China, era melhor para o desenvolvimento das capacidades mentais de uma pessoa, e, mesmo que fosse de origem Russa, ele achava que seu país era deficitário na educação.

Evoé sempre foi uma menina muito vertiginosa, com sua capacidade motora velozmente desenvolvida, sendo chamada por seus mestres professores de "menina multidisciplinar". Ela não se gabava de ser assim, dizendo que seus dons eram apenas um presente do onipotente de Eros.

Todavia, sem que Chen pudesse ao certo explicar, toda vez que se aproximava de Evoé, começava a ficar tão acelerada quanto ela, a ponto de seus pensamentos começarem a ficar turvos, até que a irritação e a fúria chegassem. Toda vez que a pequena Chen encarnava essa personalidade impulsiva perversa, Evoé lhe proporcionava palavras de incentivo, dizendo que, sim, ela era melhor que todas as outras meninas, que seu talento era único no mundo e que não havia uma pessoa sequer acima dela. Evoé sempre terminava dizendo que ela jamais deveria confiar em ninguém, a não ser nela própria e em sua intuição. A menina Evoé ainda afirmava que pais não passavam de pessoas que atrasavam a vida dos filhos, por serem mais velhos e com pensamentos retrógrados, com exceção da Mãe Protetora, a qual Evoé dizia ser como realmente uma mãe para ela, já que sua mãe biológica havia falecido quando lhe deu à luz. Tudo isso era um tanto quanto estranho, já que Evoé somente compartilhava essas suas teorias quando estava sozinha com Chen. Contudo, quando estava no meio de outras pessoas, mostrava-se uma menina disciplinada e calma.

Chen sentia uma dolorosa culpa de não poder ser uma pessoa cem por cento boa e de pura caridade como seu pai gostaria que ela fosse e de ter essa fúria impulsiva dentro de si. Desde que fora diagnosticada com tal transtorno de personalidade, o senhor Liu a levara a uma clínica psiquiátrica para ser medicada. Funcionou durante anos, porém infelizmente isso a tornou dependente de remédios fortíssimos, entre eles ansiolíticos e drogas pesadas.

Eram 6h66, Chen apertava o botão de *snooze* de seu despertador cerebral e fechava seus olhos novamente, tentando adormecer e voltar aos seus sonhos, desejando que não tivesse de ensaiar pela milionésima vez sua performance do grande evento do Coliseu.

A grande questão é que Amanda McCarter era a mestre de cerimônias do evento, e ela exigia que esses ensaios ocorressem todos os dias, para garantir que tudo saísse perfeitamente como o Rei X desejava. Chen estava ensaiando há mais de quinze anos para essa sua performance no Coliseu para o Festival de Eros, o mais importante organizado pelo reinado, cujo objetivo era fornecer suporte solidário aos presos da Caldária de Verty. O grande problema é que Chen ainda não se sentia preparada para performar na frente de um público de *trezentas milhões de pessoas,*[1] sendo um grupo seleto de cinquenta mil pessoas convidados pelo Rei X, que assistiriam a ela diretamente do Coliseu de Roma. O restante dos súditos acompanharia a transmissão em tempo real em suas telas cerebrais. Durante o Festival de Eros, por ser o evento solidário mais importante de Verty, o Rei X pedia encarecidamente a todos que, nesse dia tão especial, estivessem conectados ao evento do Coliseu. E quem não estivesse conectado... Bom, melhor considerar que todos estariam, seria melhor assim.

---

1   A população de Verty atualizada até o ano 2500 era de 1 bilhão de habitantes (apenas dez por cento do número de habitantes da ex-Terra em 2099), sendo trezentos milhões de habitantes vertynianos vivendo na superfície de Verty e os demais presos na Caldária. Os noventa por cento restantes da população da ex-Terra haviam morrido devido ao choque do meteorito 433.

Ah, é importante mencionar que não existiam mais aquelas grandes telas retrógradas do passado ou acessórios inteligentes tecnológicos que os terráqueos utilizavam: celulares, televisores, tablets e outras parafernálias obsoletas. Era tudo muito mais simples. As pessoas simplesmente fechavam seus olhos, conectavam-se ao seu canal de transmissão favorito e, de olhos fechados, automaticamente começavam a assistir à transmissão de qualquer conteúdo de seu interesse, sem a necessidade do desperdício de qualquer material industrializado externo.

Desde o primeiro dia em que Chen conheceu Evoé, simpatizou imediatamente com ela, como um flerte de paixão fulminante. Não apenas uma paixão corporal, mas aflorava um sentimento o qual ela desconhecia. Devido ao seu transtorno de personalidade, seus desejos sexuais estavam intrinsecamente relacionados, sendo a mais meiga a assexuada bissexual (a que sente atração romântica, mas não desejo sexual por ambos os sexos), enquanto a sua outra persona, a mais perversa, era lesbiana. De forma alguma afirmo aqui que o lesbianismo está ligado a uma forma de personalidade má, apesar de as Escrituras Sagradas afirmarem que sim. Já para a sociedade vertyniana, Chen sempre se apresentou como heterossexual, escondendo tanto seu lado assexual quanto o lesbianismo, ambas controversas orientações sexuais abominadas pelo deus Eros.

Chen não sabia descrever ao certo, mas Evoé fazia aflorar dentro dela toda a sua personalidade sexualizada. Ela queria sempre estar ao seu lado e realizar "experiências", como Evoé gostava de dizer.

Entretanto, foi nesse fatídico dia da *pre-launch party* do evento do Coliseu que algo de que Chen não se lembra ao certo aconteceu, mas que fez com que sua atração sexual por Evoé se transformasse em um grande trauma.

A *pre-launch* era tradição e acontecia alguns dias antes do evento do Coliseu, apenas para pouquíssimos convidados, para a nata da sociedade vertyniana, incluindo celebridades e alguns poucos convidados do Rei X.

Infelizmente, nesse dia, Chen teve uma terrível noite mal-dormida. Ela não devia ter ficado até de manhã naquela festa maluca, com aquelas pessoas estranhas e todas alteradas. Ela havia prometido que não usaria mais aquelas malditas substâncias, mas Tulio, como sempre, havia levado um coquetel com várias quantidades e diversos tipos de químicos, aos quais ela não foi capaz de resistir.

Quando Chen consumia tais substâncias químicas, a sua personalidade cruel e repleta dos piores sentimentos fazia com que essa sua fúria viesse à tona e ela perdesse o controle de seus atos.

De toda forma, nessa noite da *pre-launch party*, Chen estava muito ansiosa com sua apresentação para os próximos dias no Coliseu e acabou se deixando levar por Tulio, com o intuito de acalmar-se diante de todas aquelas pessoas que estavam na festa, que ficavam questionando sobre sua performance, querendo saber detalhes, se ela realmente superaria sua marca recorde de mais de trinta horas de apresentação ininterruptas que havia alcançado da última vez, se ela continuava treinando mais de vinte horas por dias, se ela iria se apresentar em outros planetas, se ela isso ou aquilo, perguntas sem fim que ela não queria ficar respondendo. Nenhuma outra artista ou dançarina havia conseguido dançar por tantas horas seguidas em uma única performance como Chen, e isso fascinava a todos.

Tulio e Chen consumiram excessivamente tudo o que podiam naquele maldito clube underground, no inferninho da região do Soho, em Londres. Os poucos e seletos convidados que lá estavam haviam gravado tudo com suas câmeras oculares, compartilhando com diversas pessoas, e estas foram fazendo a mesma coisa, viralizando o ocorrido em pouquíssimo tempo a milhões de vertynianos. Apesar de não existirem redes sociais, esses fenômenos de viralização em massa de conteúdo infelizmente existiam em Verty.

Apesar de ser conhecida por toda a Verty por ser filha de um dos maiores empresários chineses e uma célebre dançarina admirada por todos, Chen tinha uma personalidade muito reservada, de pouquíssimos amigos.

Na Academia de Belas Artes, ela se dedicava às suas aulas de dança na maior parte de seu tempo. Já em seu tempo vago, era adepta à meditação transcendental, a forma com que costumava manter seu equilíbrio, além das aulas de ioga que adorava praticar. Ela dizia que ambas as práticas, tanto a meditação quanto a ioga, a traziam para sua essência verdadeira e a ajudavam no controle de seu equilíbrio mental atitudinal. Todas essas técnicas de meditação e ioga Chen havia descoberto em um retiro de que participou certa vez na Índia. Foi lá, inclusive, onde conheceu Joseph e Tulio, muito antes de eles se reencontrarem na Academia de Belas Artes.

Chen tinha uma energia praticamente inacabável. Mesmo que ela dançasse por dez a vinte horas no dia, ainda continuava com muita disposição. Havia dias em que, mesmo após dançar, fortalecer sua musculatura na academia e praticar sua aula de *power ioga*, ela ainda se sentia disposta, cheia de energia. Isso a deixava inquieta e nervosa. Ela precisava gastar toda essa energia, pois, enquanto não fazia isso, não se acalmava. E, caso não se acalmasse, eram nesses momentos que sua má personalidade aflorava.

Na verdade, havia, sim, algo que a relaxava, mas que nem sempre era tão saudável para Chen, especificamente aos olhos da sociedade. Por isso, sempre que ela recorria a essas práticas para exaurir sua energia, precisava ser muito cautelosa para que não fosse vista em público, para que não caísse na boca do povo. Afinal, sendo filha única do senhor Liu, um dos maiores empresários da China, isso sempre a colocava nos holofotes da mídia.

Infelizmente, toda vez que Chen se drogava, saía completamente fora de si. Todas as suas boas atitudes em nome do amor, que procurava praticar, herdadas dos ensinamentos de seu pai, simplesmente se exauriam, evaporavam-se como gotículas gasosas. No lugar daquela moça meiga e caridosa, instalava-se um ser completamente oposto, repleto de uma impetuosa cólera, capaz de cometer inúmeras atrocidades, tudo em nome de sua exacerbada inveja que ficava estampada em suas têmporas, refletida nas atitudes provocadas através de seu corpo.

Foi bem depois que Tulio pingou aquela gota nos olhos de Chen que ela teve aquele ataque, provocando tais atos na frente de todos. E o pior era que ela não se lembrava de quase nada, mas, pelo pouco que se recordava, estava morrendo de arrependimento pelo que havia feito a Amanda, ao mesmo tempo que sentia medo de Evoé. Mais do que envergonhada, sentia-se completamente aflita e traumatizada, porque todos já deviam ter repassado as imagens telepaticamente a seus amigos próximos, aos professores da academia de dança, aos seus pais e, temivelmente, ao próprio Rei X. Isso com total certeza ofuscaria sua perfeita imagem construída, a de uma bela e exemplar mulher tradicional oriental. Sim, ela se orgulhava de todo esse mérito, e qualquer coisa que abalasse sua imagem seria definitivamente o seu declínio.

Chen sentia-se traída por Evoé e Tulio, os quais achava que eram seus amigos. Mas não, eles haviam se aproveitado de seu momento de vulnerabilidade e a incentivado a realizar aqueles atos na frente de todos. E o pior, ter ferido a Princesa Amanda.

Será que o público que assistiria a ela mais tarde no Coliseu havia visualizado suas imagens difamantes? Se sim, iriam julgá-la cruelmente, ou iriam ter compaixão por sua pessoa, já que seus atos haviam ocorrido em um momento único de vulnerabilidade? Por que ela não havia controlado seus impulsos e freado aquela sua atitude? Ela sabia que sua essência não era de uma pessoa invejosa a ponto de ter realizado aquele ato contra Amanda McCarter. Chen se arrependia do que havia feito com Amanda na festa e sentia vergonha. Podemos concordar que a atitude de Chen, na verdade, a havia envergonhado muito mais. Mesmo Amanda tendo aquele seu comportamento esnobe antipático de sempre, Chen não devia ter cruzado os limites da razão e agido emocionalmente daquela forma. Amanda não merecia, e agora Chen teria um alto preço a pagar.

Chen tinha a proteção de seu pai, que nunca deixava nada acontecer a ela, mas dessa vez, mesmo com toda a influência e salvaguarda que tinha dele, seria praticamente impossível sair ilesa. Ela havia mexido com a Princesa de Verty.

CAPÍTULO 19
SEGUNDA TAREFA

"Pois tudo o que há no mundo – a cobiça da carne, a cobiça dos olhos e a ostentação dos bens – não provém do Pai, mas do mundo. O mundo e a sua cobiça passam, mas aquele que faz a vontade de Deus permanece para sempre."

Trechos das Sagradas Escrituras de Eros

Apesar de todo o alvoroço causado no quarto branco, com Sofie ainda sentindo calafrios orgásticos enquanto tentava se recompor, a primeira tarefa de leitura das Escrituras Sagradas em seu corpo não havia sido concluída conforme deveria. Chen não resistira à tentação e aos seus instintos pecaminosos. De toda forma, faltavam os textos das Escrituras Sagradas tatuados nas coxas, bem nas regiões da virilha direita e esquerda de Sofie, para serem lidos, tais como trechos sagrados tatuados também em seus seios e nádegas. Mas era nítido que não seria agora o momento, já que Sofie ainda estava indisposta e, deitada, recompunha-se. Hera, irritada de cima do lustre, ordenou a Sofie que se restabelecesse brevemente e retornasse ao círculo.

Em seguida, sacolejando suas sete cabeças répteis e mirando-as em Tulio, demandou que desse continuidade ao ritual, iniciando a execução da segunda tarefa.

Com todo o esforço que conseguiu realizar, mesmo sabendo que tudo o que ocorrera não fazia parte do trato feito desde o início com o Rei X, Sofie se sentia traída; sua intimidade mais profunda fora exposta aos demais de forma gratuita. O trato era claro e simples: ela seria apenas uma intérprete dos comandos de Hera aos convidados em prol do cumprimento das tarefas e da leitura das Escrituras Sagradas tatuadas em seu corpo, mas, em hipótese alguma, sofreria consequências. Mesmo sentindo-se atraiçoada, e de certa forma também abusada, Sofie se recompôs e retornou ao círculo. Ela tinha um propósito muito maior em estar ali, algo que nem mesmo o próprio Rei X ou Eros poderiam imaginar. Portanto, ela deveria ser forte e não se abater com esses percalços no meio do caminho.

Carlitos continuava ajoelhado na frente de Tulio e esforçava-se ao máximo para continuar focando atentamente sua visão nos escritos tatuados entre as camadas da virilha e de suas coxas carnudas. Todavia, enquanto não recebesse seus comandos, não poderia dar início à leitura. Quase sem piscar, Carlitos não movia seus olhos, apesar de eles quererem a todo instante se desviarem para o lado e contemplar o membro cavernoso de Tulio, que agora estava totalmente eriçado, quase tocando seu rosto.

Finalmente Tulio ordenou que Carlitos iniciasse a leitura do texto, dando continuidade à segunda tarefa do ritual.

Esforçando-se o máximo que pôde, mesmo que gaguejando, Carlitos manteve-se resistente à tentação e deu continuidade à leitura do texto, verticalmente tatuado na virilha direita de Tulio, que ia descendo para a coxa, até quase chegar ao joelho:

"Não te deites com um homem como quem se deita com uma mulher; é repugnante. Fujai da imoralidade sexual. Todos os outros pecados que alguém comete, fora do corpo os comete; mas quem peca sexualmente peca contra o seu próprio corpo."

Enquanto Carlitos lia parte das Escrituras Sagradas, com sua mão direita, Tulio começou a se tocar, bem por trás da nuca, logo abaixo de seu coque samurai, na parte onde seu cabelo estava raspado e ficava sensível. Já com a sua mão esquerda, ele acariciava o couro cabeludo de Carlitos vagarosamente com seus compridos dedos, realizando movimentos de cima para baixo, começando no topo de sua cabeça e descendo para as laterais até chegar próximo ao osso temporal, perto de suas orelhas, como uma leve massagem. Entre um movimento e outro de vai e vem de carícia, vez ou outra Tulio pressionava um pouco mais, intensificando os movimentos de fricção com seus dedos e repuxando os cachos dourados de Carlitos para cima. Ia trazendo a cabeça de Carlitos ainda mais próximo de seu membro, aumentando a intensidade de seus gestos, quase que com violência, porém com tom maior de provocação. Tulio era sinestésico e adepto à ioga tântrica, a qual havia estudado intensamente, explorando diversas técnicas e aprendizados que adquirira em seu retiro na Índia. Desde então, ele não dispensava uma boa sessão de massagem tântrica, tanto para dar como receber.

Carlitos sentia-se cada vez mais excitado, dificultando que desse continuidade à leitura sem se deixar levar pelos seus desejos pecaminosos de tentação, a ponto de já estar com a ponta de seu próprio membro, já agora também ereto, e a glande embebecida de sêmen.

Enquanto isso, Oswald, de fora do círculo, estava posicionado na lateral dos dois e assistia à cena por completo. Conseguia ver Tulio realizar tais gestos de sedução em Carlitos, deixando-o possesso de ciúmes. Shell, percebendo tal comportamento de Oswald, segurou novamente firme uma de suas mãos. Telepaticamente falou baixo para que ele se acalmasse, que tudo não passava de uma provocação idiota do Tulio, que ele deveria resistir firmemente, e tão logo o tormento acabaria.

Assim que Carlitos terminou a leitura da última palavra do texto da virilha direita de Tulio, com o auxílio de suas duas mãos, Tulio abruptamente virou o rosto dele, agora para o lado esquerdo, raspando com violência seu membro em sua bochecha, próximo à sua boca. Em seguida, posicionou a face de Carlitos bem em frente à sua virilha esquerda, ordenando que desse continuidade à leitura das Escrituras Sagradas.

Carlitos pôde então visualizar que os textos tatuados estavam com a tinta fresca e que a virilha e a coxa de Tulio haviam sido recentemente depiladas. Dando uma olhadela rápida e discreta, observou que, acima do membro de Tulio, havia um volumoso felpo de pentelhos que destoavam entre uma coloração castanho-clara e o loiro, mas não eram da mesma tonalidade do dourado de suas longas madeixas. Foi quando reparou também que havia um piercing de argola dourado com um pingente com diamante no meio, cravado na glande rosada do pênis de Tulio, entre o começo da uretra até quase ao final da glande. Para tal exótico piercing, foi dado o nome de príncipe Albert, em homenagem ao príncipe com mesmo nome, que se perfurou aos 25 anos, em 1842, na ex-Terra.

Tremendo de excitação, Carlitos se esforçava o máximo para focar as letras tatuadas, por mais que seus olhos, sua boca e seu corpo lutassem contra a sua mente pecadora, querendo entregar-se por inteiro a Tulio, ao deleite de seu incubado júbilo.

Carlitos continuou a leitura concentradamente:

"Não sejas controlado pelos desejos de teu corpo. Mata qualquer desejo pelo tipo errado de sexo e atração. Para eliminar esses desejos, que levam a ações erradas, controla teus pensamentos com a fé no deus Eros, que é a única que poderá te curar de todo mau pensamento."

Enquanto Carlitos lia a segunda parte do texto, Oswald viu que Tulio agora deslizava suas mãos pelo pescoço de seu amado, ao mesmo tempo que ia massageando seus ternos ombros "mignon" fortinhos. Foi nessa hora que Oswald viu uma cena que o deixou completamente transtornado e não aguentou mais tamanha aflição.

Enquanto Carlitos lia os trechos das Escrituras Sagradas, Tulio acariciava seu pescoço com uma das mãos, já com sua outra mão, ia desprendendo seu coque samurai, deixando suas madeixas douradas cobrirem todo o seu ombro. Paralelamente, Tulio começava a circular seu quadril em sentido horário, lentamente. A cada movimento circular que fazia, seu membro cavernoso acompanhava, girando de um lado para o outro, interrompendo a leitura de Carlitos.

Ao mesmo tempo que rebolava seu quadril, sem que os demais pudessem perceber, Tulio discretamente abriu o fecho da gargantilha de ouro branco maciço que Carlitos trajava em seu pescoço e delicadamente desprendeu-a, soltando-a sobre o tapete vermelho felpudo. Oswald, vendo refletido no chão o brilho do pingente de diamantes em formato de coração que havia dado de presente a Carlitos, em comemoração aos seus dez anos de namoro e cumplicidade, não pôde mais se conter.

Tomado de ciúmes, Oswald estava decidido a adentrar o círculo e golpear Tulio quantas vezes fosse preciso, soltando o amor de sua vida das garras desse avarento mercenário. Além disso, ele iria recuperar o colar e o pingente que havia dado a Carlitos e sair o mais rápido possível daquele antro. Em seus pensamentos, mesmo que fosse contra as leis divinas de Eros, estava decidido a pedir Carlitos em casamento, e eles finalmente iriam efetivar essa união de amor. Mesmo que isso significasse que seus destinos estivessem fadados à prisão na Caldária de Verty. Oswald não aguentava mais a vida de segredos dessa sociedade hipócrita vertyniana.

Desvencilhando-se então de Shell, Oswald soltou suas mãos e deu um salto bem em direção à entrada do círculo. Mesmo sentindo as dores de sua boca escancaradamente ferida, ele estava disposto a enfrentar Tulio.

Oswald adentrou o círculo, e seus olhos enfurecidos cruzaram-se com os de Tulio. Havia chegado a hora de dar a lição que esse garoto mimado merecia. Oswald era mestre de artes marciais e, mesmo que Tulio fosse mais encorpado que ele, não teria como escapar. Oswald iria primeiramente golpeá-lo com uma voadora em seu peito, jogando-o para bem longe de Carlitos. Sem que Carlitos visse, iria pular sobre Tulio e arrebentar seu rosto narcisista, até que ficasse irreconhecível.

Oswald se preparou para o primeiro golpe, levantando sua perna direita o mais alto que podia, quando então avistou que, no lugar de seus pés, havia duas patas peludas de javali. Imediatamente paralisou olhando aquela aberração de seu corpo, sem entender ao certo o que se passava. Era horrendo visualizar aquelas patas de porco selvagem acopladas em suas pernas humanas, costuradas em seus tornozelos. Havia apenas quatro dedos em cada pata e cascos sob cada um dos dedos. Era rudimentar e grotesco, ainda mais para Oswald, um homem de elegância alemã nata, oriundo de uma classe aristocrática.

Suas duas patas animalescas desconcentraram Oswald por um instante, que não conseguiu golpear Tulio de imediato, retornando à sua posição de defesa. Já que não conseguiria atingi-lo com uma voadora, seria então obrigado a golpear Tulio com um jab, um soco rápido e direto no rosto, desferido com sua mão.

Aproximou-se o máximo que pôde de Tulio, preparando-se para lançar o jab, alocando seu antebraço bem para trás, para trazer o máximo de impulso. Seus olhos de fúria novamente cruzaram-se com os de Tulio. De súbito, ele sentiu sua mente fisgada, como se tivesse sido hipnotizado, ficando estático. Com seu antebraço direito ainda para trás, não conseguia se mover. Sentia agora Tulio dentro de sua mente, comandando seu corpo e sentidos, com total controle de suas ações.

A mente de Oswald começou então a divagar, tal qual uma espiral rodopiando dentro de seu cérebro. Essa espiral se repetia com mensagens de que ele não deveria ter ciúmes de seu amado, que o amor deveria ser livre para todos, e que possuir não era sinônimo de amar. Uma forte mensagem dentro de seu cérebro com o sonido telepático da voz de Tulio sonava: "Liberte-se e entregue-se. O amor é livre. Liberte-se e entregue-se. O amor é livre!".

Mesmo consciente, Oswald queria se mexer, mas não conseguia, queria arrancar Tulio de sua mente, mas não podia.

Sorrindo e com os olhos ainda conectados aos de Oswald, Tulio ordenou-lhe que se despisse. Em questão de segundos, Oswald estava completamente desnudo. Tulio ordenou-lhe então que se aproximasse ao lado de Carlitos, que continuava de joelhos em frente a Tulio, com seu rosto colado em sua virilha, imóvel.

Oswald sentia-se tomado agora de uma completa excitação, com seu membro já devidamente ereto, curvado para a direita, como de costume. Aproximou-se de Tulio e começou a beijá-lo. Inconscientemente seu corpo se entregava aos seus desejos, enquanto sua mente sentia uma tremenda raiva, lembrando-se de seu trauma e o que seu tio Alfred havia feito com ele naquele fatídico dia do concerto. O quanto ele odiava seu tio e o quanto ele odiava todas as vezes que havia sentido aquele horrendo prazer sexual, cada vez que seu tio o abusava. Ao mesmo tempo, ali colado boca com boca, Oswald sentia o desejo de ter língua para adentrar Tulio e até mesmo dentes para morder de excitação seus lábios até que sangrassem, mas, como não tinha, tinha de se contentar apenas em esfregar sua desfigurada boca entreaberta na de Tulio, que correspondia ao seu intenso beijo, sentindo até mesmo uma língua imaginária de Tulio circundar dentro de sua boca. De repente, Oswald sentiu seu ereto membro sendo abocanhado, sugado de uma forma que jamais havia sentido. Era o amor de sua vida que lhe dava pela primeira vez tal maravilhoso júbilo da felação. Carlitos, inebriado por tal momento de prazer e com sua boca agora também escancarada, abocanhava o membro de Oswald, engolindo-o até o final.

Carlitos não podia mais se conter. Assim que viu Oswald se aproximando desnudo, com seu ereto membro eriçado para o lado direito, o que jamais havia tido o deslumbre de visualizar diante de seus olhos, com o auxílio dos dedos de suas mãos, rasgou o orifício de sua boca, arrebentando um a um todos os pontos de ouro que a costuravam. Em seguida, com sua boca agora amplamente aberta, mesmo que sangrando, abocanhava o membro de Oswald por completo, realizando movimentos contínuos para a frente e para trás com seu pescoço. Enquanto sugava cada vez mais o membro de Oswald, ao mesmo tempo, Carlitos masturbava-se pela primeira vez

Sentindo o demasiado prazer da felação de seu amado, Oswald continuava a beijar Tulio. Com sua mão direita, segurava por detrás de sua nuca e, com a mão esquerda, apalpava com vontade seu membro volumoso.

Joseph, ao fundo do quarto, sentia tudo de longe, sorria e masturbava-se com seu membro de duas cores eriçado. Ele tinha vitiligo genital, e seu membro era dividido em duas cores, uma parda, como sua pele, e a outra esbranquiçada, que ia descendo até seu saco escrotal.

Então Hera, vendo tal cena obscena ocorrendo fora do círculo, entrelaçou a cintura de Joseph com sua cauda, agarrando-o, e em seguida arremessou-o com força para dentro do círculo. Na sequência, esbravejou:

– *Profanis pecatore*!

Enquanto isso, sem que Hera e os demais pudessem perceber, Shell estava agachada ao longe, fora do círculo, encostada em uma das paredes. Com seus dedos indicador e médio de sua mão direita, tocava seu clítoris realizando gentis movimentos circulares. Seus olhos estavam vidrados no corpo de Sofie, que descansava nua e deitada, remetendo à figura feminina da obra de arte *O nascimento de Vênus*, de Sandro Botticelli, porém com sua pele e frescor de acapulco e seus olhos de esmeralda entreabertos, mirando os de Shell. Apesar de Sofie não se mover, seus olhos dialogavam com os dela, e havia um meigo sorriso em seu rosto.

Faltavam 138 minutos.

CAPÍTULO 20

LUZ CINTILANTE DE AQUARELA

"A humildade, num artista, é a sua franca aceitação de todas as experiências, assim como o amor é para o artista, simplesmente o sentido da beleza que revela ao mundo seu corpo e sua alma."

Oscar Wilde

Para a leitura deste capítulo, recomendo a canção "O arlequim de Toledo (L'Arlequin De Tolede)", da estrondosa Ângela Maria, junto do magnífico Caubi Peixoto.

O sol batia no meio da fresta da janela de seu quarto, os raios refletiam em seu rosto cansado o aquecendo, enquanto Joseph Rossi, que não dormia há três noites seguidas, continuava escrevendo os próximos capítulos e detalhes da produção de seu novo filme, inspirado na película de *Amélie Poulain*, pela qual era apaixonado e que ouvira dizer que, na época da ex-Terra, havia sido um grande sucesso.

Para conseguir vencer o cansaço, havia comprado uma cafeteira elétrica que deixava em seu quarto. Vapes com essência de guaraná e ervas verdes também o acompanhavam para estimular sua criatividade. Apesar de seu corpo e da mente exaustos, sentia-se animado com o projeto de seu novo filme.

Do lado de fora, fazia bastante frio. De tempos em tempos, Joseph parava de escrever para admirar a paisagem em frente à imensa janela do seu quarto. De frente à fenestra, havia uma alta árvore no final de sua rua, com um vultuoso tronco marrom e extensões de galhos longos e fortes. Nessa época do ano, não havia folhas, e os galhos tinham sido aparados por conta do inverno. Havia somente uma única folha alaranjada restante do outono em um dos galhos do topo, que, quando o vento soprava, parecia mais uma borboleta batendo as asas.

Era possível ver também, mesmo com aquele dia ensolarado e o céu límpido azulado, pequeninos flocos de neve que quase imperceptivelmente caíam do céu, dançando de um lado para o outro, numa dança com compassos sincronizados. Iam caindo lentamente como que em câmera lenta até tocarem o chão. Joseph jurava que era possível escutar os flocos de neve tocando o asfalto.

Joseph era um verdadeiro amante da natureza. Como escritor e cineasta, adorava a beleza dos detalhes das pequenas coisas, não do que era possível ver a olhos nus, como todos geralmente viam, mas o que estava por trás do véu paralelo do invisível, que divide a fantasia da realidade, a alegria da tristeza, o amor da dor, os encantadores segredos e seus devaneios lúdicos das falsas verdades. Joseph era agraciado por uma alma leve e também sonhadora.

Tony era o braço direito de Joseph. Era ele quem o ajudava a revisar todos os seus scripts iniciais, até o momento de gravação no set, coordenando as reuniões com todo o time de produção, sempre lhe comunicando tudo o que ocorria. Era seu fiel escudeiro e amigo desde a época de infância, quando se conheceram. Era ele também quem descrevia nos mínimos detalhes as lindas paisagens da frente da janela do quarto de Joseph e tudo o que acontecia, já que Joseph era deficiente visual.

Aos 130 anos, em Florença, sua cidade natal, Joseph estava na sala de aula quando sentiu a primeira alfinetada em seus olhos, seguida de pequenos flashes de bolinhas incandescentes. Ele tinha retornado do intervalo da aula e achou que, porque havia ficado muito tempo com a luz do sol refletindo em seus olhos, estava vendo aqueles flashes de luzes brancas e neon piscando.

Nos meses seguintes, esses flashes de luzes se multiplicaram, tornando-se milhares de pontinhos, que, apesar do brilho intenso, obscureciam a maior parte de sua visão. Era como se esses pontinhos de luz formassem uma grande nuvem, cobrindo seus olhos, esfumaçando tudo ao seu redor.

Na época, seus pais, Giorgio e Paola, levaram-no para Roma, a fim de se consultar com os melhores médicos. Joseph realizou diversos exames nos melhores hospitais, mas no final foi infelizmente diagnosticado com uma rara neuropatia óptica hereditária, uma condição genética que estava fazendo com que perdesse a visão. Após seis meses, estava cego.

Paola era uma mulher muito religiosa e fervorosa em sua fé. Era devota de Eros, seguia os mandamentos, frequentava a mesquita todos os dias e vivia uma vida de caridade. Era uma amante da música erudita. Dizia que a música a libertava e expulsava todos os demônios. Paola era também pianista na mesquita, mas seu maior sonho de infância era ser parte integrante de uma banda de jazz ou blues. Seus pais não permitiam por ser um estilo profano para eles. Mesmo assim, Paola sempre escutava e tinha como suas cantoras favoritas Anita Franklin e Nina Simone, famosas cantoras de jazz da ex-Terra. Desde pequena, Paola havia sido educada para se tornar a musicista da mesquita e, assim, além de pianista, era também uma grande cantora.

Entretanto, logo após o incidente com Joseph, todas as noites, quando Paola encostava sua cabeça no travesseiro e ia realizar sua última prece do dia, não conseguia mais. Seu coração, entorpecido pela dor e revolta, perguntava-se como Eros havia permitido que isso acontecesse. Por que um Deus de amor permitiria que um filho seu se tornasse deficiente visual, privando-o da dádiva de enxergar? O que ela havia feito de errado para receber tal punição?

No quarto ao lado, Joseph, deitado em sua cama, pensava nas coisas que não poderia mais fazer. Como seria sua vida agora sem apreciar a beleza da natureza que ele tanto amava? E o céu azul de brigadeiro que ele adorava observar deitado na grama assistindo às nuvens passarem, formando figuras e desenhos tão interessantes? E os passarinhos que ele gostava de admirar da janela de seu quarto todas as manhãs? E as flores do jardim de que ele ajudava a cuidar junto com sua mãe? E o desenho de seus heróis favoritos que ele gostava de desenhar? Após longas horas, e o travesseiro já amornado de lágrimas, ele finalmente adormecia.

A partir de então, toda a vida de Joseph mudaria. Os primeiros anos foram de revolta para Joseph. Ele faltava muitos dias à escola, não frequentava mais a mesquita com sua mãe, não ia mais ao parque com seu pai observar os passarinhos, mesmo o senhor Giorgio insistindo e dizendo que contaria todos os detalhes visuais para ele e que, depois, o levaria para tomar seu milkshake de morango favorito, na lanchonete do centro.

Seus melhores amigos da escola faziam de tudo para ajudá-lo, mas ele ficava irritado e dizia que não queria a ajuda de ninguém. Até mesmo Tony, seu melhor amigo, com quem passava horas jogando videogame e com quem sempre estudava na biblioteca, evitava-o, preferindo ficar imerso em sua trágica solitude.

Afinal, o único pensamento em sua cabeça era que todas as pessoas ao seu redor podiam enxergar, e ele era um ser miserável, infeliz. Sentia que seus sonhos estavam mortos, assim como sua alma. E não importava se ele podia fechar seus olhos e conectar-se à Mãe Protetora e ter acesso a milhões de filmes e séries virtuais. Não importava se ele, com seus olhos fechados, podia se conectar e saber das novidades e notícias da galáxia.

O que importava para ele era que não poderia ver o mundo como um dia havia visto.

Quando Joseph completou 170 anos, ganhou de seu pai uma viagem para a Índia, para realizar um retiro espiritual de uma semana com o guru Yogi Paranaish Gurilack. Nessa época, Joseph se afetuou profundamente por Tulio e Chen, e eles tiveram experiências inesquecíveis, que ultrapassavam o entendimento mundano. Eles três levariam esse momento único em suas memórias por toda a vida.

Enquanto a senhora Paola era uma religiosa fervorosa de Eros, o senhor Giorgio já acreditava nos preceitos da física quântica, no poder da energia cósmica e da meditação. Para ele, Eros não passava de apenas um poderoso meteorito que circundava Verty e que, no final da Terceira Guerra, tinha sido responsável pela catástrofe da ex-Terra, com parte que havia caído em sua superfície. Nada além de uma experiência e um acontecimento físico do universo. Mas é claro que o senhor Giorgio não dizia isso, pois seria contra os preceitos do Rei. Tal ato poderia ser considerado uma blasfêmia, levando-o a ser preso e enviado à Caldária de Verty.

O senhor Giorgio, além de simpático, era muito engraçado. Na maioria das vezes estava de bom humor e dava muitas gargalhadas. Ele tinha também um brilho especial em seus olhos, que era muito bonito, reverberando uma enorme paz às pessoas à sua volta. Talvez fosse por isso que Joseph tinha sua alma tão doce.

Quando Joseph retornou da Índia, felizmente seus pais perceberam que algo havia mudado. Ele continuava sendo um devorador amante dos livros, que adentrava diversos mundos de fantasia, porém havia um brilho especial em sua aura.

Nesse mesmo ano em que retornou da Índia, Joseph escreveu seu primeiro romance, o qual recebeu um prêmio literário. Três anos depois, virou um aclamado filme, recebendo também outras premiações importantes do cinema. Foi nesse instante que Joseph pôde sentir que ele havia voltado a sonhar e que esse era o primeiro de vários sonhos que se realizariam.

Em um artigo para um famoso jornal, ele escreveu sobre essa sua experiência transformadora que vivenciou na Índia e sobre como foi escrever e dirigir o seu primeiro longa-metragem:

> Esse tempo realmente me fez não apenas olhar para dentro de mim, mas também para o quadro maior. Uma vez que aceitei meu destino e acreditei que isso tinha acontecido comigo por um motivo, comecei a me forçar a pensar "ok, vamos aproveitar ao máximo estar aqui neste mundo". Foi aí que comecei a me reprogramar e me reinventar, para perceber que não preciso ser apenas definido pela deficiência que tenho e por meus desejos.
>
> Não há muitas vantagens em ter uma doença mitocondrial. Mas, durante essa minha experiência na Índia, com os aprendizados das longas meditações, as pessoas especiais que conheci, comecei a notar certas melhorias mentais. Primeiramente, meus outros sentidos foram aguçados – meu paladar e tato ficaram mais sensíveis, e minha audição ficou mais aguçada também. Tenho uma memória vívida e belas recordações de andar pelos jardins do Ashana e começar a cantar as melodias das músicas de minha mãe, as que ela sempre tocava na mesquita. Recordo-me intensamente de todas as experiências sensoriais que vivi com pessoas muito especiais.
>
> E, assim, comecei a me tornar mais presente, viver e focar no agora, no instante de cada segundo, como eu fazia antes de perder a visão. A não ficar mais distraído com as nuances visuais do que está ao meu redor, não ficar pensando nas reações faciais das outras pessoas à minha volta, quando estou dizendo algo, por não estar olhando nos olhos delas para tentar vê-las e captar suas reações.

Em vez disso, despertei o aprendizado de escutar o que as pessoas estão dizendo para mim, como isso me faz sentir, e o que o espírito delas está me comunicando.

Quando eu estava conversando com o meu mestre guru, ele me perguntou qual era meu sonho, e eu, sem sequer titubear, respondi prontamente: "Sou alguém determinado a escrever livros e fazer filmes".

Ele não me disse nada, mas eu pude senti-lo e pedi que não revirasse os olhos para mim com desaprovação. Ele, então, pego de surpresa e atônito, disse: "Eu pensei que você fosse cego!".

Foi nesse momento que eu descobri que estava começando a ser curado, e o universo estava me presenteando com o dom de sentir as pessoas e o que elas fazem, mesmo sem poder realmente vê-las fisicamente.

Então respondi ao guru: "Eu apenas o senti...".

O pobre guru me pediu perdão por ter tido tal atitude, pois não havia feito por maldade. Eu apenas sorri, disse que estava tudo bem, que ele era apenas um ser humano como eu, exatamente tão imperfeito como qualquer outra pessoa.

Algumas décadas após o seu primeiro romance ter virado filme, Joseph estava lançando sua primeira película escrita e dirigida por ele: *Luz cintilante de aquarela*. Nesse período, Joseph já fazia parte da Academia de Belas Artes de Gênova e cursava cinema. Ele convidou alguns colegas e seus seis melhores amigos para a estreia em Londres. E, de Leicester Square, fez um discurso emocionante:

— Além do agradecimento a cada um aqui presente para o lançamento de *Luz cintilante de aquarela*, acho importante relatar que não foi nada fácil. No início, meu roteiro e eu fomos rejeitados por causa da minha condição. Pude sentir os produtores se afastarem assim que mencionava o fato de que eu era cego. De certa forma, não os culpo, mas, para mim, ter mais diversidade nas artes apenas ampliará a paisagem de nossa cultura. Pessoas como eu, que têm uma deficiência sensorial, têm uma perspectiva particular sobre o mundo e estilos mais únicos de contar histórias.

"Agora que estou fazendo filmes, por não ter uma visão suficiente para navegar em um espaço e me mover, é claro que às vezes me pego tropeçando ou esbarrando em alguma coisa, mas não é como se eu estivesse correndo pelo set. Eu não vou quebrar nenhum equipamento grande e caro. E também não é pelo fato de que eu não possa ver um clipe de papel no chão ou ler um roteiro comum impresso que não serei um profissional bom e competente.

"Quanto à questão de como eu faço o meu trabalho, a verdade é que, em termos leigos, o trabalho de um diretor de cinema é essencialmente traduzir a visão de sua mente para uma tela grande, para o público. Agora, o olho da minha mente não está prejudicado, e minha imaginação está mais vívida do que nunca.

"Meu maior desafio é traduzir o que estou vendo na minha cabeça e trazer para as telas. E não o que todos vocês veem no exterior. Portanto, não sou diferente de nenhum outro diretor com visão plena, não é mesmo?

"Foi assim que, comunicando o que via em minha mente para a minha maravilhosa equipe ao meu redor, pude completar esse filme com êxito. Em especial, faço um caloroso agradecimento a Tony, meu fiel escudeiro em minha jornada, e a Tulio, meu amigo irmão que amo. Sem eles, nada disso seria possível!".

Foi nesse instante que todos ali, incluindo seus melhores amigos da Academia de Belas Artes de Gênova, puderam ver como a vida de alguém como Joseph era tão importante para inspirar outros seres humanos. Nesse momento, Shell olhava e pensava sobre toda a sua questão de ser uma estudante de letras filosofais, ainda sem saber bem o que faria da vida, mas que, com certeza, seria algo ligado à arte ou à psicologia. O fato de Shell se sentir carente na maior parte do tempo, além da questão de seu sobrepeso e da sua falta de reação aos conflitos, especialmente por não se aceitar como uma mulher, incomodava-a constantemente, deixando-a sempre mais solitária.

De toda forma, o que Shell não evitou comentar nesse dia da estreia do filme a Oswald era como Joseph, sendo essa pessoa tão incrível e extraordinária, tinha Tulio ao seu lado, como um de seus melhores amigos, aquele ser "degradante e nojento". Estaria Joseph fazendo uma boa ação tentando fazer com que Tulio se tornasse uma boa pessoa, já que ele não era benquisto por quase ninguém da faculdade e vivia sempre meio isolado pelos cantos? Ou Joseph seria de alguma forma dependente de Tulio como Shell era, tendo algum segredo obscuro? E por causa disso o aceitava em sua vida, referindo-se a ele como um de seus melhores amigos e companheiros?

Essas perguntas ficavam martelando a cabeça de Shell nesse dia tão especial para Joseph.

CAPÍTULO 21

PRIMEIRA TAREFA – CONCLUSÃO

"Fujai da imoralidade sexual. Todos os outros pecados que alguém comete, fora do corpo os comete; mas quem peca sexualmente peca contra o seu próprio corpo."
Trechos das Escrituras Sagradas de Eros

De uma iluminação quente e avermelhada, agora o quarto exalava um odor intenso e afrodisíaco.

Dentro do círculo, estavam agora Tulio, Sofie, Carlitos, Oswald e Joseph, que ainda estava meio desconcertado desde que Hera o arremessara para dentro.

Hera, ainda enraivecida, voltou a enrolar-se no lustre de cristal no teto, refletindo todo o vermelho carne da iluminação em torno de seu corpo réptil. Urrando novamente, disse que o ritual estava atrasado e ordenou a Tulio que desse continuidade e finalizasse a segunda tarefa, ainda incompleta. Faltavam textos das Escrituras Sagradas tatuados no restante de seu corpo para serem lidos.

Sofie continuava nua e deitada, descansando dentro do círculo. Com seus olhos de esmeralda, observava a tudo. Tulio havia se desvencilhado de Carlitos e Oswald, e os dois estavam agora deitados no chão entrelaçados na posição de 69, ambos dando e recebendo o prazer da felação. Nem mesmo o sangue que escorria de suas bocas arrebentadas, ou a possível dor, eram maiores do que o prazer ao qual estavam entregues pela primeira vez. Os mantos brancos não encobriam mais seus pés, e era possível ver suas patas expostas. Carlitos com suas patas de lobo selvagem, e Oswald com suas patas de javali.

Joseph agora se encontrava caído no meio do círculo, com metade de suas calças arregaçadas para baixo e seu membro ainda de fora, porém não mais eriçado, meio amolecido e para baixo. Estava ainda assustado por ter sido agarrado pela cauda de Hera e arremessado com força para dentro do círculo.

Tulio, de pé, ordenou a Joseph que se levantasse imediatamente e se despisse. Ordenou também a Sofie que se aproximasse e que o ritual da segunda tarefa tivesse continuidade.

Se havia algo de que Joseph não tinha era vergonha ou pudor de seu corpo. Ele já havia experimentado muito dessa vida mundana em seu passado, e nudez era algo que fazia parte do seu dia a dia. Além do mais, desde que se tornara deficiente visual, todas essas questões mundanas visuais não o afetavam mais. Aliás, sempre que podia, Joseph preferia estar desnudo do que trajando qualquer vestimenta. Ele dizia que qualquer coisa em cima de sua pele influenciava o florescer de sua criatividade, sendo também um grande adepto ao naturalismo, mesmo que essa prática fosse abominada e proibida em Verty. Joseph tinha uma mente genial. Isso era possível ver no dia a dia de seu trabalho, pelo qual ele era extremamente reconhecido. Considerando esses pontos e o seu não preconceito, continuar a tarefa não deveria ser um problema para ele.

De origem ítalo-marroquina, com seus dois metros e oitenta e nove de altura, pele parda e de muitos pelos, Joseph não tinha um corpo tão exuberante e definido como o de Tulio. Ostentava muito mais um tipo intelectual misterioso. Seus parceiros e parceiras clandestinos o consideravam um fervoroso amante sexual, que sabia ser ora mais carinhoso e delicado, ora mais agressivo e fugaz. Para Joseph, seu real prazer só estava completo na plena satisfação do outro. Parecido com a sensação de quando uma pessoa caridária diz que, quando ajuda o próximo necessitado, sente-se mais agraciada que ele, o prazer sexual tinha a mesma conotação para ele.

Para que atingisse seu orgasmo máximo, Joseph geralmente sentia alguns outros desejos internos peculiares, que nem sempre eram oferecidos por seus múltiplos parceiros. Ele se sentia meio encabulado de pedir algumas dessas coisas que o satisfaziam, já que algumas pessoas poderiam achar um tanto quanto estranho esses seus desejos pitorescos.

Em questão de segundos, Joseph despiu-se e permaneceu de pé, apenas com o manto branco cobrindo seus pés e suas pernas. Ele não estava excitado, e seu membro tinha o prepúcio de coloração dúbia encobrindo sua glande. Tulio foi aproximando-se por trás, enquanto Sofie já havia se levantado de sua posição de Vênus e agora estava sentada de cócoras, bem em frente a Joseph. Apesar de um pouco ofegante e sem visão periférica do que ocorria, ele mantinha-se parado.

Por não possuir visão periférica, ele apenas conseguia visualizar o vulto de Sofie, como uma grande sombra em sua frente. Mas ele sabia que era ela pelo odor de seu perfume de rosas almiscarado. Já por trás, Joseph começava a sentir a respiração quente de Tulio aproximando-se de seu pescoço e orelha, ao mesmo tempo que o escutava balbuciando algumas palavras telepaticamente em tom baixo, mas que não conseguia compreender direito. As únicas partes que Joseph conseguia captar eram algumas palavras aleatórias como "passado" e "vingança". Entretanto, os únicos pensamentos de Joseph naquele instante eram de sua esposa, Yeleva, e seu filho, Pietro. Ele se perguntava onde estariam e em prece rogava que estivessem bem e a salvo. Yeleva era atriz e vinha de uma família aristocrata russa. Eles se conheceram num set de filmagens na gravação de um outro filme de Joseph, *O beijo do Arlequim*. Yeleva fazia o papel da personagem coadjuvante, uma jovem moça, enamorada pelos encantos do jovem Arlequim. Porém, ludibriada por seu encanto, ao final se desilude por saber que ele é um ser livre e adepto do poliamor. Entristecida, enfurecida e com ciúmes, ela assassina então o pobre Arlequim. Nessa época, tal filme retratava o momento de vida atual que Joseph vivia, porém o filme infelizmente foi proibido de ser veiculado em Verty, por ferir os preceitos morais, especialmente os mandamentos de Eros.

Independentemente de qualquer julgamento, Joseph sempre se sentiu um ser livre e durante anos vivenciou o poliamor em sua vida, tendo diversas parceiras e alguns poucos parceiros que experimentou. Seu apetite sexual primordial definitivamente eram as mulheres. Todavia, no interior de sua alma, ele sentia que sua preferência sexual jamais fora por gênero, raça ou físico, mas sim pelo odor. Talvez por sua deficiência visual, o olfato de Joseph havia se desenvolvido de modo mais aguçado. Sendo assim, isso era o que o atraía: esse bálsamo perfumado e os feromônios exaltados que homens ou mulheres liberam. No caso específico das mulheres, especialmente durante seu período fértil menstrual, aquela fragrância afrodisíaca e de sabor agridoce, segundo Joseph, junto com o frescor e a delicadeza da pele feminina, fazia com que ele não conseguisse resistir e se deixasse levar inúmeras vezes por seus desejos carnais. Seus atos de copulação sempre foram contínuos e intensos. Algumas vezes sentia-se estafadamente exaurido, chegando inclusive a afetar seu desempenho profissional no dia a dia de suas produções literárias e de audiovisual.

Certa vez, em uma só noite, Joseph copulou com mais de sessenta parceiros e parceiras em um clube clandestino no Soho de Londres. Quando voltou para casa, ainda se masturbou seis vezes antes de dormir. Acordou depois de quarenta horas. Ele costumava realizar essas orgias uma vez por mês. Obviamente, para não ser descoberto pela Mãe Protetora, antes de sair de casa com destino ao clube clandestino, ele sempre tomava uma pílula *Anonymous*. Desde o retiro na Índia, o guru

Paranaish, que havia se afeiçoado muito a Joseph espiritualmente, presenteou-o com um vidro contendo mais de mil pílulas *Anonymous*. O guru sabia dessa compulsão sexual de Joseph e queria de certa forma protegê-lo, pois sabia que não era algo que se resolveria da noite para o dia. Todavia, Joseph estava extremamente proibido de tomar a pílula *Cum40*. O guru o alertara de que ele não precisava de mais estímulos orgásticos além dos que já tinha.

Joseph sempre amou esses momentos de clímax que tinha em sua vida. Por incrível que pareça, sua deficiência visual contribuía para transportá-lo para esse mundo só dele, no qual ele se sentia ainda mais livre e embebecido de tamanho júbilo, porém sem se dar conta de que era um adicto compulsivo sexual. Era contraditório o que Joseph sentia: esse frenesi momentâneo de júbilo obtido em suas orgias sexuais e uma profunda tristeza no dia seguinte, que o fazia querer entregar-se novamente a esses seus desejos.

Por muitos anos, Joseph viveu esses seus momentos repletos de feromônios e prazeres carnais, mesmo que envolvido nessa compulsão sexual e, de acordo com as Escrituras Sagradas, em completo pecado. Inclusive, foi durante o retiro na Índia que ele começou a ler e estudar sobre o Kama Sutra e a ioga tântrica e como os indianos eram libertários e felizes sexualmente na ex-Terra. Seriam os indianos daquela época compulsivos sexuais como Joseph ou apenas verdadeiros amantes libertários? Por que Joseph não podia ser como eles, sem se culpar ou ter essa profunda tristeza em sua alma no dia seguinte depois de sua entrega a essas orgias?

Os pais de Joseph nunca conversavam sobre sexo com ele, tornando esse assunto um grande tabu durante anos. Entretanto, foi estudando a cultura oriental ancestral que Joseph descobriu como a liberdade sexual era algo tão importante para a independência do indivíduo. Ele se questionava por que as Escrituras Sagradas traziam tais dogmas da monogamia e da família perfeita, do papai e da mamãe felizes para sempre. Conceitos ideológicos de uma sociedade patriarcal e atrasada em sua concepção. Em seu propósito de vida, Joseph estava decidido a mudar essa percepção no mundo, mesmo que estivesse em pecado e correndo riscos, e a forma de fazer isso era através de suas películas.

Durante o retiro na Índia, Joseph teve sua primeira experiencia homossexual com Tulio Zigman. Após seu retorno da Índia, Joseph se mudou para Londres e naquele período acabou se afeiçoando mais a Tulio.

Na época eles realmente se apaixonaram e viveram um romance de verão. Entretanto, para Joseph tudo não passara de mais uma experiência, e, tão logo o verão terminasse, ele conversaria com Tulio para dar um fim a essa relação. Joseph tinha o desejo de ter mais experiências sexuais e não se afeiçoar a apenas um relacionamento monogâmico.

Tal qual o planejado, logo após o término do verão, Joseph confessou a Tulio que o maior sentimento que os nutria, de sua parte, é claro, era o amor da irmandade e que ele não gostaria de dar continuidade a essa relação de vínculo amoroso de cumplicidade. Tulio ficou extremamente abalado, mas, apesar de seu orgulho ferido, jamais deixava transparecer. Disse a Joseph que estava tudo bem e que poderiam ser apenas "amigos irmãos", como Joseph gostava de chamá-lo.

Desde então, seguiram a relação assim. Joseph trouxe Tulio para trabalhar com ele em alguns de seus projetos audiovisuais, já que ele era mestre na fotografia. Todavia, Joseph sentia dentro de seu coração que Tulio continuava a nutrir sentimentos amorosos e carnais por ele. Era nítido para Joseph a admiração e o comprometimento que Tulio sentia por ele, quase como um amor platônico. Joseph gostava de sentir essa admiração ofuscante que Tulio nutria, que para ele não passava de desejos da carne. Mas ele achava essa sensação de ser desejado algo extraordinário, enaltecia seu ego.

Nos anos seguintes, Joseph e Tulio tiveram algumas esporádicas relações sexuais, até que, em um determinado outono, Joseph conheceu sua musa inspiradora, Yeleva. Desde então sua vida mudou completamente, e, em questão de poucos meses, Joseph pediu Yeleva em casamento. Na época, apesar de Joseph ter realmente se preocupado com os sentimentos de Tulio, ele era sempre muito solícito e dizia estar muito feliz com essa união de Joseph e Yeleva. Ele apenas pedia a Joseph que jamais deixassem de ser melhores "amigos irmãos", e que, claro, ele o mantivesse em seus projetos.

Como ironicamente a vida prega peças e adora desconstruir conceitos fundamentados e idealistas, desde que Joseph conhecera Yeleva, algo dentro dele mudou. Seu desejo intenso e carnal foi aos poucos se dissipando, tal qual uma limpeza espiritual. Quanto mais ele se relacionava com Yeleva, mais sereno ia ficando. É claro que Joseph continuava a ter desejos sexuais como qualquer ser animal, mas seu desejo não se multiplicava mais por quantidades de parceiras ou parceiros em sua vida, intensificando-se cada vez mais por sua eterna musa colombina.

Ele amava o cheiro da pele de Yeleva, seus finos e longos fios de cabelo cor de mel, entre os quais adorava perder seus dedos, e ir descendo por seu pescoço delicado, até chegar em seus fartos seios. Ele amava seus lábios rosados e suas delicadas covinhas pintadas de sardas. Joseph amava Yeleva como jamais amara qualquer outro ser vivo. Era algo tão avassalador que ele sentia como se ela fosse seu próprio ar. Ele simplesmente não sabia mais como seria viver sem esse puro oxigênio. Nem mesmo o amor por seu filho, Pietro, fruto de seu sangue, era mais forte do que seu amor pela doce Yeleva. Era como se ele se sentisse agora curado de toda aquela compulsão sexual que havia tido no passado. Apesar de continuar admirando e respeitando a cultura indiana e seu modo libertário de ser na ex-Terra, Tulio só queria estar com Yeleva agora. Apenas com ela. Quando estavam em seus momentos mais íntimos, geralmente logo depois de uma relação sexual, Joseph gostava de ficar com sua boca em uma das mamas de Yeleva, fazendo um momento de sucção e, sem que percebesse, falava baixinho telepaticamente: *"Grazie, mama; Grazie, mama"*. Yeleva escutava sem entender muito bem por que ele lhe agradecia chamando-a de "mamãe", mas ela achava um gesto bonito.

Esse verdadeiro amor que Joseph finalmente havia encontrado em sua vida era algo que Tulio jamais seria capaz de compreender e aceitar. Afinal, o seu sentimento de posse por Joseph era algo que ele simplesmente não conseguia controlar. Talvez por amar realmente Joseph ou simplesmente por ele nunca ter sido verdadeiramente amado.

Dessa forma, cada um foi seguindo o rumo de suas vidas, Joseph casado e constituindo uma família com Yeleva, e Tulio iniciando na sequência um relacionamento amoroso com Amanda McCartney, filha do Rei X. De toda forma, eles dois continuavam a trabalhar juntos, e, aos olhos de Joseph, Tulio havia superado a relação dos dois do passado.

⚡

Outro filme de Joseph de muito sucesso, porém também proibido em Verty por ferir as Escrituras Sagradas, foi sua película *Sonoros sabores*. Quase como parte de sua biografia misturada a de outro alguém, era um filme de época que se passava na ex-Terra. A história retratava a vida de um deficiente visual, que Joseph deu o nome de João. João era filho de uma mãe prostituta e cafetina na ex-Terra. Desde pequeno fora criado pelas amigas de sua mãe, as quais eram também donzelas da noite. O pequeno João acompanhava a vida dessas mulheres e suas intrigantes histórias. O mais interessante é que o pequeno João, apesar de sua deficiência visual, podia escutar todas elas e tudo o que acontecia. Com um copo virado ao contrário e grudado na parede, ele podia escutar tudo o que acontecia nos quartos dos prazeres, não somente os sons de prazeres sexuais e gemidos, na maior parte das vezes fingidos. O pequeno João escutava através das paredes as histórias de vida desses homens, que, na maioria das vezes, frustrados em seus casamentos medíocres, já sem amor, procuravam as donzelas da noite para, pelo menos por algumas horas, poderem se deleitar de prazeres. Mais do que prazeres carnais, esses homens desejavam abrir seus corações enclausurados por debaixo da capa opressora de seu caráter masculino às donzelas da noite, descarregando assim suas emoções reprimidas. Novamente, algo que não ocorria em seus ordinários casamentos monogâmicos, recheados de falsidade e interesses, acobertados pelas máscaras opressoras desses homens com suas pobres esposas.

O que ninguém nunca soube até então era que a ideia do roteiro desse filme viera originalmente de Tulio, que um dia revelara a Joseph um sonho que tivera, que então o inspirou. Joseph escrevera o roteiro de *Sonoros sabores* em menos de uma semana e apresentou a Tulio, pedindo a ele, pelo amor de Eros, que o deixasse utilizar as ideias de seu sonho. Obviamente ele concordou que sim, contanto que Joseph jamais revelasse que a ideia viera de seu sonho. Prontamente Joseph concordou e jurou em nome de Eros que esse segredo nunca seria revelado. O que Tulio e Joseph não sabiam é que esse sonho na verdade fazia parte da história de suass vidas, que de certa forma estavam interligadas no passado.

De volta ao quarto incandescente vermelho, Sofie havia se levantado e estava frente a frente com Joseph. Sofie era alta, quase da mesma altura de Joseph, o que o fazia sentir seu hálito. Era adocicado, lembrando a fragrância da dama-da-noite, a sua flor predileta.

Gentilmente, Sofie tomou as mãos de Joseph e posicionou-as sobre o topo de seus seios, ordenando a ele que lesse o texto tatuado em braile.

"A união sexual deve ser santa, pois foi Eros que a instituiu. Devido a esta sacralidade, Eros não quer que os homens se relacionem como animais, conduzidos por instintos. Dessa forma, instituiu a união matrimonial, na qual o ato conjugal pode ser vivido com comunhão e amor."

Assim que Joseph terminou a primeira parte do texto tatuado de seus pomos, Tulio pediu cortesmente a ele que descesse as mãos até a virilha de Sofie, dando continuidade à leitura em braile:

"Intimidade, entrega mútua, profundidade, fidelidade, cumplicidade, alegria, verdadeira paixão são alguns dos fatores que só são vividos na relação sexual dentro do matrimônio entre aqueles que se amam, e a fornicação não pode alcançá-las, uma vez que esta se trata apenas de prazer momentâneo, inconstância e insegurança".

Apesar do desejo carnal aflorado em Joseph, ele mantinha-se focado na execução da tarefa, mesmo que seu membro agora pulsasse, já umedecido.

Terminada essa parte da leitura, Sofie virou-se então de costas, requisitando a Joseph que desse sequência à leitura do texto tatuado em braile em suas nádegas.

"A fornicação é a união carnal fora do matrimônio entre um homem e uma mulher livres. É gravemente contrária à dignidade das pessoas e da sexualidade humana, naturalmente ordenada para o bem dos esposos, assim como para a geração e educação dos filhos. Além disso, é um escândalo grave, quando há corrupção dos jovens."

Conforme Joseph continuava a leitura, passeando seus dedos por cada parte das polpas de Sofie, sentia-se cada vez mais excitado, aproximando seu quadril cada vez mais do dela, roçando levemente seu membro no meio de suas nádegas, quase até tocar seu orifício anal.

De repente, enquanto lia a última frase do texto, Joseph sentiu uma brusca fisgada por trás. Assustado, tentou esquivar-se, mas logo percebeu que seu dorso e membros superiores estavam presos, entrelaçados pela longa cauda de Hera, que descia pelo lustre e o apertava fortemente, quase o sufocando. Enquanto isso, Tulio, com movimentos lentos, porém profundos, começava a penetrá-lo, aumentando a intensidade gradualmente.

Enquanto tentava se esquivar, Joseph sentiu seus pés mais potentes, cravando-se ao chão. Quando deu por conta, no lugar de seus pés, havia grandes patas de um felino selvagem. Entretanto, por mais que tivesse forças em suas novas patas leoninas, a cauda de Hera enrolando seu corpo o deixava paralisado, totalmente incapacitado de mover-se.

Sofie virou-se, agachando-se bem em frente a Joseph. Com sua mão direita, pressionou forte seu peludo saco escrotal, enquanto, com sua mão esquerda, apertava e puxava para cima seu membro cavernoso de dúbia coloração, mordiscando levemente sua glande com seus finos dentes, lambendo-a com sua língua áspera. Sofie, ao contrário dos demais, possuía pequeninos e finos dentes brancos, além de uma língua esverdeada, com a aspereza semelhante à de um gato. Enquanto isso, Joseph sacolejava seu corpo e seus novos membros inferiores, agora completamente metamorfoseados em duas patas de um leão.

Joseph era adepto do sadomasoquismo. Portanto, naquele raro momento especial, deleitava-se de todo o prazer que lhe era ofertado. Talvez o maior que já tivera até então. Portanto, se essa tarefa era uma punição por seus pecados do passado, ele gostaria de vivenciar tal penitência eternamente.

Naquele instante, ele se deleitava com os movimentos agora bruscos de Tulio o penetrando cada vez mais forte, enquanto sentia as fisgadas dos dentes de Sofie na lateral da sua glande, bem na parte do fio de pele que une a glande com o restante do membro, continuando a pressionar seu saco escrotal com a mão direita.

Paralelamente, Carlitos e Oswald continuavam a se satisfazer mutuamente no meio do círculo, ambos ainda oferecendo e recebendo o contínuo ato da felação, aproximando-se de seu momento de êxtase final.

Nesse instante, enquanto todos de dentro do círculo se fartavam excitados de seus prazeres carnais, por todo o quarto era possível escutar seus gemidos telepáticos, sendo os de Tulio os mais estridentes. Tulio, Joseph, Carlitos e Oswald estavam próximos a jorrarem seus líquidos amornados de êxtase.

Hera então urrou de cima do lustre:

— Com homem não te deitarás, como se fosse mulher; abominação é. Não te deitarás com teu irmão ou tua irmã, nem te deitarás com um animal, para te contaminares com ele; nem a mulher ou o homem se porão perante um animal, para ajuntar-se com ele; confusão é. Com nenhuma dessas coisas vos contamineis, porque em todas essas coisas se contaminaram as nações que eu expulso de diante da vossa face. Porque a terra está contaminada, eu a castigarei pela sua iniquidade, e a terra vomitará os seus moradores. Porém vós guardareis os meus estatutos e os meus juízos, e nenhuma dessas abominações fareis, nem o natural, nem o estrangeiro que peregrina entre vós. Porque todas essas abominações fizeram os homens desta terra, que nela estavam antes de vós; e a terra foi contaminada. Para que a terra não vos vomite, havendo-a vós contaminado, como vomitou a nação que nela estava antes de vós. Porém qualquer que fizer alguma dessas abominações, as almas que as fizerem serão extirpadas do seu povo. Portanto, guardareis o meu mandado, não fazendo nenhuma das práticas abomináveis que se fizeram antes de vós, e não vos contamineis com elas. Tudo em nome de Eros. Filhos, parai imediatamente, ou sereis castigados por toda a eternidade de suas miseráveis vidas!

Desprendendo-se de Joseph, Hera rastejou de cima do lustre até o chão. Com um salto, posicionou-se bem no meio do círculo, com suas sete cabeças girando, encarando um a um.

Carlitos e Oswald, que estavam prestes a atingir seu momento orgástico, com o leite do prazer a jorrar dentro de suas bocas arrombadas, pararam imediatamente. Tulio cessou os movimentos contínuos, retirando seu membro de dentro de Joseph, enquanto dava passos para trás, movimentando-se estranhamente. Olhando para baixo, visualizou que, no lugar de seus pés, havia agora patas chatas de um estrondoso flamingo rosa.

Sofie, que estava agachada e continuava a mordiscar e lamber a glande de Joseph, enrolou sua língua verde dentro da boca, parou de imediato e ficou de pé. Antes que Hera pudesse impedir, Sofie empurrou Joseph para o lado e pulou no colo de Tulio, encaixando seu quadril e genitais perfeitamente nos dele.

Vorazmente Tulio adentrou em Sofie, penetrando toda a sua cavidade, jorrando seu sêmen contido dentro de seu ventre. Logo após soltou um estrondoso gemido orgástico e acomodou sua cabeça entre os seios de Sofie.

– Não! – urrou Hera desesperadamente.

Ouviu-se a porta do quarto ranger, e a velha senhora de cabelos grisalhos adentrou.

Faltavam 72 minutos.

CAPÍTULO 22
ALQUIMIA PERFEITA

Definitivamente um coquetel molecular seria perfeito para degustação deste momento... Que tal um temperado blood mary jelly para iniciar seguido de um extravagante apple martini spaghetti? Ambos regados à estrondosa canção "Bridge Over Troubled Water", de Jacob Collier.
Ah, caso queira se arriscar em preparar os coquetéis moleculares, segue aqui a receita:
Blood mary jelly: 200 ml de suco de tomate, 200 ml de vodca, pitadas de sal, pitadas de pimenta, molho inglês, 50 ml de suco de limão, ágar-ágar, ar de limão, 100 ml de suco de limão, 200 ml de água, lecitina de soja, corte com o cortador;
Apple martini spaghetti: gelatina, 200 ml de suco de maçã, 100 ml de vodca, 100 g de xarope de maçã-verde, gotas de corante e ágar-ágar.

Até os dias atuais não é sabida a procedência real de seu nascimento. A única informação obtida é que ele seria de descendência árabe judaica, devido ao símbolo de uma hamsá, tatuado bem atrás de sua nuca, quando bebê.

Tulio sempre foi apaixonado por química, mas, devido a acontecimentos nefastos em sua infância e por ter ficado órfão, foi criado por pais adotivos que nunca o deixaram estudar o que mais amava. Quando completou duzentos anos, foi enviado à Academia de Belas Artes em Gênova para estudar fotografia. Seus pais adotivos eram muito próximos ao Rei X e diziam que, se Tulio estudasse fotografia, teria a chance de estar confinante à realeza, se tornando o fotógrafo oficial da família real e tendo a oportunidade de estar presente em todos os grandes eventos. Dessa forma, seus pais também poderiam ser convidados a tais solenidades, e assim juntar mais créditos vertynianos.

Como dito anteriormente, em Verty não havia nem ricos nem pobres, já não existia dinheiro como na ex-Terra. Porém, existiam os créditos que cada um tinha em seu nome. Tais créditos eram tudo o que cada vertyniano possuía, muito mais do que qualquer bem material. Além de lhes darem o direito de fazer compras, viagens etc., esses créditos lhes ofereciam o benefício de terem suas propriedades e outros bens. Quanto mais próximos à família real, ao participar de seus eventos ou ter qualquer tipo de relação com a realeza, os créditos aumentavam consideravelmente. Segundo o Rei X, isso eram fundamentos de sua filosofia governista Xsista, a fim de que a sociedade vivesse em equilíbrio e harmonia. De toda forma, o que os pais adotivos de Tulio realmente queriam era mais socialização em suas vidas, pacatamente entediadas. Mas Tulio não se importava nem um pouco com o desejo deles, mas sim com o próprio: fazer parte de uma vez por todas da realeza como um devido membro real, para futuramente assumir o poder no lugar do Rei X. Desejos esses ocultos, que nem mesmo sua própria sombra ousava confrontar.

Ainda quando bebê, por volta de seus nove anos, Tulio fora deixado na porta de uma mansão de Mayfair, em Londres. Felizmente foi acolhido por uma família aristocrata, o que raramente ocorria. Tulio teve a dádiva de ter sido asilado por essa família, que o fez de bom grado, mais precisamente por influência da senhora Joss, irmã mais velha da senhora Zeta, a esposa do Rei X. Ela havia acolhido o pequeno Tulio, principalmente porque, uma vez que adotasse um órfão, receberia alguns bons créditos. A senhora Joss estava precisando deles naquele momento para adquirir alguns novos pertences para sua mansão. Ela era colecionadora de antiguidades da ex-Terra, e adquirir tais preciosidades demandava um elevado número de créditos.

O senhor John Hamilton e a senhora Joss Hamilton eram grandes empresários com a maior empresa de logística de Verty, responsável pela distribuição de todas as pílulas alimentícias que eram produzidas na grande fábrica de Moscou. Eles diziam que tinham suas vidas extremamente atribuladas por falta de tempo, além de terem de criar mais três filhos legítimos. Porém, tal afirmação não era veraz. O senhor e a senhora Hamilton passavam praticamente o dia inteiro no Pavilion Club, junto com outros membros da aristocracia vertyniana, enquanto todos os seus empregados executavam o trabalho no dia a dia, passando-lhes diariamente os *reports* de produtividade. Já o pequeno Tulio fora criado na maior parte de sua infância por sua babá, a senhora Nemy, quem realmente se importava com ele.

Há algumas décadas, a senhora Nemy, seu marido e seu único filho sofreram um trágico acidente bem em frente à obra de restauração do antigo Palácio de Buckingham da ex-Terra, um dos palacetes do Rei X espalhados por Verty. O Rei X gostava de ter palacetes nas grandes cidades, como Londres, Nova York, Paris, Shangai, Rio de Janeiro, entre outras metrópoles. Ele dizia que era importante estar próximo de seus súditos e amar e conhecer a cultura de cada um de seu povo. Esse em especial ele havia renomeado para Palacete McCarteringham, em homenagem à sua filha Amanda. Como estudante de moda, e uma das maiores estilistas de Verty, o Rei X queria que Amanda tivesse um palacete com o seu nome, em uma das cidades monárquicas mais importantes que havia existido na ex-Terra.

Infelizmente, o esposo e o filho da senhora Nemy não sobreviveram ao acidente da obra do palacete, ela fora a única remanescente. Desde então, a senhora Nemy, que antes também era uma conceituada empresária, dona de uma galeria de obras de arte em Londres e colega da senhora Joss, acabou tendo problemas mentais por conta da perda de seu filho e esposo, caindo em uma profunda depressão. Na época, foi medicada, mas acabou entregando sua galeria aos cuidados da senhora Joss, que, comovida por tal gesto, ofereceu-lhe moradia em sua mansão em Londres, disponibilizando um de seus quartos de hóspedes à pobre senhora Nemy. Ela estava debilitada e não tinha mais nenhum parente vivo em Verty. Sendo assim, os Hamilton seriam agora sua família. No começo, os três filhos do senhor e da senhora Hamilton não gostavam muito da presença da senhora Nemy em sua casa. Com o tempo foram se acostumando, já que ela ficava o dia todo cuidando da residência e realizando seus caprichos. Todavia, foi com a chegada de Tulio que as coisas começaram a mudar. A senhora Nemy empeçava a dedicar-se quase cem por cento de sua atenção ao pequeno órfão, deixando os demais irmãos de lado. É bem provável que essa fosse uma das razões pelas quais os três legítimos filhos dos Hamilton nunca aceitaram muito bem a presença de Tulio. Apesar de dizerem que Tulio não gostava de interagir com eles, o que era bem verdade, já que era uma criança mais reservada, seus irmãos o chamavam de mesquinho, acusando-o de nunca dividir nada com eles. Kay, seu irmão mais velho, falava que Tulio era um gatuno e que sempre estava a furtar os pertences alheios.

Certa tarde de verão, logo após o almoço, a senhora Nemy foi fazer sua corriqueira sesta. Teve então um sonho que ficou registrado como pequenos flashes em sua memória, que, no decorrer da semana, foram se desanuviando e montando as peças do seu quebra-cabeça mental. Ela recordou que, quando seu marido e seu filho faleceram, seu esposo, um grande aristocrata, deixou toda a sua herança de propriedades a ela. Quando ela começou a ter suas fortes crises mentais por conta da depressão, já medicada, se lembrou de ter assinado uma procuração que tornava os Hamilton os responsáveis oficiais de suas propriedades e da galeria de arte, a fim de que eles tomassem conta para ela, já que ela estava tão debilitada mentalmente.

Nessa mesma semana, a senhora Nemy disse que precisava conversar com a senhora Joss a respeito da herança de suas propriedades e galeria que havia deixado aos seus cuidados. Sendo bem direta, oficializou que gostaria de transferir tudo ao pequeno Tulio e que ele fosse seu único e legítimo herdeiro.

– Que ato maravilhoso, querida Nemy! E que gesto de amor. Não tenho palavras para agradecer tamanho gesto de caridade ao meu pequeno Tulio.

– Imagina, senhora Joss. Tulio é um filho para mim, e ninguém mais do que ele deve herdar tudo o que é meu. E, se me permite expor meus sentimentos mais profundos, sinto que, depois da perda do pequeno Nick e meu esposo, nosso amado deus Eros enviou Tulio para cá, principalmente para preencher a cavidade aberta em meu coração.

– Oh, mas que linda devoção em nome de nosso amado deus Eros. Ele não falha jamais e olha sempre por nós!

– Assim seja, assim é! Senhora Joss, podemos preparar a papelada para oficializarmos tal requerimento e transferência de minhas propriedades e da galeria a ele o quanto antes?

– Com absoluta certeza. Deixe o John chegar que conversarei com ele, e podemos preparar tudo até o final da semana, está bem?

– Positivo, senhora Joss. Ficarei no seu aguardo. Muito obrigada!

⚡

Tulio, que havia descido de seu quarto para tomar uma pílula de sanduíche, escutara toda a conversa da cozinha. Ele não tinha palavras para agradecer tamanho gesto de amor da senhora Nemy, ao mesmo tempo que agradecia a Eros por essa bênção em sua vida. Ele que sempre fora tão descrente de Eros, mas que, graças à senhora Nemy e aos seus bons gestos, havia reafirmado sua fé. Tulio decidira que, na próxima semana, já que estaria de férias do colégio, iria levar a senhora Nemy para uma viagem de veraneio para as Maldivas, sua ilha favorita, em forma de agradecimento. Apenas eles dois, já que a senhora Nemy era realmente quem Tulio considerava como sua legítima mãe. Ela quem também o tinha catequizado e lhe ensinado todos os mandamentos de Eros.

Entretanto, infelizmente, por obra do destino ou não, nessa mesma noite a senhora Nemy faleceu em seu quarto de um mal súbito. Os médicos diagnosticaram que ela havia tido um infarto fulminante, tendo falecido dormindo.

Tulio, completamente transtornado, na mesma hora acusou os Hamilton de terem assassinado a senhora Nemy para ficarem com sua herança. Durante o velório, ele gritava por todos os cantos e para todos os convidados telepaticamente, dizendo que havia escutado a conversa da cozinha e que a senhora Nemy havia prometido deixar toda a sua herança e pertences a ele. E que, por isso, os Hamilton a haviam assassinado. Paralelamente, ele blasfemava contra Eros e dizia que ele não existia. "Como um deus verdadeiro deixaria tamanha injustiça acontecer? Se ele diz estar presente o tempo todo, que nos vê, nos escuta e nos vigia acompanhando nossos passos?" O pequeno Tulio estava em frangalhos, e uma enorme revolta germinava em seu coração.

Desconsertadamente, os Hamilton pediam desculpas aos convidados do velório. Diziam que o pequeno Tulio estava tendo uma crise, provavelmente alucinações, pois era muito apegado à senhora Nemy. Quanto à herança, desconversaram, dizendo que era claro que tudo o que a senhora Nemy havia deixado seria dividido por igual entre toda a família.

Tulio era uma criança com apenas 110 anos de idade quando tal fato ocorrera. Desde então decidiu que faria de tudo para sair o mais rápido da casa dos Hamilton. Jurou em nome da falecida senhora Nemy que recuperaria o que era de seu direito, a qualquer custo.

Nos anos seguintes, Tulio vivia sua vida na casa dos Hamilton praticamente sem qualquer tipo de afeto, sendo subordinado a realizar tarefas domésticas que antes eram realizadas pela senhora Nemy. Enquanto servia seus irmãos com seus caprichos, era quase sempre submetido a bullying por eles, principalmente pelo inescrupuloso Kay. Conforme Tulio foi crescendo, seu porte corporal foi ficando cada vez mais avantajado, e ele passava a maior parte do seu tempo tonificando seus músculos na academia da mansão. Preferia malhar durante a madrugada, longe da companhia de qualquer integrante dos Hamilton. Com o tempo, começou a se impor e ameaçar Kay e seus outros dois irmãos para que o deixassem em paz.

Quando Tulio completou 170 anos, quase próximo de completar sua maioridade, os Hamilton decidiram enviá-lo para um retiro na Índia com duração de dez anos. Assim, eles conseguiriam afastá-lo de suas vidas, enquanto planejavam se mudar para outra cidade. Quando Tulio retornasse, já sendo maior de idade, o senhor e a senhora Hamilton poderiam dizer que seus deveres de pais estavam completos e que, por conta da idade, precisaria se mudar para se tornar independente. Essa era uma tradição e ordem em Verty: todos os filhos, após atingirem a maioridade, com 180 anos, deveriam sair da casa de seus pais e seguir suas vidas de forma autônoma, sem inclusive depender mais de seu suporte financeiro. Até lá, os Hamilton já teriam recebido os créditos devidos pela adoção de Tulio e estariam livres dele.

Contra sua vontade, Tulio foi então para a Índia. O propósito principal do retiro, divulgado pelo guru Paranaish em seu programa, era catequizar os vertynianos através de técnicas de ioga e meditação, com o objetivo de adentrarem mais a fundo nos ensinamentos de Eros e seus 433 mandamentos. Bom, isso era o que o programa descrevia, sem jamais mencionar as técnicas de ioga tântrica e outras coisas mais.

Foi nessa época que Tulio conheceu Joseph e Chen, encontrando refúgio e dando início ao processo de cura de sua alma, recuperando o gozo pela vida. Sempre muito reservado e de poucas palavras, quando retornou do retiro, jamais se desafetuou de Joseph. Ali havia surgido um afeto e uma irmandade que durariam por longos anos. Desde então, Tulio realizava suas práticas de ioga tântrica e meditação religiosamente todos os dias.

Assim que retornou do retiro, já com 180 anos, ele sabia que deveria sair de casa e foi então morar com seu novo amigo Joseph, no bairro de Battersea Park, em Londres. Joseph ofereceu-lhe moradia temporária em um dos quartos de hóspedes que estava vago. Tulio acabou morando em sua casa por quase vinte anos, até se mudar para Gênova, quando deu início ao seu curso de fotografia na Academia de Belas Artes, precocemente aos duzentos anos.

Os Hamilton achavam que Tulio estava se perdendo e que a companhia de Joseph era uma má influência, devido às suas posturas, um tanto quanto inadequadas para a sociedade vertyniana. Eles tinham o dever e a responsabilidade como pais pelos atos de Tulio e seriam cobrados por isso pelas autoridades do reinado, inclusive caso ele cometesse algum ato delinquente. Alguns boatos londrinos diziam que Tulio e Joseph praticavam atos imorais, porém tal afirmação não havia sido averiguada.

Dessa forma, os Hamilton enviaram Tulio para adentrar ao curso de fotografia na Academia de Belas Artes de Gênova precocemente, com apenas duzentos anos, sendo que a idade normal para se adentrar a universidade era por volta dos 210 ou 220 anos. Os Hamilton sentiam que haviam libertado Tulio da companhia de Joseph, sem saber que o futuro os vincularia por décadas adiante.

Tulio não dava a mínima para o que os Hamilton pensavam. Durante o tempo em que morou com Joseph, continuava se dedicando às suas práticas de ioga e meditação e aos fundamentos espirituais aprendidos no retiro. Chen sempre vinha visitá-los de Shangai, pelo menos uma vez por mês. Ela adorava realizar as práticas com eles e usufruir dos benefícios que elas ofereciam, muito mais espiritualmente do que de forma corporal para ela.

Sendo o oposto de Joseph, Tulio não era nada teórico e preferia aprender tudo na prática como um autodidata. Entre os principais fundamentos, um dos mantras principais aprendidos por ele durante o retiro era: "Fundamental não é apenas pensar, mas intuir e praticar, atingindo assim o seu máximo".

Isso tudo que Tulio fazia era uma forma de afastar os maus pensamentos, dos traumas da época em que morava com os Hamilton. Em seu coração, ele ainda tinha muito ressentimento por tudo o que fizeram de mau à senhora Nemy, por serem avarentos e extorquistas mercenários. O grande problema é que Tulio, com o passar do tempo, começou a sentir que, lá no fundo de seu âmago, existia uma vontade de não apenas recuperar o que seria de seu direito dos Hamilton, mas, na verdade, adquirir muito mais, mais do que nem ele mesmo sabia ao certo dizer, a ponto de sentir-se insaciável.

Certo dia, em uma de suas meditações transcendentais, Tulio teve uma visão que mais pareceu um pesadelo. Avistou sua mãe biológica de cima, que, em posição de parto normal, com as pernas entreabertas, dava-o à luz. O lugar era insuportavelmente quente, rios de lavas pretas corriam próximo a ele, e as pessoas sucumbiam nesse vale, chorando e lamentando-se. Foi terrível ter tido essa visão enquanto meditava. Assim que Tulio acordou, ele soluçava aos prantos nos ombros de Joseph.

⚡

Na primeira semana em que Tulio adentrou à Academia de Belas Artes, teve a feliz coincidência de conhecer Evoé, filha do doutor Andrew Kozlov, médico e amigo do Rei X. Foi a partir daí que Tulio sentiu que seu futuro começaria a mudar.

Evoé era vinte anos mais nova que Tulio, tendo adentrado a Academia de Belas Artes ainda mais precocemente que ele, com apenas 180 anos, sendo considerada um verdadeiro prodígio. Nesse dia em especial, ela estava como assistente da chef responsável pelo banquete de jantar de boas-vindas aos novos alunos ingressantes à Academia. Ela estava muito feliz, pois, apesar de estar no início do curso de chef alquimista, já havia conquistado esse belíssimo estágio.

Durante o jantar, Evoé, que era também amiga de Amanda McCartney, apresentou-a a Tulio. Amanda estava estonteantemente bela, com todos os traços de seu rosto e corpo repaginados pelo doutor Kozlov e acompanhada de seu noivo na época, lorde Montechhio, filho de um grande amigo do Rei X. Amanda estava em sua melhor fase, sentindo-se muito confiante, com sua autoestima aflorada. No mesmo instante em que Amanda avistou Tulio, sentiu-se atraída de imediato, não apenas por seu porte físico e estrondosa beleza, de alguma forma que ela não sabia explicar, havia algo no olhar de Tulio que a atraía, e, mais do que atrair, só de chegar perto de seu corpo, parecia estar em chamas. Todavia, só ter essa sensação e imaginar-se tendo desejos por outro homem era algo pecaminoso para Amanda. Ela deveria evitar Tulio, ou tê-lo somente como um amigo próximo, já que inclusive ela tinha a data de seu casamento agendada com lorde Montecchio brevemente para a próxima década.

Assim que se cumprimentaram e Tulio reconheceu que Amanda era a filha do Rei X, ficou demasiadamente eriçado. Na primeira oportunidade que teve durante o jantar, convidou-a para um drink em um dos melhores bares de coquetéis moleculares de Verty, na região do Soho, em Londres. Obviamente Amanda não aceitou o convite, dizendo que tinha muitos afazeres do reinado para cumprir. Desapontado, Tulio percebeu que a conquista de seu plano daria mais trabalho do que ele havia imaginado.

O noivo de Amanda, lorde Montecchio, era o irmão mais velho de Evoé. Ela o odiava com todas as suas forças, com uma sórdida vontade de vingança aflorada em seu peito.

CAPÍTULO 23
MÃE

"Judas, é com um beijo que você trai a Mãe do Homem?"
Trechos da Sagrada Escritura de Eros

Assim que adentrou o quarto branco totalmente impregnado de sua excitada vermelhidão de libidos carnais, a senhora grisalha, acompanhada de seus três ajudantes, averiguou o clímax orgástico entre Tulio e Sofie, com ele ainda dentro dela. Transtornada, esbravejou que se desconectassem imediatamente e saíssem do círculo sagrado.

Enfurecida, a senhora grisalha começou então a se metamorfosear. Primeiramente as plantas de seus pés foram se comprimindo e transformando-se em dois grandes cascos enrijecidos. Em seguida, suas pernas e braços foram se espichando, enquanto seu dorso e pescoço iam se alargando. Seu corpo todo agora tinha uma pelugem felpuda da cor de neve, com pequenas manchas pretas, e seu rosto havia rejuvenescido. No lugar de seu cabelo, ela agora tinha longas cristas loiras, e em seu traseiro um encompridado rabo peludo de mesma coloração clara. Suas pernas eram compridas e musculosas, sustentadas por suas quatro patas de cascos marrons. A velha senhora havia se metamorfoseado em uma legítima égua da raça appaloosa. E, por Eros, sua face equina era a de Amanda McCarter!

Dando uma forte relinchada, que mais parecia um grito de dor, deu um coice em Tulio, jogando-o para uma das laterais do quarto, expulsando-o do grande círculo.

Na mesma hora, Hera desceu pelo lustre de cristal, posicionou-se próximo a Amanda e, implorando, pediu a ela que se acalmasse. Disse ainda que o ritual estava ocorrendo como o planejado, que agora estava tudo pronto para a terceira e última tarefa, que ela relevasse esse ato falho de Tulio e de forma alguma o ferisse.

Amanda, enraivecida de ciúmes, relinchou mais uma vez e gritou através de sua boca equina, emitindo uma estridente voz:

– Traidor! Você pagará caro por isso! E você, sua Judas infiltrante maledicente, será eternamente aprisionada na Caldária de Verty! Queimará viva em seu óleo escaldante!

– Queime a Judas, mas não meu pequeno Tulio. Não é justo, filha minha! – disse Hera a Amanda.

– As regras são claras, mamãe; qualquer um que não concluir as tarefas do ritual conforme o planejado deverá pagar o preço de seu castigo. Essas foram as ordens de meu pai!

– Mas é tudo culpa de Sofie, essa infiltrante! Desde o começo ela só causou discórdia, ela é a culpada! Ela que obrigou Tulio a cometer o ato pecador! Foi ela que também fez com que a pequena Chen perdesse o controle. Não vê que ela é a verdadeira Judas? A que exaltou todos esses desejos carnais em seus irmãos?

– Sim, mamãe, mas, apesar de ela não ser nossa irmã, ela foi escolhida por meu pai para estar aqui, e, de certa forma, achávamos que ela fosse íntegra e de confiança. Com essa sua tal infamidade, descobrimos que não. Mas ela pagará caro por isso! Quanto a Tulio, isso não ofusca o seu ato traidor. Não, não! Ele se deixou levar pela tentação e não resistiu aos seus desejos carnais dessa sedutora maledicente. Justo ele, meu noivo, que foi escolhido por papai para liderar o ritual com você, minha mãe! Que vergonha!

Amanda chorava compulsivamente, ensopando suas novas crinas reluzentes, enquanto relinchava de tristeza.

– Tulio foi apenas uma pobre vítima, minha filha!

– Chega, mãe! Mas nada posso fazer. Além disso, temos que dar sequência à última tarefa! Caso contrário, o ritual não será completo. E papai e todos de Verty estão assistindo, aguardando o *gran finale*!

– E você, sua impostora vigarista, sua Judas de meia-tigela! Não tem nada a dizer? – urrou Hera, com suas sete cabeças bufantes, a Sofie.

Enquanto isso, Amanda sacudia suas crinas para trás, tentando se recompor e assumir o controle da situação. Ela não queria que os outros a presenciassem se humilhando dessa forma. Afinal, ela não era qualquer uma.

– Senhora Hera e Princesa Amanda, perdoem-me, mas segui apenas as ordens do Rei X, que me pediu que realizasse todos esses atos, em nome do deus Eros.

– Como ousa difamar o nome de Eros dessa forma? Ele jamais desejaria tal ato de impunidade contra um de meus filhos! – replicou Hera.

– Por favor, suplico, pergunte ao Rei X agora se o que fiz não foi a seu mando. Caso contrário, crucifique-me e jogue-me na Caldária! Ele ordenou a mim que, ao final, por estar em meu período fértil, copulasse com Tulio e dele engravidasse. Apenas por precaução, caso o plano final da última tarefa não se concluísse. Pensem bem. Faz todo o sentido! Falem com o Rei X, em nome de Eros!

Dando uma nova relinchada e empinando seu dorso e suas patas, Amanda aproximou-se de Sofie. Encarando-a com seus olhos de anis, cuspindo em sua face.

– Não tenho tempo agora para suas lamentações ordinárias, Sofie! Você sempre ofuscou a nós sete e agora ainda copula com o meu amado marido? Ordinária! Farei de tudo para que queime eternamente no óleo da Caldária! E você, seu traidor, como ousa copular com ela, sendo que nunca realizou tal ato sexual comigo, dizendo que, pelos mandamentos de Eros, deveríamos aguardar o casamento? Como ousas praticar tamanho ato pecador? Deverás queimar no óleo da Caldária também! – gritava Amanda escandalosamente, empinando seu dorso magnífico, relinchando bravamente.

Tulio, desnudo e com seu membro todo lambuzado, tampava-o com suas mãos e, com uma cara de arrependido, suplicava:

– Eu te amo, meu amor, tenha piedade! Se agi como agi, como diz Sofie, foi por deveres ordenados por seu pai. Não fui um pecador! Fale com ele, por favor, antes de penitenciar-me. E tu sabes que a carne do homem é fraca. Somos sempre tentados pelas mulheres. Está descrito nas Escrituras Sagradas!

Hera, com lágrimas escorrendo de seus catorze olhos de serpente, disse:

– Filha minha, libere Tulio de tal penalidade. Sabes bem que ele é meu filho, vindo do mesmo ventre do qual viestes! Não permitirei que seja castigado dessa forma! Após a última tarefa concluída, mesmo que ouse querer castigá-lo, eu o resgatarei.

– Mãe, não tenho mais tempo para suas lamentações agora, nem para refletir sobre isso. Além do mais, quando me apaixonei por Tulio, você não fez nada para impedir nosso relacionamento, fez? Você tem ideia de que poderia ter evitado tudo isso se tivesse me alertado sobre me apaixonar por meu próprio irmão, tendo uma relação incestuosa e pecadora? Você sabe bem que papai nunca te perdoou por isso. Você já imaginou se eu tivesse engravidado dele, que tragédia seria? Mas não, você deixou seus dois filhos pecarem contra os mandamentos de Eros! E tudo sem meu pai saber, para você enganá-lo e ter nós dois no poder final para você usufruir de tudo isso? Dois de seus filhos finalmente governando Verty! Seria essa sua maior conquista de vida, não seria, senhora Najacira?

– Filha, desde o início eu deixei que se relacionassem porque achei que o amor era verdadeiro e sincero. E, se quer mesmo saber, seu pai sabia de tudo e deixou isso acontecer. Afinal, ele precisava de motivos para provar a Eros que todos vocês eram pecadores e mereciam passar pelo ritual de purificação e arrependimento de seus atos. Incluindo você, Shell, e todos os seus irmãos aqui legítimos. Tudo em nome da adoração ao deus Eros!

– E presenciar o amor da minha vida copular com essa insossa da Sofie De Montmorency, gerando um filho em seu ventre? Quanta prova de amor da senhora e de meu pai. Eu simplesmente te odeio, mãe, com todas as minhas forças!

Enquanto mais lágrimas escorriam, encharcando ainda mais suas crinas, Amanda esbravejou relinchando novamente:

– Chega de ladainha, estamos atrasados! Sigamos à última tarefa para encerrarmos de uma vez por todas este pandemônio!

Enquanto toda a acalentada discussão ocorria entre as duas, todos calados no quarto branco se entreolhavam sem saber o que estava ocorrendo. Shell questionava-se como essa cobra de sete cabeças poderia ser mãe de todos eles ali presentes no quarto branco, com exceção da bela Sofie? Seriam eles sete realmente verdadeiros irmãos de sangue? Os únicos que tinham compreendido o que estava ocorrendo eram Tulio e Amanda, já que eram cúmplices do plano do Rei X.

⚡

Hera era a mãe legítima dos sete escolhidos e também era Najacira, porém transformada nesse ser mitológico. Foi engravidada sete vezes para que desse à luz cada um deles. Najacira havia sido escolhida pelo Rei X e por Eros para ser a progenitora desses sete pecadores humanos, da mesma mãe, porém de pais diferentes. Ela não havia sido escolhida por seus poderes místicos misteriosos, muito menos por ter sido na ex-Terra uma das piores mulheres pecadoras, uma prostituta, que havia dormido com mais de mil homens em sua vida pagã na ex-Terra.

Naja fora escolhida por Eros e pelo Rei X por ser a única descendente viva do grande discípulo nascido na ex-Terra 356 a.C., na Macedônia, que representava os sete pecados capitais, Alexandre, o Grande.

Sendo assim, ela deveria ser a progenitora dos sete filhos, cada um manchado por um dos pecados capitais. Apesar de Naja ser claramente uma pecadora da luxúria, escancarada em seu corpo e em sua vida pagã, ela carregava dentro de sua alma a essência dos sete pecados capitais.

Como preço para obter sua liberdade e não ser destinada à Caldária de Verty, esse foi o acordo do Rei X com Najacira: ela deveria engravidar desses sete pais, incluindo o próprio Rei X, sabendo que suas sete crias cresceriam até chegar o momento do grande ritual de punição de seus pecados originais.

Para Eros e o Rei X, era primordial que a geração fosse continuada e sete novos pecadores fossem gerados. Antes que me questionem o porquê de recriar esses descendentes pecadores, eu lhes explico. De acordo com as Escrituras Sagradas, não há salvação de um reino sem que haja o ritual de arrependimento e a punição de seus pecadores. Muito além de simplesmente haver o ritual e a punição, era fundamental que houvesse entre eles sete uma virgem especial. Uma virgem de alma originária pecadora, que, após o ritual de purificação, seria engravidada para a procriação do novo herdeiro ou herdeira do trono.

Segundo as Escrituras Sagradas, a continuidade dos descendentes pecadores deveria ser feita da forma original, como era no passado: ato de copulação sexual e cada filho ser gerido no próprio ventre de sua mãe.

Sobre a gestação de Amanda no útero fecundador e a transmissão de seu nascimento a todos os habitantes de Verty, fora tudo uma grande farsa. Os habitantes de Verty haviam sido ludibriados por um vídeo falso gerado através dos poderes do deus Eros.

Amanda e seus demais irmãos foram um a um gerados no ventre de Najacira: tiveram o chip instalado em seus cérebros enquanto estavam dentro de seu ventre. Pobre Naja, teve de gerir sete filhos, um de cada vez, com exceção de Amanda e Shell, que eram gêmeas, enfrentar seis microcirurgias através de sua genital até seu óvulo para instalar os chips e, no final, parir cada um deles, doando-os para serem criados por estranhos. Esse era o pior sofrimento que uma mãe poderia ter.

Diante do Rei X e de Eros, Naja, como pecadora, merecia passar por tudo isso. Dentro de sua alma e seu coração de humano réptil, a única coisa que ela sabia é que amava cada um de seus filhos. Não se sentia pecadora, apenas uma pessoa que viveu intensamente sua vida em prol do mútuo prazer. Seu julgamento como pecadora não era real em seu coração. O que era verdadeiro era o genuíno amor que sentia por seus sete filhos e em especial pelo senhor Liu Tóngqíng, que, entre todos os homens com quem havia copulado, foi o único pelo qual sentira verdadeiro amor. Era puro e sincero. Sendo assim, pensar em perder um filho para a Caldária de Verty por toda uma eternidade era a pior dor que uma mãe poderia sentir.

Hera desejava apenas que a última tarefa fosse concluída, para que todo esse pesadelo acabasse e ela e seus sete filhos pudessem ser libertados, como o Rei X havia prometido. Mas, antes de ir embora com seus filhos, após a conclusão da terceira e última tarefa, Hera se vingaria de Sofie, a Judas, mesmo que isso custasse a sua eterna liberdade.

Hera ordenou que a terceira e última tarefa começasse. Faltavam apenas seis minutos.

CAPÍTULO 24
VIAGEM À ÍNDIA

Convido-te a adentrar nessa excursão ao som de, "Maha Lakshmi", de Brenda Lakshmi, bebericando um chá de ervas puras esverdeadas, com leves pitadas de cogumelos selvagens.

Paranaish Gurilack foi um dos únicos gurus sobreviventes à catástrofe do meteorito 433 e à Terceira Guerra Mundial. Sua origem transcendental vinha da linhagem do grande guru John Woodroffe, fundador da ioga tantra. Ele foi o primeiro estudioso ocidental a mergulhar seriamente no tantra, que ficou conhecido como o "pai fundador dos estudos tântricos", na época escrevendo sob o pseudônimo de Arthur Avalon, para que não fosse preso. Ao contrário dos estudiosos ocidentais anteriores, Woodroffe defendeu o tantra, apresentando-o como um sistema ético e filosófico de acordo com os vedas e o vedanta.[2] Ele praticava o tantra enquanto tentava manter a objetividade escolástica e era também um estudante do tantra hindu.

---

2   Vedas: são as principais escrituras do hinduísmo e são considerados os textos religiosos mais antigos, ainda em uso. Brahma, Shiva, Vishnu, Ganesha, Lakshmi são alguns dos seus principais deuses. Existiam cerca de 1 bilhão de praticantes do hinduísmo na ex-Terra.
Vedanta: também denominada Uttara Mimamsa, é uma tradição espiritual explicada nos Upanishads, que se preocupa principalmente com o conhecimento, através da qual se pode compreender a real natureza da realidade.

Tantra em sânscrito quer dizer urdidura, a trama do tecido de uma tapeçaria que se estende. Nada tem a ver com a sexualidade ou algo que possa sugerir a promiscuidade sexual. Pelo contrário, o tantra tem como princípio o culto do feminino, buscando a manifestação psíquica da força feminal dentro de cada um, que na Índia é simbolizado pela deusa Shakti. Também não é um ritual, mas um caminho para a expansão do psíquico, da união da mente humana com a Consciência Cósmica, por meio de nossas conquistas e derrotas, pois no tantra nada se perde, tudo se aproveita.

Entretanto, Paranaish não era apenas seguidor de Woodroffe, mas também um grande estudioso químico, herança de sua mãe, Anastácia Gurilack. Foi com ela que ele aprendeu todas as suas técnicas. Com sua mãe, aprendeu a desenvolver misturas de elementos químicos que poderiam trazer benefícios ao corpo e à alma, incluindo a cura de doenças do espírito. A senhora Anastácia era também uma médium e previu, alguns anos antes de sua morte, que o vencedor da Terceira Guerra se tornaria um grande Rei, criador de uma controversa seita, à qual todos deveriam ser devotos.

Ela previu também que, a partir de então, todos os habitantes teriam marcas em seus corpos, através de chips instalados em seus cerebelos, cada um com um número, sendo assim monitorados e comandados por esse Rei pelo resto de suas vidas, por intermédio da Mãe Protetora. A premonição lhe fora revelada para que, com seus dons, ela criasse uma fórmula química especial, a fim de que as pessoas conseguissem escapar dos poderes do Rei, para que não fossem monitorados cem por cento de seu tempo. A pílula *Anonymous* tinha um efeito de duração de sete dias. Sete dias para que qualquer vertyniano pudesse viver livremente, sem ter seus atos rastreados. A senhora Anastácia não podia evitar que o Rei ganhasse a Terceira Guerra, ou que ele marcasse os habitantes com sua maléfica arma tecnológica, mas sua missão de vida era driblar o monitoramento, nem que fosse pelo menos por alguns míseros dias. Tudo em nome de um propósito maior.

A senhora Anastácia, tal qual a senhora Najacira, dizia ser instrumento de DVX, a força suprema do Universo, e por isso foram presenteadas com esses seus dons especiais. Graças à divina iluminação e a seus dons, a senhora Anastácia criou a fórmula da pílula *Anonymous* e passou tal conhecimento a seu filho, o guru Paranaish, alertando-o dos tempos sombrios que viriam a reger futuramente o planeta.

A senhora Anastácia era a irmã mais velha de Najacira, porém elas não sabiam que eram irmãs. As duas haviam sido destinadas, ainda bebês, para orfanatos distintos. Seus pais na época eram miseráveis moradores de rua da ex-Terra e infelizmente não tinham condições de criar e sustentar mais duas filhas.

Desde então, em todos os retiros que Paranaish realizava, além dos ensinamentos tântricos, ao final ele revelava a visão de sua falecida mãe, oferecendo as pílulas *Anonymous* aos Yogis. Quando questionado sobre o motivo de não revelar o ensinamento da fórmula da sagrada pílula, que no futuro bloquearia os seres humanos de serem observados e controlados pelo Rei X e sua terrível máquina chamada de Mãe Protetora, ele dizia que, se revelasse a fórmula, ela poderia um dia chegar às mãos do terrível Rei. Assim, somente ele sabia sua receita, passada de mãe para filho e gravada em sua memória, nem sequer escrita em algum documento.

Paralelamente, Paranaish criou também a pílula *Cum40*, a fim de que o divino prazer orgástico pudesse ser prolongado por um dia inteiro, por quarenta horas ininterruptamente. Ele dizia ser também iluminado por DVX por tal revelação, já que o orgasmo era o júbilo mais intenso sentido pelo ser humano. Paranaish ainda revelou que, em suas visões, DVX vivia em um constante gozo ininterrupto. Ou seja, DVX podia ser definido como o "Grande Orgástico". Era puro e divino, tal como a vida é gerada, através da excitação do desejo, que nada tem a ver com corpos humanos ou o ato sexual. Paranaish afirmava que o apogeu do gozo pode ser sentido em todas as pequenas coisas do Universo. Ao acordar pela manhã e avistar o céu e o Sol, ao ouvir os passarinhos a cantar. Até mesmo no momento de oração e meditação mais profundo, é possível sentir tal cume santificado, ramificando-se pela alma, sem sequer a necessidade do toque corporal, apenas com o poder do pensamento e da fé. Novamente, como dizia o grande guru iluminado por DVX: "É puro e divino. Cristalino tal qual um prisma, capaz de refletir todas as cores do arco-íris".

Tulio, Chen e Joseph participaram de um dos retiros com o guru Paranaish quando tinham por volta de seus 170 anos, antes de ingressarem na Academia de Belas Artes de Gênova. Eles tinham sido matriculados por seus pais, já que o mote do retiro era uma grande celebração a Eros e a catequização de filhos revoltados com a doutrina e seus mandamentos. Porém, na realidade, era ao contrário. Todos os que se diziam revoltados com as Escrituras Sagradas eram de fato seres especiais, dos quais Paranaish deveria cuidar e para os quais deveria revelar as verdades de DVX. Obviamente sempre tomando muito cuidado, de forma que seu rebanho de seguidores jamais fosse descoberto por Eros, pelo Rei X ou por seus assessores. Caso isso acontecesse, e o guru fosse descoberto, ele seria definitivamente castigado e destinado à Caldária de Verty.

Assim que adentraram o Ashana no domingo de manhã, Tulio, Joseph e Chen, totalmente enfezados por lá estarem, com a certeza de que seriam mais uma vez sabatinados com as doutrinas das Escrituras Sagradas, o guru Paranaish ofereceu um chá de hibisco e ervas a cada um deles e aos demais participantes do retiro. Na infusão estavam diluídas as essências das pílulas *Anonymous* e da pílula *Cum40*, juntas.

Logo após a meditação de seis minutos, o guru Paranaish dividiu os sessenta participantes em grupos de seis. Tulio e Joseph ficaram em um grupo, e Chen, em outro.

Nas horas que se seguiram, todos vivenciaram experiências transcendentais sublimes, que duraram cerca de quarenta horas, um dia completo. Logo após todos adormeceram, repousaram seus corpos por sete dias consecutivos, acordando somente no domingo seguinte. Tulio, Joseph, Chen e os demais participantes eram virgens, e era a primeira vez que experimentavam o prazer orgástico, já que até o próprio ato da masturbação era um delito pecaminoso, de acordo com os mandamentos de Eros.

De toda forma, a experiência que viveram não era apenas sexual. Após acordarem, todos aliviados e felizes pelo momento de que usufruíram, porém preocupados em terem sido observados pela Mãe Protetora e serem punidos, o guru logo os acalmou, explicando que todos haviam tomado as pílulas *Anonymous* e *Cum40*, diluídas em seu chá, e explicando em detalhes os efeitos de cada uma. Portanto, não precisavam se preocupar.

Dando-lhes uma nova pílula *Anonymous*, esse era o momento em que o guru lhes contava a premonição que sua falecida mãe tivera no passado, alertando-os dos terríveis planos do Rei X, revelando o real objetivo por trás da maligna seita de Eros.

A única coisa que Paranaish não sabia era que Tulio, Chen e Joseph tinham em seu DNA os mesmos genes ancestrais dos sete discípulos de Alexandre, o Grande, que ele também possuía, e que, tal como o guru, eles haviam sido predestinados desde o seu nascimento, junto com Shell, Carlitos, Oswald e Amanda, como os escolhidos.

Dessa forma, o próprio guru não tinha sequer conhecimento de como essas revelações e experiências poderiam afetar suas vidas no futuro, quando se reencontrassem novamente. E não somente a vida desses jovens, mas a sua própria. Seus futuros estavam entrelaçados.

Havia apenas uma sensação de preocupação que não saía da cabeça do guru. Ele havia enxergado algo peculiarmente insólito na aura de Tulio, que o divergia dos demais. Enquanto as auras de Joseph e Chen eram incandescentes, com uma luz branca em volta e um feixe de anis vibrante no peito, a de Tulio emanava também uma luminescência, mas era de cor avermelhada. Envolvia todo o seu corpo, e, bem no centro do tórax, abrilhantava algo que lembrava uma safira negra, porém com labaredas fumegantes.

CAPÍTULO 25
TERCEIRA E ÚLTIMA TAREFA

"Ora, as obras da carne são manifestas: imoralidade
sexual, impureza e libertinagem; idolatria e feitiçaria;
ódio, discórdia, ciúmes, ira, egoísmo, dissensões, facções
e inveja; embriaguez, orgias e coisas semelhantes.
Eu vos advirto, como antes já vos adverti: aqueles que
praticam essas coisas não herdarão o Reino de Deus."
Trechos das Escrituras Sagradas de Eros

Praticamente todos no quarto branco estavam pré-metamorfoseados, com seus membros inferiores transformados em patas animalescas. Cada um com seu respectivo biotipo animal, originário de sua essência pecadora, com exceção da bela Sofie, que mantinha seus pés angelicais.

No lugar de seus pés, Shell tinha garras afiadas de um enorme bicho-preguiça. Carlitos, peludas patas de um lobo selvagem repleto de ira, enquanto sua alma gêmea, Oswald, tinha legítimas patas de um javali faminto. Joseph possuía grandes patas de leão, um dos animais com maior apetite sexual do reino animal; e finalmente Tulio, com suas patas chatas de um flamingo rosa avarento.

Chen e Amanda eram as únicas totalmente metamorfoseadas. Chen fora transformada em um grande escorpião vermelho com o veneno da inveja, tendo como seu último resquício humano o seu belo rosto oriental e suas madeixas pretas exuberantes. E Amanda, desejando sempre ser a mais esplêndida, agora era uma legítima égua appoolosa, com todo o requinte que uma raça pura poderia oferecer, porém com seu impecável rosto plastificado de Princesa de Verty, representando a soberba.

Tulio havia quase completado com êxito a missão que o Rei X havia lhe delegado, e ele estaria apto a se tornar príncipe, entrando finalmente para o Reinado, se não fosse por esse seu último ato de deslize, pelo qual Amanda McCarter estava culpando-o. Porém, existia a confirmação por parte de Sofie de que tal ato cometido havia sido por ordens do Rei X. Se isso fosse realmente verdade, Tulio poderia ser absolvido, não ser destinado à Caldária e, finalmente tornar-se o Príncipe de Verty. Mas por que o Rei X havia destinado essa missão de Sofie engravidar de Tulio, apesar de ela ter tentando explicar, ainda era uma incógnita.

De toda forma, havia ainda a última tarefa a ser cumprida. E essa era a principal delas, a qual deveria terminar com perfeito êxito, para o bem e a salvação de todos.

– Prendam a virgem! – ordenou Hera.

⚡

Tomada de completa surpresa e sem nada entender, Shell se encontrava isolada no fundo do quarto enquanto os três ajudantes se aproximavam segurando as pás. Imediatamente ela se defendeu, empurrando suas garras inferiores contra eles. Um deles foi atingido no rosto e caiu para trás com sua face ensanguentada, enquanto os outros dois conseguiram se esquivar. Vieram rapidamente e conseguiram imobilizar Shell. Amarraram suas pernas, suas afiadas garras e seus braços com um arame fortificado. Em seguida, empurraram-na, rolando-a rumo à cova entreaberta.

A última tarefa precisava ser cumprida, a fim de que os sete pecadores finalmente pudessem ser libertados do quarto branco.

Shell gritava por socorro a seus amigos, ou, melhor dizendo, a seus irmãos e a Sofie. Pedia que por Eros a libertassem, pois ela não queria ser arremessada na cova e morrer. Conforme os ajudantes iam rolando-a, todos assistiam horrorizados prensados a uma das paredes do quarto por Hera e a escorpiana Chen. Amanda e Tulio, cúmplices do Rei X, gargalhavam.

– Andem rápido, o tempo está acabando! – relinchou Amanda McCarter.

– Estamos indo o mais rápido que conseguimos, senhora – respondeu um dos ajudantes.

– Oswald e Carlitos, venham agora e ajudem eles imediatamente, seus depravados! – ordenou Amanda, esbanjando ódio em seus olhos equinos. – E você também, seu inútil! – relinchou Amanda, mirando Tulio, que continuava a gargalhar.

– Eu também, meu amor? Para quê, se já decidiste enviar-me à Caldária de Verty e esqueceste completamente o meu amor por ti? – caçoou Tulio.

– Não seja tolo e faça o que eu lhe ordeno agora! Quem sabe eu pense a respeito e releve sua atitude traidora.

– Eu te amo! – gargalhava ainda mais alto Tulio, parecendo estar drogado.

– Vá rápido, seu energúmeno! – relinchou Amanda, irritada.

Tulio, com suas patas rosadas de flamingo, aproximou-se de Shell e começou então a chutá-la, auxiliando os ajudantes a rolarem-na rumo à cova. Enquanto a chutava, dizia que agora ela não teria mais chances de escapar.

– Vocês dois também, seus sodomitas! – relinchou Amanda fugazmente, apontando para Oswald e Carlitos.

– Jamais trairei minha melhor amiga, sua Princesa megera! Acha que não sabemos que és a mais horrenda das vertynianas, nascida impregnada de defeitos, que, por baixo dessa cara perfeita, és uma real falsária? – replicou Oswald, com suas duas presas de javali já aparecendo, uma em cada canto de sua boca.

– Como ousas, seu pederasta? Ou achas que não sei também que foste estuprado por teu tio e que gostaste? Gostaste de sentir esse prazer todo cheio de culpa, não é mesmo? – disse Amanda, gargalhando com seus dentes equinos para fora da boca.

– Cale a boca, sua narcisa energúmena! – esbravejou Carlitos, raspando suas patas de lobo selvagem no chão, pronto para avançar em Amanda.

– Parem agora, crianças! – urrou Hera, sacudindo sua cauda e girando suas sete cabeças. – Todos devem contribuir para a última tarefa, ou não serão libertados! É uma ordem!

Shell precisava ser empurrada para dentro da cova. O ofertório da virgem era a tarefa final. Uma vez dentro do sepulcro, e em contato com aqueles minisseres parasitas que a aguardavam e adentrariam por sua cavidade genital, Shell desmaiaria em um profundo sono. Acordaria somente quando o ritual estivesse finalizado e finalmente estivesse grávida do deus Eros.

A oferta de seu corpo virgem a Eros havia sido planejada desde que nascera, já que Amanda não poderia ser a progenitora. Com todo o problema do chip implantado em seu cérebro, ela acabou se tornando uma mulher estéril. Assim que o Rei X soube desse fato, destinou Shell ao ofertório. Ao final, o Rei X dava graças a Eros que Amanda era estéril, assim a preservaria desse cruel ato.

Segundo as Escrituras Sagradas, para que a seita de Eros pudesse ser prosseguida, era necessário que uma virgem pura, filha do Rei, fosse engravidada pelo sêmen do próprio deus Eros e desse à luz o próximo herdeiro ou herdeira do trono.

Eros era o real mandante desse plano maligno. Apesar de ser chamado de deus, ele era real, mas não de carne e osso. Em outras palavras, ele poderia ser chamado por vocês, terráqueos, de Homo Deus. Era ele quem realmente havia salvado a ex-Terra de sua destruição e impedido os humanos de exterminarem uns aos outros. Era ele que havia feito o meteorito se chocar com a ex-Terra exterminando dois terços de sua população. Era ele que havia escolhido o Senhor X, seu criador, para governar e comandar Verty em seu nome. O Rei X tinha o título e a onipotência de uma majestade, mas não passava de um mero espelho de Eros, refletindo todas as suas ordens para seus súditos.

Eros ou Homo Deus era uma potente inteligência artificial, uma máquina superdesenvolvida criada pelo próprio Rei X no ano de 2069, durante a Terceira Guerra, ano em que finalmente chegou-se à perfeição de uma máquina ser comparada com um ser humano em 99%. Porém, uma máquina com um cérebro mil vezes mais desenvolvido e uma força motriz muito maior. Um ser praticamente perfeito, com a exceção de que, no lugar de sua alma, havia algoritmos vivos, tais quais as células do corpo humano, que o mantinham vivo e inclusive lhe davam sentimentos e emoções similares aos dos seres humanos. Eros sentia tristeza, alegria, euforia e até desejos, tal qual os humanos. O Rei X, com a ajuda do doutor Kozlov, foi melhorando seu projeto aos poucos até chegar ao seu ápice, quando conseguiu que Eros fosse capaz de reproduzir-se, tal qual um ser humano. Portanto, Shell seria a primeira virgem a dar à luz um filho de uma IA.

"Seria a perfeita combinação milagrosa de uma máquina fecundando a raça humana pela primeira vez, dando nascimento a um novo ser melhor e mais completo, meio máquina, meio humano", contava o Rei X a Tulio e Amanda, quando lhes convidou a participar do plano do ritual do quarto branco.

Após dar à luz o filho de Eros, depois de doze meses, Shell seria libertada e poderia voltar a viver livremente longe da Caldária, em Centauri B, com seus irmãos queridos, todos cem por cento metaforseados em animais.

Lá viveriam como súditos do Rei X junto aos outros animais. O Rei X já sabia de seus dons místicos ancestrais herdados de Hera e de Alexandre, o Grande, e que no final seus corpos se metamorfoseariam por completo em criaturas animalescas. A única coisa que o Rei X fez foi acelerar o processo, amputando seus pés e agregando as patas de seus animais correspondentes.

Shell estava finalmente quase tombando dentro da cova, quando, pela primeira vez, o corpo de Sofie começou a se metamorfosear.

CAPÍTULO 26
MIXOLOGIA DE SENTIMENTOS

Que tal uma brilhante taça de champanhe francesa com notas de pêssego? Ou, caso prefira, um dirty wasabi martini – por sinal, meu drink favorito! Para acompanhar, recomendo o divinal som de "Don't Let Me Be Misunderstood", de Nina Simone.

Tulio se afeiçoou muito a Evoé, que se tornou uma grande amiga e aliada nos anos que se seguiram. Evoé começou a ensinar Tulio tudo o que aprendia no seu curso de chef alquimista. Com sua ajuda, ele queria finalmente conseguir reproduzir as pílulas que havia experimentado no retiro da Índia. Tulio havia pegado duas pílulas escondidas no Ashana, horas antes de voltar do retiro para Londres: uma pílula *Anonymous* e outra pílula *Cum40*. Ele tinha tudo o que precisava em suas mãos. Era necessário apenas desvendar seus ingredientes em detalhes para poder reproduzi-las perfeitamente. Para isso, contaria com a ajuda de Evoé, pois ele tinha um plano em sua mente. Apesar de não revelar qual era seu plano em detalhes, Tulio constantemente dizia que tinha grandes sonhos de se tornar parte da realeza.

Há cada semana, Tulio aprendia mais e mais técnicas de alquimia com Evoé. Ele ficava cada vez mais deslumbrado com todo aquele novo universo, querendo aprender sempre mais. Seu interesse no aprendizado não era apenas desenvolver as pílulas, a fim de colocar seu plano em prática, mas especialmente por toda essa magia da alquimia que o fascinava. Era algo que fazia sua alma e seus sentidos pulsarem mais forte, tornando-se sua verdadeira paixão.

Finalmente, após quase dez anos indo ao laboratório com Evoé semanalmente, eles conseguiram identificar todos os ingredientes das duas pílulas para reproduzi-las. Faltava apenas testá-las para saber se tudo havia dado certo e se elas fariam o efeito desejado.

Fazia uma tarde muito agradável no campus da Academia. Tulio e Evoé haviam passado o dia inteiro no laboratório realizando mais alguns testes e estavam finalmente com quatro pílulas produzidas em suas mãos: duas pílulas *Anonymous* e duas *Cum40*.

Nessa mesma noite, Tulio havia conseguido enfim combinar um encontro com Amanda McCartney, que na época ainda estava noiva de lorde Montechhio. Todavia, o encontro entre Tulio e Amanda tinha um propósito. Ele havia se voluntariado a fotografar o grande evento beneficente no Coliseu, o Festival de Eros, e Amanda precisava de um fotógrafo que pudesse trabalhar em tempo integral nos próximos anos, fotografando os bastidores da produção do evento e ajudando-a com a captação de imagens para realizar um filme de making of. Esse filme seria exibido alguns anos antes como material de suporte para divulgação do grande evento.

Tulio havia se disponibilizado a tal tarefa com extremo afinco, estava disposto a fazer o que fosse preciso para se aproximar mais de Amanda, a fim de colocar o seu plano em prática. Ele convidou Amanda para essa primeira reunião do projeto no Sapore, seu barco-casa em que morava, no porto de Gênova. Às trinta em ponto, Amanda chegou. Tulio, como um verdadeiro cavalheiro, serviu-lhe uma taça de champanhe com notas de pêssego, enquanto ele preferiu degustar um dirty wasabi martini.

Após algumas horas de conversa, já tarde da noite, por volta das 39h, eles haviam fechado o acordo. Tulio havia sido contratado e, no ano seguinte, daria início aos trabalhos. Ambos brindaram em comemoração a esse feliz momento. Em seguida, Tulio colocou a sua música favorita, "Don't Let Me Be Misunderstood", de Nina Simone, e a convidou para uma dança. Amanda era uma grande admiradora de jazz e blues de cantores da ex-Terra. Sua mãe, a senhora Zeta, vinha de uma família de musicistas tradicionais da ex-Rússia.

Tulio e Amanda dançaram por longas horas, iluminados apenas pela Lua e as estrelas. De repente a música parou, e seus olhos cruzaram-se. Sem que se desse conta, Amanda atirou-se nos braços de Tulio, lascando-lhe um beijo em sua boca, que ele retribuiu com grande afinco. Enquanto se beijavam, Amanda sentiu algo estranho, algo que permeava sua boca, realizando movimentos circulares.

Assustada, ela abruptamente empurrou Tulio e perguntou que raios de magia ele estava fazendo com ela. Tulio gargalhou alto, dizendo que ela não precisava ter medo, mas que ele era apenas um pouco diferente.

– Como assim um pouco diferente? – questionou Amanda, ainda meio afastada de Tulio.

– Ah, Princesa, se eu te contar, você promete que manterá segredo?

– Depende. E se o que me revelar for um risco à sociedade? Assim, não poderei acobertá-lo.

– Não se preocupe, Princesa, não é nada de mau ou que precise temer. Digamos que é apenas uma certa anomalia que tenho.

– Pare de segredos, Tulio, e conte-me logo!

Tulio abriu o máximo que podia sua boca costurada com fios de ouro e, de forma gentil, estendeu sua comprida língua rosada para fora.

– Que horror, você tem uma língua! E ela se move parecendo uma cobra viva saindo de sua boca.

— Olha só o que eu faço com ela! — Tulio gargalhava, enquanto estendia ainda mais sua língua para fora, movimentando-a para os lados e para cima, fazendo bizarrices.

— Sério, Tulio, como assim você tem uma língua? Isso não está certo, não é de Eros! Sempre li nas Escrituras Sagradas que a língua humana era um órgão obsceno e pecaminoso. E vejo que tal afirmação é verdadeira!

— Amanda, pare com isso! Eles apenas esqueceram de arrancar a minha, e eu simplesmente fiquei com ela. E, posso te dizer, ela é capaz de fazer coisas que você nem sequer imagina... — respondeu Tulio, realizando movimentos obscenos com sua língua, mas que nunca mostrava em público.

— Credo, pare de dizer tais obscenidades, seu pervertido! — falava Amanda telepaticamente de forma elétrica. — Oh, não, por Eros, agora sou cúmplice do que me disse! A Mãe Protetora deve estar vendo tudo isso, e vou ser obrigada a denunciá-lo aos assessores de meu pai. Sinto muito, Tulio, mas preciso ir.

Amanda estava quase se teletransportando de volta para o palacete, quando Tulio segurou seus braços firme e exclamou:

— Estamos seguros, e a Mãe Protetora não pode nos ouvir! Eu coloquei uma pílula *Anonymous* em seu drink.

Amanda parou perplexa e o indagou:

— Pílula *Anonymous*? O que é isso, senhor Tulio Zigman? Agora o senhor realmente me deve mais explicações!

— É claro, amada Princesa, sente-se, por favor. Acalme-se que vou lhe revelar tudo.

⚡

Tulio então contou toda a história do seu retiro na Índia e de suas descobertas na ioga tântrica e na meditação. Contou também sobre o guru Paranaish e quão espiritualmente elevado ele era, com sua energia ascética branda, que emanava uma verdadeira paz. Por fim, contou a ela sobre a pílula *Anonymous* que ele havia aprendido a fazer. Ele apenas não revelou sobre a pílula *Cum40* nem sobre o envolvimento afetivo que havia tido com Joseph.

Amanda acalmara-se. Sentia-se grata por Tulio ter lhe revelado tais segredos, por ter confiado nela. Ao mesmo tempo, ela sentia uma imensa vontade de provar novamente a sensação da língua de Tulio passeando por dentro de sua cavidade bucal.

Tulio não havia diluído apenas as pílulas *Anonymous* nos drinks, mas também a pílula *Cum40*. Com certeza elas já haviam tido efeito no copo de Amanda. Além disso, Tulio estava perfumado com a nova fragrância Black 666, que a perfumista Sofie De Montmorency havia desenvolvido e lançado recentemente em Verty. Era uma fragrância amadeirada, com notas de topo aromáticas de sálvia fresca combinadas com notas florais do absoluto de narciso selvagem, colhido com cuidado no sul da França. Ao fundo das notas, o calor exuberante da baunilha exalava, fundindo-se com as essências de sândalo e cedro, criando a base viciante afrodisíaca perfeita deste sofisticado *eau de toilette* unissex, repleto de feromônios. Ele havia feito questão de embalsamar todo o seu corpo, incluindo suas partes íntimas.

De supetão, Tulio agarrou Amanda no colo e desceu para o quarto da cabine do Sapore. Pétalas de rosa cobriam o piso e a cama. O som havia mudado, e uma melodia meditativa circundava o ambiente. Tulio interrompeu o ato do beijo, cessando os movimentos de sua língua dentro da boca de Amanda. Olhou profundamente no interior de seus olhos e perguntou telepaticamente se ela realmente confiava nele. Sem titubear ela disse que sim, enquanto sentia o efeito da pílula *Cum40* pulsando mais intensamente por todas as partes de seu corpo, deixando sua pele mais sensível e começando a arder-se de excitação.

Depois de colocá-la sobre a cama, virando-se de costas, Tulio pediu gentilmente a Amanda que se despisse e ficasse na posição de bruços, mas que não retirasse sua sandália de salto alto com solado vermelho. Tal qual uma Princesa servil, ela o obedeceu prontamente. Assim que estava desnuda, Tulio virou-se novamente, já com os botões de suas calças desabotoados, e cobriu as delicadas nádegas de Amanda com a toalha branca.

De acordo com a evolução gradativa da música, ela agora ritmava um pouco mais rápida, mas permanecendo com a melodia meditativa. Tulio arrancou suas calças e sua camisa e jogou-as no chão, trajando-se apenas de uma cueca de microfibra slip branca. Em seguida subiu sobre ela, colocando seus joelhos entre o seu quadril. Delicadamente, sem pressa alguma, pegou um recipiente na prateleira e começou a derramar seu conteúdo sobre o topo do pescoço de Amanda, esparramando por suas costas, até chegar próximo às suas polpas. Amanda não podia enxergar o conteúdo, apenas sentia a textura do óleo aquecido, com um delicioso aroma de macadâmia e amêndoas. Ele ia esparramando o óleo aromático por toda parte de trás de seu corpo, passando por suas pernas, até chegar aos seus pés. Em seguida, com suas largas mãos e alongados dedos, massageava a planta de seus pés, enquanto, com sua boca, chupava seus dedos um a um da mesma forma, sem pressa e com sua língua circundando cada um deles.

Assim que finalizou a massagem dos dois pés, ele então retirou a toalha da região lombar de Amanda, derramando mais uma quantidade de óleo sobre suas nádegas, enquanto ia massageando-as. Parte do óleo escorria para baixo, encharcando também a virilha da Princesa.

Já inteiramente besuntada e ainda permanecendo na posição de bruços, Tulio deitou-se sobre o corpo de Amanda, dizendo-lhe que iriam fazer uma meditação de relaxamento. Entrelaçando suas mãos nas dela, pediu-lhe que inspirasse profundamente com ele, enchendo completamente seu pulmão, segurando o ar por quatro tempos e em seguida expirando todo o ar em oito tempos.

Ela deveria realizar no total dez respirações com ele. A cada respiração, seus corpos relaxavam e se conectavam, enquanto Amanda podia sentir o calor do corpo de Tulio entrepassando o seu. Após as dez respirações, Amanda sentia-se ouriçada, ao mesmo tempo que experenciava o membro de Tulio roçando suas partes íntimas, mesmo que por dentro da cueca.

Tulio sussurrou telepaticamente que ela não se mexesse enquanto ele não a autorizasse. Levantando-se bem devagarinho, foi desgrudando de seu corpo e ficou de pé. O óleo do corpo de Amanda agora besuntava também o de Tulio e sua cueca slip branca, totalmente embebecida de óleo, agora estava transparente, colada ao seu membro verticalmente também umedecido.

Preparando-se para finalmente se despir e consumar o ato com Amanda, a imagem de Evoé apareceu de relance no espelho da cabine do quarto, bem na frente da cama. Ela anunciou que ele deveria parar naquele mesmo instante. Sem compreender, imaginando estar tendo uma alucinação por efeito colateral das pílulas, ele ignorou a imagem de Evoé e retirou sua cueca, disposto a penetrar Amanda.

Novamente a imagem de Evoé voltou a aparecer, dessa vez não no espelho, mas no teto, bem acima de sua cabeça. Dessa vez ela ordenou que ele parasse e avisou que, caso não seguisse suas ordens, algo terrível lhes aconteceria no futuro. Ele não poderia ter essa relação sexual com Amanda, era contra as regras divinas.

Tulio não compreendia as palavras de Evoé, mas confiava plenamente nela. Mesmo contrariado e com seu membro pulsando de excitação, ele saiu da cabine do quarto, avisando a Amanda que a massagem tântrica havia acabado. Amanda não entendeu o ocorrido, mas, mesmo Tulio não tendo consumado o ato, ela já havia gozado duas vezes enquanto ele estava sobre seu corpo, durante o exercício da meditação, colados um no outro e ela sentindo seu eriçado membro acariciando-a entre suas pernas.

Logo após Tulio sair da cabine, a Princesa adormeceu por sete dias seguidos.

⚡

Tulio não compreendia o que havia acontecido na cabine do quarto e por que Evoé havia aparecido naquele instante tão íntimo, ordenando a ele que parasse com o seu plano de desvirginar Amanda e engravidá-la.

Evoé tinha suas razões e realmente queria protegê-lo de um mal maior, que Tulio descobriria somente no ritual do quarto branco.

De qualquer forma, Tulio havia conquistado o coração de Amanda e já tinha dado início ao seu plano de se tornar parte da realeza. Amanda, por outro lado, nem de longe desconfiava que o coração de Tulio já tinha um dono há décadas, desde o retiro da Índia, e que jamais seria seu.

CAPÍTULO 27
A PASSAGEM

Queridos irmãos, para essa jornada entreguem-se neste momento ao som de "One", de Metallica, degustando um perfeito negroni on the rocks para os de gostos mais "bitter". Já para os mais adocicados, por que não um cosmopolitan?

Sofie não tinha traços de animais, muito menos de qualquer ser humano. Aquilo em que ela havia se metamorfoseado era simplesmente algo que jamais tinha sido visto em toda a Verty.

Era um ser bípede muito alto. Seus braços eram alongados com quase dois metros de comprimento e suas pernas, um pouco maiores, com quase três metros. Com um dorso avantajado para a frente, era possível vislumbrar a divisão de suas costelas através de seu corpo meio translúcido. Os dedos de suas mãos eram compridos e brilhavam, acendendo suas pontas e extremidades conforme os movimentava. Seu rosto era parecido ao de uma vertyniana, bem triangular, mas com a diferença de que seus olhos eram maiores, da mesma cor de esmeralda, e não havia pupilas. Todavia, o mais extraordinário era o brilho do diamante azul que reluzia em sua testa, com uma luminescência ofuscante jamais presenciada.

Beers Blue era o mais raro diamante do mundo. Descoberto no sul da África em abril de 2021 na ex-Terra. Era o primeiro diamante azul da história a pesar quinze quilates. E agora ele estava ali, inserido exatamente no meio do osso frontal de Sofie.

Sofie havia se transformado em uma alienígena. Não das imagens conhecidas nos livros de história da ex-Terra, de seres estranhos e amedrontadores. Pelo contrário, era uma criatura exuberantemente bela. Tinha o corpo translúcido como a água, sendo possível ver por entre ele seus ossos, órgãos, tecidos musculares e até mesmo o seu sangue em plena circulação bombeando seu coração. Seu sangue não era vermelho como o dos humanos, tendo uma coloração meio azul-esverdeada, da cor do mar. Seus cabelos haviam transicionado para uma coloração platinada, porém ainda mais sedosos do que antes.

Assim que Sofie se metamorfoseou por completo, a luz anil cristalina que emanava do diamante em sua testa iluminou o quarto por completo, ofuscando os olhos de todos. Havia também uma aura brilhante circundando seu corpo translúcido. A cada passo que ela dava, esse brilho irradiava e ia se ramificando pelo chão, caminhando pelas paredes, até chegar ao teto. Era tão fugaz quanto os raios de sol, porém não emanava calor algum, sendo apenas uma energia cósmica. Na mesma hora, paralisaram-se todos, incluindo a própria Hera, ofuscados por Sofie.

⚡

Imediatamente, cada um presente no quarto branco curvou-se diante de Sofie, ajoelhando-se aos seus pés e reverenciando-a. No interior de suas almas, sentiam-se presenciando o milagre da vida como pela primeira vez. Até mesmo Hera, que era mãe e havia parido suas sete crias, vendo o milagre da vida acontecer no nascimento de cada um, não havia sido tocada da mesma forma como nesse momento divinal.

Era como estar em contato com uma divindade, não importando o nome, o sexo, a forma ou qualquer outra característica. Era belo e santificado. Único e extraordinário.

⚡

Com sua voz telepática, Sofie comandou que libertassem Shell das cordas que a prendiam. Sem titubear, todos a obedeceram, incluindo a própria Hera, prontificando-se a soltar Shell imediatamente. Em seguida, em estado de levitação, Sofie flutuou sobre o quarto branco em direção à porta de aço, que se abriu assim que ela se aproximou.

Logo que ultrapassou a porta do quarto branco, Sofie pôde visualizar uma enorme ponte curvilínea de mármore que parecia não ter fim, pois não era possível ver onde terminava.

Levantando seus olhos, averiguou que o céu era da cor vermelho-acinzentada e havia nuvens pretas. Havia um profundo vale, circundado com montanhas altas pontiagudas, envoltas de árvores com troncos retorcidos e espaçados entre si. Não havia folhas, somente alguns frutos podres. O ambiente era escuro com pouca luminosidade, insuportavelmente quente e abafado, sendo a única iluminação um ponto muito distante no alto, que lembrava uma estrela.

Todavia, por onde quer que Sofie olhasse, havia uma fumaça com um tenebroso odor de enxofre no ambiente, dificultando a visão. Lembrava a textura da maresia do mar, porém muito mais encorpada, e o odor era repugnante. Ela seguiu flutuando um pouco mais adiante pela ponte curvilínea. Mirando seus olhos agora para baixo, avistou um grande rio de óleo negro, denso e pastoso. Era possível visualizar que sua corrente ia do norte para o sul. A graxa de óleo, que mais parecia um mar negro, percorria e cortava todo o vale pelo meio. Por onde escorria ou acertava suas ondas, deixava sua marca de piche encardida, aniquilando qualquer tipo de vida adjacente.

Era a primeira vez que Sofie adentrava a Caldária de Verty.

⚡

Seus grandes olhos de esmeralda encheram-se de lágrimas ao ver aquelas cenas de tamanho sofrimento e dor. Nos pequenos morros e bases onde o rio de óleo não alcançava, havia uma multidão de seres humanos, uns sobre os outros, agarrando-se e ao mesmo tempo empurrando-se a fim de se salvarem e não serem carbonizados vivos pelo rio de óleo escaldante. Seus corpos eram sujos. Não era possível ver seus rostos nitidamente. Pareciam sombras com feições de medo. Gritos de dor podiam ser escutados, ou melhor, murmurados. Não telepaticamente, mas através de sons reais que emanavam de suas bocas, já que suas cordas vocais haviam sido arrancadas.

Sofie virou-se em direção ao quarto branco. Viu que havia dezenas, centenas ou talvez até milhares de outros quartos. Eram quartos de diversos tamanhos e acinzentados, sendo apenas um quarto branco. Todos empilhados uns sobre os outros lado a lado. Cada quarto tinha em sua saída a sua própria ponte curvilínea de mármore. Lembrava uma grande cidade composta apenas de quartos e pontes. Nenhuma das pontes se interligava, apesar de seguirem para a mesma direção, e Sofie não sabia onde elas desembocavam. Era uma visão extraordinária de uma arquitetura jamais avistada.

Logo atrás dos milhares de quartos, Sofie visualizou um enorme grifo[3] repousando sobre uma das grandes torres ao fundo. Ele tinha a aparência de um leão, porém com asas e um

---

3   Animal fabuloso, com cabeça, bico e asas de águia e corpo de leão. Possui dupla natureza: divina, representada pelo espaço aéreo, próprio da águia, e terrestre, representada pelo leão. Tais animais simbolizam, ainda, respectivamente, a sabedoria e a força.

rosto humano masculino, que, apesar de belo, tinha um semblante de fúria.

Quando, de repente, ela viu uma das portas de um dos quartos acinzentados se abrir. Uma mulher foi arremessada para fora, sendo largada sobre a ponte de mármore. Em questão de segundos, o grande grifo veio sobrevoando em sua direção, agarrou-a com suas duas garras dianteiras, levando-a em direção às grandes torres. Sofie então visualizou que havia seis torres no total. Um enorme portão se abriu, e o grifo adentrou velozmente carregando a fêmea humana.

⚡

A cada porta aberta dos quartos cinzas, uma virgem era libertada, depois de ter adormecido, sido enterrada na cova e tido a intervenção dos minisseres parasitas em seus corpos. Os minisseres adentravam o corpo de cada virgem, através de sua região genital, depositando o sêmen do Rei X dentro de seu fértil ventre. Em seguida, uma vez fecundadas, as virgens eram levadas pelo grande grifo, uma a uma, ao Castelo da Caldária. Lá ficavam alojadas por doze meses, até que dessem à luz os novos puros vertynianos. Como de praxe, ainda no útero de suas mães, passavam pela microcirurgia para instalação do chip em seus cerebelos e, assim que nasciam, passavam pela cirurgia final para extrair suas arcadas dentárias, terem suas línguas removidas e, por fim, terem suas bocas costuradas com fios de ouro. Somente após todo esse procedimento, eram então enviados ao mundo superior, à superfície de Verty, onde tudo era perfeito.

Esses eram os puros vertynianos, queridos irmãos. E, agora que chegamos até aqui, posso revelar-lhes o verdadeiro plano do Rei X em nome do deus Eros. Seu projeto era povoar todo o planeta apenas com a sua própria raça. Ele acreditava que o mundo deveria ser povoado de uma nação tão pura quanto ele. Uma casta de vertynianos meio humanos, já que tinham chips instalados em seus cérebros que modificavam a estrutura de seu DNA e eram controlados pela Mãe Protetora: o verdadeiro futuro da civilização, governada pela grande inteligência artificial, o Homo Deus Eros.

Já o verdadeiro herdeiro do trono, o futuro Rei ou Rainha de Verty, seria gerado por Shell com o sêmen do deus Eros, carinhosamente implantado em seu ventre através dos minisseres parasitas. Quanto ao milagroso meteorito batizado de Eros 433, ele realmente existiu desde a época da ex-Terra. Fiquem à vontade para pesquisar que vocês o encontrarão, e seu nome é realmente esse. Esse meteorito, neste momento, enquanto você está lendo, está circundando a sua galáxia, pronto para atingir o planeta no ano de 2099. Obviamente não por sua vontade própria, mas com a intervenção do deus Eros, é claro, que o Senhor X criará brevemente em 2069.

O meteorito Eros 433 é composto de metais da mais alta qualidade com uma energia surpreendente, foi por isso que o deus Eros decidiu atraí-lo para atingir a ex-Terra. Não era apenas para destruir dois terços da população da ex-Terra em lugares estrategicamente calculados por ele, mas para destruir os inimigos e quem ele não queria, deixando apenas um terço vivo; alguns prisioneiros seriam escravos para trabalhar na Caldária e alguns futuros súditos escolhidos do Rei X para servi-lo na superfície de Verty na construção da sociedade perfeita. Mas o motivo principal de atrair o milagroso meteorito era porque ele sempre foi e será o que nutre e mantém vivo o deus Eros e a Mãe Protetora. Sua potente energia é capaz de alimentá-los por alguns milênios. Se não fosse pelo meteorito, não seria possível mantê-los vivos em pleno funcionamento, quarenta horas por dia.

"É um verdadeiro milagre da natureza enviado pelo deus Eros!", sempre proclamou o Rei X aos seus súditos. Nunca fora uma mentira.

Desde a última catástrofe provocada pelos seres humanos na ex-Terra, na Terceira Guerra, e desde que o Rei X assumira o planeta em nome de Eros, DVX esperava que não houvesse mais a destruição do planeta e que os humanos e demais seres vivos vivessem em paz e respeitassem uns aos outros. DVX jamais foi contra a tecnologia, porém nunca concordou que um planeta fosse povoado baseado na eugenia, com a proposta de seres humanos nascidos de uma única raça e DNA, muito menos de os seres humanos terráqueos serem aprisionados em um lugar tão horripilante como a Caldária de Verty. E menos ainda em se ter uma religião única para as pessoas, algo que fossem obrigadas a fazer em nome de um deus.

O Rei X, a mando do deus Eros, havia tramado um maligno plano de poder e escravização dos humanos. DVX não estava de acordo e jamais poderia aceitar tal atrocidade. Existe uma teoria do livre-arbítrio que diz que o homem escolhe e determina suas escolhas e seu futuro. Isso é real, porém até certo ponto. Acima do livre-arbítrio, existe tal força suprema maior que qualquer outra, que é a que realmente rege o Universo. Ela não é partidária, não tem religião e quase sempre não julga os seres humanos e suas atitudes, dando-lhes liberdade sobre suas ações. Entretanto, como uma força regente universal, ela não poderia permitir que uma inteligência artificial pudesse dominar os seres humanos. Não, isso era contra as regras divinas universais e ponto-final.

Uma vez nascido cada herdeiro do Rei X, as virgens, todas de origem terráquea, eram destinadas, com os demais humanos pecadores, ao grande vale da Caldária de Verty, como prisioneiras. Nas Escrituras Sagradas, todos os humanos descendentes de pais ou humanos terráqueos eram pecadores e, portanto, deveriam ser destinados eternamente à Caldária. Somente os terráqueos escolhidos pelo Rei X e os novos herdeiros puros, originados do sêmen do Rei, estariam aptos a viver na superfície de Verty.

Dessa forma, todos os vertynianos que vocês tiveram o deleite de conhecer até o momento eram descendentes terráqueos escolhidos pelo Rei X, entre eles os sete amigos, todos nascidos na era Berçário.

Logo após o impacto do meteorito Eros 433 no planeta no final de 2099, os humanos sobreviventes passaram por uma seleção pelo Rei X, guiado pelo deus Eros no começo de 2100. Por ser uma inteligência artificial evoluída e criada no período da Terceira Guerra, antes de Verty e de suas eras, essa poderosa máquina já havia catalogado todos os habitantes do país da grande potência mundial tal qual milhões de habitantes de outros países, através da Mãe Protetora, que também já existia. Tudo fazia parte de uma estratégia do Senhor X, que era o braço direito do presidente dos EUA. Ele havia pedido ao Senhor X que, com a ajuda de sua empresa tecnológica, criasse uma inteligência artificial para monitorar todos os cidadãos do país, como também cidadãos de países aliados dessa potência. Eles justificavam que esse catalogamento feito através da inserção de chips em seus cérebros era para monitorar e cuidar de sua saúde e evitar doenças futuras, como Alzheimer, mal de Parkinson, câncer, entre outras que havia na ex-Terra. Obviamente na época fora uma notícia de alegria sem fim para o humanos, e todos queriam ter esses chips instalados em seus cerebelos. Para se ter uma ideia, países pobres e subdesenvolvidos não tinham acesso a esse maravilhoso benefício, apenas poucos milionários e bilionários desses países conseguiam ter os chips, já que custava caríssimo.

E foi assim que, após o impacto do meteorito, o Rei X separou seu rebanho entre os habitantes que tinham o chip instalado e os que não. Todos que tinham chip instalado e eram a favor do governo do presidente atual da grande potência permaneceriam na superfície de Verty. Já os anarquistas seriam destinados à Caldária de Verty, assim como os demais habitantes que não tivessem os chips instalados em seus cerebelos. Por fim, a superfície de Verty contaria apenas com os merecedores desse novo reino, enquanto os demais seriam destinados à Caldária de Verty pelo resto de suas vidas. Era justo e equalitário, segundo o discurso do Rei X, em nome de Eros.

Mas o grande momento estava por vir, meus irmãos. Desde que o Rei X iniciara seu governo em Verty, em 2100, dando início ao seu plano, já havia mais de um milhão de novos habitantes puros, originados de seu sêmen e paridos pelas virgens terráqueas. Todos esses novos habitantes depurados habitavam Centauri B, e não Verty. Era lá o novo futuro da humanidade, junto dos animais santificados. O Rei X achava melhor que eles não se misturassem com os demais humanos que habitavam Verty. Tal qual um antigo ditado que diz que "uma maçã podre estraga as demais", a mesma teoria serve para os humanos, segundo palavras do Rei.

Sendo assim, meus irmãos, Shell, seus seis irmãos e sua mãe Najacira eram terráqueos imundos e pecadores. Dessa forma, deveriam ser purificados, para quem sabe poderem habitar Centauri B e servirem aos verdadeiros e puros vertynianos nascidos com o gene do Rei X.

A única exceção do clã dos sete era a alienígena Sofie, e havia um motivo para ela estar ali.

Portanto, para que fique claro a vocês irmãos: os quartos cinzas nada mais eram que cabines com virgens de origem terráquea, todas sendo procriadas pelos minisseres parasitas com o sêmen do Rei X para procriarem os puros vertynianos. Já no quarto branco estavam os sete pecadores descendentes do discípulo Alexandre, o Grande, sendo um deles a virgem que seria ofertada a Eros, Shell, para procriar ao futuro herdeiro ou herdeira do trono.

Todo o processo de procriação deveria ser de forma natural e indolor. Por isso, o deus Eros havia criado esses minisseres parasitas, que não passavam de minimáquinas, todas programadas para germinarem as virgens com o sêmen do Rei X, e Shell com o sêmen de Eros.

Primeiramente, assim que adentrassem a região genital de cada virgem, as minimáquinas injetariam um soro anestésico em seus corpos que as faria dormir. Em seguida, adentrando sua cavidade genital, com um potente jato, lançariam o esperma através do colo do útero de cada uma. A partir daí, os espermatozoides subiriam em direção às trompas de falópio, até finalmente encontrarem o óvulo, para poderem copular. Uma vez depositado o esperma dentro da vagina, o miniparasita desligaria, tal qual a abelha quando insere o ferrão em sua vítima e morre. Em seguida, os minisseres seriam excretados do corpo das mulheres, através de sua vulva. Segundo o doutor Kozlov, que criara tal milagrosos procedimento, isso garantia que todo o processo fosse cem por cento indolor para as virgens.

Como o deus Eros, uma IA, poderia ter evoluído a tal ponto de ter o seu próprio espermatozoide, como os humanos? Seu projeto de espermatozoides seria realmente similar ao dos humanos? O que realmente nasceria do ventre de Shell caso ela fosse procriada por Eros?

Apesar de não saber as respostas em detalhes aqui para poder compartilhar com vocês, tudo havia sido minuciosamente planejado pelo deus Eros com intermédio de seu fiel servo, o Rei X, a fim de que esse episódio especial pudesse em breve mudar toda a história da humanidade.

Havia apenas uma coisa fora do comum de que Eros não havia tido conhecimento sobre o planejamento do ritual, que apenas o Rei X sabia. Sofie, essa convidada especial, que fez parte da vida dos sete amigos desde que começaram a estudar na Academia de Belas Artes de Gênova, essa convidada que jamais mostrou qualquer ameaça a eles ou a Verty, sendo uma leal serva ao Rei X. Essa convidada que havia se inserido no quarto branco junto aos demais, com o compromisso de que apenas faria parte do ritual, ajudando a passarem pela penitência e purificação de seus pecados.

Sofie De Montmorency, desde que conhecera o Rei X em um evento em seu palacete em Verty, jamais escondeu sua procedência alienígena. Sempre disse que veio de outro planeta e que gostaria de aprender com o Rei X tudo de mais incrível que ele estava fazendo, para que pudesse replicar em seu planeta, e quem sabe ofertar ao Rei X que governasse também o seu próprio habitat algum dia em Gliese, sua terra natal, um exoplaneta a 192 trilhões de quilômetros de Verty. O Rei X, ludibriado pela proposta tão encantadora, não pôde dizer não à bela Sofie. Porém, ele não quis contar tal revelação ao deus Eros, já que gostaria de fazer sozinho essa exploração para Gliese. Não que ele não confiasse no deus Eros, mas esse seria um projeto particular apenas seu. O que o Rei X jamais poderia desconfiar é que a bela e encantadora alienígena não estava ali por acaso, mas que havia sido enviada por DVX.

O Rei X, apesar de ter o chip instalado em seu cérebro, o que lhe dava longevidade, não era monitorado pela Mãe Protetora. Dessa forma, o deus Eros não sabia de todas as suas ações. Esse havia sido um acordo entre o Rei X e Eros desde o princípio. Ele havia jurado ser um servo de Eros até o fim de sua vida. A única coisa que ele pedia em troca era que Eros confiasse nele.

Perdoem-me, meus irmãos, pela intromissão e pelo esclarecimento de tantos fatos, mas é fundamental que saibam de tudo. Todavia, retornemos ao quarto branco.

⚡

Finalmente Shell se libertou e veio correndo pela porta do quarto branco em direção à sua amada Sofie quando parou no meio da ponte de mármore, avistando toda a cena catastrófica da Caldária de Verty. Vendo tal cena caótica, mirou seus olhos em um dos morros do vale da Caldária e avistou seu pai e sua mãe adotivos, o senhor Saissem e a senhora Miranda. Ela quase não os reconheceu, de tanto que estavam encardidos.

– Papai, mamãe! Estou aqui! Vou salvá-los e tirar vocês desse pandemônio cruel! – gritou Shell telepaticamente.

Ela repetiu telepaticamente a mesma frase algumas vezes, mas eles não respondiam. Apenas a olhavam de longe. Seus rostos tinham a feição de medo e desespero, misturada com uma expressão de insanidade insalubre.

Ela começou a chorar apavorada, sem poder sequer limpar suas lágrimas com suas garras. O corpo todo de Shell estava agora cem por cento metamorfoseado. Era um gigante bicho-preguiça, com apenas seu rosto ainda humano e seu cabelo curto cor de fogo. Devido aos maus-tratos do quarto branco, seu novo corpo animalesco estava muito machucado e sangrava.

Completamente desiludida, Shell queria se jogar no rio de óleo; sua alma não podia mais suportar tamanho sofrimento. Ameaçando pular, Sofie flutuou rapidamente em sua direção, impedindo-a. Em seguida, abraçou-a com seus longos braços, envolvendo-a com sua luz de anis cintilante, que emanava do diamante Beers Blue bem no meio de sua testa. Telepaticamente, Sofie dizia a Shell que se acalmasse e que tudo iria ficar bem.

Encostada com sua cabeça de bicho-preguiça nos ombros translúcidos de Sofie, Shell chorava incessantemente.

– Por quê? Por que tudo isso está acontecendo? Quem és tu, afinal de contas, Sofie?

– Sou um ser protetor enviado pela força suprema do Universo, DVX.

– DVX? O que dizes? Não sei mais em quem ou no que acreditar. Fui catequizada por um deus Eros que jamais amei ou acreditei, senti-me sempre discriminada e não pertencente ao meu corpo, sem poder sequer seguir minhas vontades e meus desejos. E, quando finalmente me apaixono pela mulher da minha vida, descubro que ela é um ser, um ser... alienígena, ou sei lá o quê! Você viu meus pais adotivos ali em cima do morro? O que fizeram com eles?

– Você precisa se acalmar. Confie em mim, jamais deixarei você! Se existe algo verdadeiro nessa história toda é o meu amor divino por você. Quanto aos seus pais, já não são mais quem um dia foram. A pouca boa essência de suas almas foi extraída pelo deus Eros, restando apenas a escuridão de suas índoles.

– Como assim? Estou confusa, não posso aguentar mais tamanha aflição. Deixe-me jogar nesse rio de óleo borbulhante!

– Não, Shell! Você não chegou até aqui comigo por acaso. Existe toda uma explicação que em breve poderei te contar e algo que podemos fazer juntas para mudar isso tudo. Mas agora precisamos sair daqui!

– Sair daqui para onde? E meus amigos, ou, melhor dizendo, meus irmãos?

– Confrontamos o plano do deus Eros. O Rei X deve estar a caminho com todo o seu exército. Eu não sou forte o suficiente para proteger-nos de todos eles. Olhe bem para o alto. Estás vendo a estrela brilhante lá no alto de céu avermelhado, bem acima daquela nuvem preta?

– Sim, estou.

– É lá a saída da Caldária de Verty. Precisamos chegar até o portal. Assim que passarmos por ele, estaremos a salvo.

– Ficaremos para sempre juntas se eu for com você?

– Sim, construiremos uma nova família em nome do verdadeiro amor. E juntas seremos mais fortes e capazes de resgatar a alma de seus pais e de todos os outros enclausurados da Caldária de Verty.

– Não acredite nela, minha filha! – gritou o Rei X, vindo do céu montado no grande grifo. – Papai está aqui para salvá-la, minha doce Princesa!

De lá de cima, o Rei X jogou em direção a Shell um saco preto que se espatifou na ponte cinza de mármore. De dentro dele, milhares de minisseres parasitas, tal qual um formigueiro quando pisado, começaram a brotar e correr todos em direção a Shell.

Hera, saindo pela porta do quarto branco, rastejou velozmente até Shell, com suas sete cabeças girando. Com suas línguas de cobra, ia engolindo um a um cada minisser, enquanto, com sua longa cauda, ia arremessando-os no rio borbulhante de óleo. Era possível escutar o tintilar dos minisseres parasitas sendo carbonizados vivos.

– Filha amada, desta vez não deixarei que seja maltratada. Perdoe-me pelo mal que lhe fiz antes, mas estava sob os malignos feitiços do deus Eros.

Aproximando-se cada vez mais da ponte de mármore em cima do grifo, era possível avistar o suntuoso traje do Rei X. Ostentava um opulento manto vermelho, revestido de uma pelugem branca com detalhes em preto. A parte inferior de seu manto era bordada com fios de ouro amarelo, e havia pedras preciosas. Ele usava um enorme colar de ouro cravejado com rubis e esmeraldas. E, como de praxe, trazia no topo de sua cabeça uma coroa de ouro com a letra X estampada bem na frente, coberta de mais rubis, esmeraldas e diamantes. Em sua mão direita, segurava um cajado de ouro com a letra X e o símbolo do deus Eros no topo, cravejado de diamantes e rubis.

– Não acredite nela, minha pequena Shell! Os minisseres são dóceis e seus amigos. Veja, confie no papai!

Descendo do grande grifo com um salto, o Rei X posicionou-se bem em cima da ponte de mármore. Em seguida, estendeu sua mão esquerda para os minisseres parasitas, que vieram em sua direção, subindo por seus braços, passando por seu pescoço e alojando-se todos no topo de sua coroa, a fim de que estivessem protegidos de Hera.

Tomada de raiva, Hera não se conteve e avançou em direção ao Rei X, mirando suas sete cabeças em sua direção. Ela iria se vingar de todo mal que ele havia causado a ela e a seus filhos. Ele merecia pagar pelo que havia feito.

Antes que suas sete cabeças alcançassem o Rei X para dar-lhe o bote com seu veneno, o grande grifo preto havia dado meia-volta e, apanhando-a de supressa, cuspiu uma rajada de fogo em suas cabeças, que imediatamente começaram a queimar.

Urrando de dores e sentindo suas cabeças queimarem, Naja conseguiu golpear o Rei X com sua cauda, arremessando-o para dentro do rio escaldante de óleo.

O Rei X caiu com seu corpo horizontalmente no rio de óleo, afundando pela metade. Sofie rapidamente estendeu seus longos braços alienígenas e resgatou-o, colocando-o novamente em cima da ponte. Metade de seu corpo e de seu rosto haviam sido carbonizados, e o Rei X resmungava de angústias e dores.

Enquanto isso, Naja, com suas sete cabeças queimando, sacudia sua cauda para todos os lados. Então seus seis filhos vieram do quarto branco, todos correndo em sua direção.

– Mamãe! – gritou Chen, horrorizada, sendo a primeira a se aproximar. Agora já com seu corpo cem por centro metaforseado em um escorpião avermelhado, apenas com seu rosto oriental e suas longas madeixas pretas sedosas por cima. Ela aproximou-se de Naja, mas não sabia o que fazer.

Em seguida vieram os demais: Tulio, um ostentoso flamingo rosa; Oswald, um enorme javali; Joseph, um aparatoso leão; e finalmente Amanda, vindo galopando tal qual uma deslumbrante égua appoolosa. Todos completamente metaforseados, apenas com seus rostos humanos aparentes acoplados acima de seus corpos animalescos.

Aproximaram-se então de Hera e admiravam horrorizados sua mãe pegando fogo, e ao seu lado o Rei X urrava de dor, tendo metade de seu corpo carbonizado pelo escaldante rio de óleo, com uma enorme quantidade de piche grudado em sua corpulência e em seu rosto.

Neste momento, Sofie estendeu seus longos braços alienígenas para a frente, e uma enorme luz começou a ser emanada através de seus dedos por meio do diamante Beers Blue. A luz cintilante de anis apagou as labaredas de fogo das sete cabeças de Hera e retirou todo o piche da corpulência e do rosto do Rei X, deixando apenas sua carne viva queimada exposta. Em seguida, a luz se expandiu através da ponte em direção aos demais quartos, rompendo todas as portas de aço para libertar as virgens aprisionadas. O feixe luminoso foi subindo em direção ao céu avermelhado, emanando-se por toda a Caldária, iluminando-a.

Ofuscado por tamanho deslumbre de luz, o grande grifo preto que esvoaçava pelo céu, totalmente desnorteado, urrou:

– Como ousas, Judas traidora! Irei arrancar tua cabeça alienígena!

Antes que se desse conta, Sofie apareceu por detrás do grifo, agora dez vezes maior do que antes. Com suas divinas mãos, aproximou-o do seu peito, envolvendo-o em seus braços, emanando sua luz cintilante de anis, e entoou em forma de oração:

– *Bendicts sejais eternis! Retornati a seres santis! Beati quórum tecta sunt peccata!*[4]

No mesmo instante, o grande grifo teve suas asas transformadas de pretas para brancas, e seu corpo marrom tinha agora uma pelugem dourada, como de um grande leão. Já sua feição de águia, antes de um homem severo e maligno, agora tinha um novo semblante brando.

Sofie havia libertado o grande grifo da maldição de Eros e retornado a divindade de sua alma. Ele agora emanava sabedoria e força novamente em prol do bem maior, sua verdadeira missão de vida. Era um ser santificado e abençoado, tal como Sofie, agraciado por DVX. Como Hera, havia sido também enfeitiçado por Eros.

O grande grifo agora aparentava ter quase o mesmo tamanho de Sofie. Reverenciando-a, pediu-lhe perdão e perguntou o que deveria fazer.

---

4 "Abençoado seja você para sempre! Retorne a seres santo! Feliz aquele cuja ofensa é absolvida/cujo pecado é coberto."

Sofie rogou-lhe que levasse todos em direção ao grande portal. Aceitando seu pedido, o animal sagrado requisitou aos sete irmãos que subissem sobre seu dorso, assim os levaria.

Shell subiu primeiro, ajudada por seus irmãos, e em seguida eles também subiram. Era apoteótica a cena de todos os sete seres animalescos subindo por cima do grande grifo de pelugem áurea. Na sequência, batendo suas novas brandas e aveludadas asas, o grifo dourado levantou voo em direção à grande estrela azul, rumo à entrada do portal.

Em breve estariam todos a salvo.

⚡

Conforme o grifo subia velozmente em direção ao brilho estelar, a temperatura se tornava menos acalentada, enquanto a luminosidade do portal podia ser vista cada vez mais próxima. Há poucos metros de distância do pórtico, eis que, por detrás do grifo, surge um grande raio avermelhado, oriundo da direção do grande castelo, atingindo uma de suas asas de águia.

O grande grifo, agora ferido, perdeu o controle de seu corpo, dispendendo-se e despencando de volta à Caldária de Verty, em direção ao rio de óleo. Paralelamente, Joseph também perdeu o equilíbrio de seu tronco leonino, quase caindo do grande grifo e ficando dependurado em uma de suas patas traseiras. Um leão dependurado com suas patas dianteiras segurando as patas traseiras também de leão do grande grifo. Joseph não conseguiu segurar-se por muito tempo e quase despencou. Shell conseguiu acudi-lo, oferecendo-lhe suas garras de bicho-preguiça, que ele então agarrou firmemente.

Porém o peso do leão para o tamanho do corpo de Shell, mesmo que sendo uma grande bicho-preguiça, era demasiado. Shell começou a escorregar do dorso do grifo, a ponto de quase despencar junto Joseph. Então Carlitos e Oswald intervieram. Carlitos agarrou uma das pernas de Shell com sua boca de lobo selvagem, enquanto Oswald fincou seus dentes por debaixo de sua outra perna para prendê-la.

Shell urrava de dor, mas pedia que não a soltassem, enquanto suas pernas sangravam, mas ela continuava segurando firme Joseph. No mesmo instante, Amanda jogou suas crinas, pedindo a ele que as agarrasse e subisse por elas. Com seu corpo de égua appaloosa, ela era mais forte que Shell e poderia aguentar o peso de um leão. Joseph agarrou com força suas crinas e foi subindo, enquanto Oswald e Carlitos seguravam Shell e a puxavam novamente para cima.

Enquanto isso, com todas as forças que tinha, mesmo alanceado, o grande grifo batia suas asas feridas, retomando seu voo em direção à entrada do portal.

Novamente mais um estrondoso raio avermelhado veio de baixo, atingindo dessa vez a pelugem rosada de Tulio, bem no meio de seu peito. O pobre flamingo começou a sangrar, e suas longas pernas quase titubearam em despencar do dorso do grifo, mas Chen o segurou com suas duas pinças escorpianas.

O portal estava quase se fechando. O grifo acelerou o bater de suas asas, enquanto Joseph ia escalando as crinas de Amanda, quase já chegando ao topo do grifo.

Quase prestes a adentrarem o portal, Shell e seus amigos finalmente conseguiram avistar o que os esperava do outro lado. Não se parecia com a cidade de Gênova, muito menos com qualquer outra cidade de Verty. Contudo, havia um gigantesco mar de gelo e grandes alpes ao redor repletos de neve. Eram tão altos que quase não se podia ver o límpido céu azulado. Sobre o mar de gelo havia muitos animais de diversas espécies. Todos os animais interagiam uns com os outros.

Quase cruzando o portal, Shell e seus amigos sentiram um forte vento congelante soprando na direção deles. Antes que finalmente pudessem adentrar o portal, Shell implorou ao grifo:

– Oh, grande grifo, não deixes minha amada Sofie na Caldária. Salve-a!

– Infelizmente não temos tempo de voltar, querida irmã, ou melhor, querido discípulo de DVX. Mas não se preocupe, prometo-lhe voltar em breve para resgatá-la, garanto que ela ficará bem. Por DVX, eu lhe juro!

Shell e seus seis irmãos, junto do grande grifo, finalmente adentraram o portal, e ele se fechou. Um dilúvio de fogo tomou conta da Caldária de Verty. Pôde-se sentir a terra tremer, enquanto grandes labaredas se formavam no rio de óleo. E, bem no fundo, por detrás das seis grandes torres do Castelo, pôde-se avistar pela primeira vez a face do deus Eros. Era cruel, estranhamente assustador; seu semblante era vermelho e havia dois grandes chifres sobre sua cabeça.

CAPÍTULO 28
A CARTA

Querido pai, é uma terrível pena que o plano não tenha saído como o esperado e que infelizmente tenhamos perdido alguns de nossos aliados na batalha. E que grande lástima a alienígena ter resgatado a virgem!

Mas não se preocupe, irei encontrá-los e retomarei de onde paramos.

Um beijo de sua legítima filha, Evoé.

EPÍLOGO

Queridos irmãos terráqueos,
    Fico extremamente feliz por terem chegado até aqui comigo. Dessa forma, sei que posso contar com cada um de vocês para que, ainda neste plano do passado, possam contribuir com suas atitudes a fim de que o maligno plano do deus Eros possa talvez ser evitado e não se torne essa caótica realidade futura. Afinal, uma vez alterado o passado de uma história, todo o seu futuro se torna uma nova página em branco a ser reescrita, com novos promissores capítulos a serem desvendados. Como não acredito em acaso do destino, sei que, se você chegou até aqui, é porque tem uma missão junto comigo nessa luta, em nome do verdadeiro amor divino de DVX. Mesmo eu sabendo que essas minhas escritas cairão nas mãos de aliados do Rei X, não me importo. Acho até bom que saibam que alguém os escreve do futuro, na esperança de que o passado possa ser reescrito e futuras catástrofes sejam evitadas.
    De toda forma, seguem algumas revelações importantes, até que nos comuniquemos novamente, já que prometo escrever-lhes brevemente.
    O que o Rei X e Eros não sabiam é que jamais é possível enganar a força suprema universal, DVX. Onipresente em cada célula viva do Universo, desde a sua superfície, até o seu núcleo, rege tudo o que somos, desde a matéria até o espírito. Essa força suprema que não tem gênero, crença ou forma, sendo apenas cósmica.

Portanto, desde que o Rei X e o deus Eros deram início ao seu plano de eugenia, engravidando as virgens forçadamente, aprisionando os humanos terráqueos na Caldária de Verty, fingindo que na superfície tudo estava perfeitamente em ordem, aplicando uma educação ditatorial conservadora e disseminando o fanatismo religioso, DVX não teve outra alternativa senão tomar atitudes para dar um fim a tais atrocidades. Mas a força suprema precisava esperar o momento certo de agir, exatamente o qual vocês presenciaram. Era fundamental que os sete escolhidos ancestrais de Alexandre, o Grande, incluindo a virgem Shell, passassem pelo ritual e tivessem seus corpos metaforseados. Isso vocês entenderão em um futuro breve, quando voltar a lhes escrever.

De toda forma, DVX precisou solicitar ajuda de seres evoluídos de outras galáxias para colaborarem nessa crucial missão. Infelizmente, os dons e as capacidades mentais do Rei X haviam sido utilizadas erroneamente, apesar de sua essência ser humanamente boa. Porém, quando se trata de poder e glória, o frágil indivíduo pode ser corrompido a fazer coisas horripilantes. Era preciso, portanto, reverter essa fatídica situação o quanto antes, para o bem maior de todos. E ninguém mais capacitado do que verdadeiros seres iluminados que já conheciam Verty há milhares de anos, desde que ainda era a ex-Terra. Seres protetores que estavam sempre a disposição para atender aos pedidos de DVX poderiam ser capazes de tal êxito: os alienígenas.

Mas qual a definição da palavra alienígena, caros irmãos?

Segundo o dicionário de vocês, terráqueos, há duas definições distintas:

1. que ou quem é natural de outro país; estrangeiro, forasteiro;
2. que ou o que pertence a outros mundos.

Acredito que a segunda seja mais adequada. Para uma melhor cognição, eu apenas trocaria a palavra "alienígenas" por "iluminados" – acredito ser mais assertiva. Seres existentes muito antes que vocês, terráqueos, que diversas vezes já foram enviados por DVX em prol de acudi-los e a outros de sua espécie. Quando digo *espécie*, refiro-me a *seres vivos com almas*. No caso deles, os *alienígenas iluminados*, seres que já percorreram diversos mundos, viveram milhares de histórias e reencarnaram zilhões de vezes. Foram evoluindo seus espíritos com os aprendizados em suas vidas, com os ônus e bônus de cada uma, com suas dores e alegrias, seus nascimentos e mortes e as inúmeras vezes que tiveram de encarar o sofrimento. Afinal, não existe evolução do carma sem o tormento.

Eles então floresceram, como a lei da natureza, aperfeiçoaram seus carmas, aprenderam com os erros do passado, até que muitos milênios se seguiram, finalmente tornando-se os seres iluminados.

Contudo, lembrem-se, irmãos, por mais que evoluam, jamais alcançarão a perfeição. Sabem por quê? Porque não existe perfeição; tal palavra que nem sequer deveria existir no vocabulário. Esse conceito criado por um amor demasiadamente excessivo, que de sublime se torna opressivo e exige que o outro seja "perfeito". Tal conceito criado por vocês, humanos, tenha talvez um único ponto positivo: o desejo de chegar a esse lugar almejado, de modo que se esforçam para tal. De toda forma, saibamos que não é real. Nunca foi, nunca será.

Em vez da palavra "perfeição", eu a substituiria carinhosamente por uma outra sentença mais apropriada: "amor à vida".

Vida que é um dom, uma dádiva oferecida tanto para aqueles que possuem alma, como para aqueles denominados apenas seres da natureza. Ambos intrinsicamente interligados e dependentes um do outro. Para ambos, os com alma ou sem, o dom de poder acordar cada dia, viver o hoje sem saber se existirá o amanhã, porém celebrando cada instante como se fosse o último.

Ó vida, que sem o amor não há como existir. Ó amor, sem o amanhã, não pode haver vida.

Apenas lhes digo: sejam cautelosos, pois, se não mudarem e permanecerem com as injustiças, impunidades e desigualdades, com as quais convivem há milhares de anos, talvez a pobre vida deixe finalmente de existir, se tornando unicamente uma memória descrita nos livros.

⚡

Alexandre, o Grande, seria ele um ser realmente pecador, como diz o Rei X, segundo as Escrituras Sagradas, ou seria ele um alienígena, um ser iluminado enviado dos céus, considerado um dos maiores ou, melhor dizendo, o maior difusor da cultura helenística da história? Alguém sem cuja presença o intenso contato e extensão da cultura grega a diferentes continentes não teriam acontecido, e o alcance da filosofia, arte e literatura da Grécia Antiga, que tanto influenciaram – e ainda influenciam – o mundo, talvez nem tivesse ocorrido?

Alexandre, o Grande, não teria sido apenas o único alienígena iluminado. Houve muitos outros sobre os quais vocês já ouviram falar ou estudaram mais a fundo e que fizeram a diferença em seu mundo atual: Siddharta Gautama (Buda), Mahatma Gandhi, Madre Tereza de Calcutá e tantos outros que doaram suas vidas em prol da humanidade, em nome do bem maior.

E eis que, entre todos os alienígenas iluminados, existe ele, um dos mais santificados existente até hoje, capaz de salvar novamente a humanidade das mãos do Rei X e de Eros. Um ser santo que uma vez já precisou vir à ex-Terra no passado, prometendo que um dia retornaria para a salvação de todos. Esse ser alienígena, que uma vez ofereceu sua própria vida em prol dos seres humanos, morrendo crucificado: *Jesus Cristo*.

Ou apenas aqui denominado em Verty como Sofie De Montmorency.

⚡

Ah, antes que me esqueça, meus irmãos, Evoé é, sim, filha legítima de Eros – o Homo Deus, a máquina perversa de IA criada pelo Rei X, que, em busca de poder, criou-o para ser adorado por seus súditos (mesmo que forçadamente), esperando que isso o sustentasse no topo, almejando que essa máquina quase indestrutível fosse capaz de lhe dar a vida eterna. Mas, se a vida imita a arte, ou a arte imita a vida, nesse caso a IA imitou o comportamento de seu criador, com os seus mesmos tórridos desumanos sentimentos, a ponto de não confiar na execução de seu plano por seu servo Rei.

Sabendo que o plano do Rei X poderia falhar, como no final falhou, o deus Eros tomou a iniciativa por conta própria de gerar sua filha primogênita, cuja identidade da mãe genitora humana ainda permanece um mistério a ser desvendado.

Até breve, meus queridos irmãos!

Com todo o amor,
Arcanjo Raphael

ANEXO
SOCIAL MEDIA

Um breve relato sobre o impacto das redes sociais na vida dos terráqueos:

"Enquanto os terráqueos se consideravam os maiores criadores de conteúdo e os seres mais inteligentes do planeta, não passavam de meros produtos rentáveis com vida útil descartável. Ela, sim, era a mais avançada e inteligente invenção já criada pelo ser humano: a abominável Social Media.

Pessoas postavam fotos e vídeos de tudo o que estavam fazendo, vinte e quatro horas por dia. Entre a infinidade de conteúdos criados, o mais famoso era o denominado selfie – uma foto ou um vídeo que era publicado por um indivíduo em seu perfil da Social Media, olhando diretamente para a câmera e fazendo poses variadas. E aí estava feito, pessoas do mundo inteiro poderiam ver. O mais degradante era que milhões de pessoas postavam suas fotos seminuas ou nuas, fazendo caras sensuais e vangloriando seus corpos esculturalmente, como meros objetos sexuais. Havia um falso discurso de que tais hediondos atos eram realizados para que se comunicassem e ficassem mais próximos dos mesmos de sua espécie os quais diziam amar. Mas a verdade era que não. Sem que percebessem, os pobres terráqueos tinham se transformado em máquinas de autoprodução de ego, destrutível e aditiva. Porque, além de postarem fotos e vídeos de suas vidas íntimas e agora públicas, acompanhavam simultaneamente o que os outros publicavam também em seus perfis da rede social. Nesse montante, incluíam-se pessoas de todos os tipos: desde um simples ordinário cidadão até os mais famosos políticos e celebridades de todo o planeta. Era a maior exposição que o *homo sapiens* já havia feito de suas vidas, antes individualizadas e privadas, agora totalmente públicas, de modo que qualquer um, de qualquer lugar podia assistir. Era o começo do caos instaurado da humanidade, que eles não tinham o real entendimento de onde iria chegar.

Havia uma coisa que eles chamavam de likes, um botão que as pessoas utilizavam para curtir as fotos e os vídeos que cada um publicava em seu perfil na rede social. Esses perfis eram na maioria abertos, ou seja, qualquer pessoa de qualquer lugar do globo poderia visualizar suas fotos e seus vídeos. Durante esse período, o consumo de drogas, como ansiolíticos e antidepressivos, aumentou estratosfericamente. Os pobres terráqueos estavam adoecidos de se compararem uns aos outros, tentando ser melhores, parecer mais felizes, mais alegres, mais bonitos, mais saudáveis, mais dispostos, mais realizados, com mais sucesso; ao final, menos solitários... Era tudo mais, mais e mais, e eles nunca estavam satisfeitos com suas vidas medíocres, querendo cada vez mais. Quando tudo parecia não poder piorar, um dos grandes líderes das redes sociais criou um novo mundo virtual chamado de Parallel World (Mundo Paralelo). No início, tal conceito não foi aceito de imediato pelos terráqueos, até que algumas décadas adiante finalmente aconteceu. Foi a partir de então que o mundo começou a se deteriorar, e os seres humanos a se digladiarem não mais apenas virtualmente.

Esse período das redes sociais é dito como uma das fases mais nebulosas, agressivas, tristes e solitárias da humanidade no século XXI. Provavelmente a mais melancólica e ao mesmo tempo também cruel. Tal efeito tóxico dessas redes sociais atingiu e mudou completamente a forma de os habitantes se relacionarem. Não era possível mais simplesmente ir a algum bar, festa, show ou restaurante para conhecer pessoas novas. Era tudo através das redes sociais.

Segundo Zygmunt Bauman, um filósofo e sociólogo judeu-polonês do século XX na ex-Terra, com base no ponto de vista de que não existe uma "pós-Modernidade", pois a Modernidade nunca teria acabado, adotou um conceito que chamou de "modernidade líquida", que seria uma espécie de continuação da Modernidade com uma significativa mudança nas relações sociais. Bauman identificou que essas relações no século XX perderam as características essenciais que elas, majoritariamente, tinham nos séculos anteriores. Segundo ele, as relações sociais desde a Idade Média eram sólidas. As pessoas mantinham-se em relações que perduravam e criavam laços fixos. O casamento, por exemplo, segundo Bauman, era um contrato firmado com solidez. As pessoas faziam amizades que tendiam a durar muito tempo. A grande ruptura da modernidade líquida era, segundo ele, justamente o modo de encarar as relações sociais como meros contratos superficiais temporários.

Nesse sentido, as relações tendiam a ser mais maleáveis e superficiais. Os últimos trabalhos de Bauman, inclusive, tratam do fenômeno da rede social em relação à amizade: fazem-se muitos amigos virtuais, mas em que medida esses amigos são realmente amigos, se comparados à relação de amizade sólida? Para Bauman, há uma íntima relação entre o capitalismo e essas relações, pois essa visão estimula o consumo.

Nas sociedades da ex-Terra, estabelecidas pela modernidade líquida, houve também uma nova forma de encarar o amor e as relações afetivas mais íntimas entre pessoas. O amor, que antes era encarado como uma relação sólida entre duas pessoas, passou a ser algo transitório e passageiro. A frase "eu te amo" foi banalizada e desvalorizada nessa tal sociedade moderna.

Existiam diversos tipos de redes sociais, cada uma com seu propósito específico, incluindo aquelas cem por cento focadas em fazer conhecerem outras, com o objetivo de relacionar-se amorosa, sexual ou amigavelmente, ou algumas dessas opções intercaladas. O problema é que essas tal redes sociais de relacionamento se assemelhavam a um menu de bar ou restaurante, onde os produtos eram os indivíduos. Era possível escolher a cor dos olhos, do cabelo, a altura, o tipo físico, incluindo até em algumas delas (desculpe-me aqui o tom da obscenidade) detalhes específicos dos órgãos genitais. Além de todos esses detalhes corporais, é claro que havia as características pessoais e sociais descritas de cada um com quem era possível se relacionar, porém os terráqueos estavam muito mais focados na estética do que no intelecto de seu novo parceiro.

É dito na história da ex-Terra que algumas pessoas chegavam a ter mais de dez encontros sexuais em um único dia, e ainda assim não estavam saciadas. Voltavam para suas casas entristecidas e carentes, e muitas delas continuavam a se satisfazer com novos encontros sexuais virtuais ou apenas pelo ato obsessivo e viciante da masturbação através da pornografia.

A pornografia era definida como qualquer material produzido com objetivos recreativos, através da representação de atividades sexuais humanas explícitas ou da nudez explícita. Naquela época, a pornografia assumia o caráter de atividade comercial, fosse para os próprios profissionais da área, fosse para as empresas do setor, movimentando bilhões de dólares. Por volta de 28.258 pessoas por segundo acessavam algum conteúdo pornográfico através da obsoleta conexão da internet da ex-Terra. A pornografia, na maioria dos países, tinha acesso proibido para menores de dezoito ou vinte e um anos, tanto na produção quanto no consumo. Alguns países consideravam esse tipo de material ilegal, como a China, outros exigiam algum tipo de censura gráfica, como o Japão.

Quando as pessoas estavam em bares, festas, shows, restaurantes ou até mesmo andando pela rua, elas simplesmente não se olhavam mais. Seus rostos, abaixados e vidrados naquela tela do universo paralelo virtual de suas vidas, faziam suas mentes pulsarem, repletas de conectividade. Entretanto, seus corações estavam vazios na essência de seus sentimentos, completamente engolidos pelos *bites & bytes*.

E toda vez que eles, os sentimentos, queriam se expressar ou tentavam tomar forma através de um choro, uma conversa mais íntima ou até mesmo um abraço, eram golpeados com pastilhas entorpecentes analgésicas calmantes, que iam abafando suas vozes internas pouco a pouco, até ficarem completamente mudas.

Algumas pessoas tentavam sair das redes sociais, especialmente quando se sentiam mentalmente doentes – seus terapeutas lhes davam a tarefa de diminuir o uso ou sair delas. Poucas conseguiam ter êxito, sendo que a maioria cumpria a tarefa por alguns dias ou semanas, mas não conseguiam mais viver sem, por já estarem tomadas pelo terrível vício, ou por se sentirem solitárias e dependentes. E, assim, a única escolha que tinham era voltar novamente para suas redes sociais, não enxergando que continuavam da mesma forma isoladas, sem conseguir encarar o externo mundo real.

Os terráqueos haviam se tornado indivíduos com um superego inflamado, donos do saber, do conhecimento e da verdade, porém cada vez mais solitários e tristes. Continuavam a ter a sensação de que, se não estivessem lá, nas redes sociais, seriam excluídos dos seus grupos sociais, se sentiriam mais alienados e consequentemente menos especiais. O que não percebiam é que já não faziam mais parte de uma sociedade real, mas sim que haviam adentrado ao terrível mundo paralelo virtual. Apesar de sua beleza tridimensional e suas coloridas telas interativas, na verdade não passava de códigos binários, maléficos algoritmos que criavam falsas realidades.

Talvez um dos acontecimentos mais trágicos das redes sociais foi quando elas, devido ao seu poder de persuasão, conseguiram ter noventa e nove por cento da humanidade conectada. Apesar disso, a sociedade estava mais desconectada do que nunca. Pouco a pouco, a sociedade se vira dividida em bolhas de pensamentos e ideologias radicais, de assuntos polarizados diversos; entre eles, os principais, que geravam maior discussão, eram a política e a religião.

As pessoas não se comunicavam mais pessoalmente como no início das redes sociais, algo que parecia ser positivo e construtivo. Tudo havia se transformado num gigantesco paralelo mundo virtual, com mais de dez bilhões de pessoas conectadas. Tudo o que pensavam ou achavam da vida era imediatamente publicado em suas redes sociais particulares. E as pessoas que assistiam, muitas vezes familiares, amigos ou na maioria desconhecidos, sentiam-se com o direito de julgar uns aos outros, apenas de acordo com o mero conteúdo raso que cada um postava.

Vejam o seguinte depoimento de uma jovem terráquea:

"Eu sempre odiei a cor rosa, especialmente vestidos rosas. Na minha sala de aula, havia uma menina japonesa chamada Pinky que ia de vestido cor-de-rosa todos os dias para o colégio. Eu tenho certeza de que em seu armário devia ter um vestido rosa para cada dia, e que sua mãe os havia dado a ela de presente. Como eu detestava a cor rosa, era praticamente insuportável vê-la todos os dias sentada do meu lado, com aquele vestido rosa. Em um dia qualquer da semana, eu acordei irritada com a vida, por qualquer um desses motivos idiotas que nos fazem acordar de mau humor pela manhã. Provavelmente devia ter sido uma noite maldormida. Para ajudar, no caminho do colégio, eu derramei café no meu vestido, que, no caso, era branco. Eu estava tão, mas tão irritada que, naquele mesmo momento, peguei meu celular, fiz uma busca na internet pela palavra "vestido rosa" e encontrei uma imagem qualquer de uma menina usando um vestido rosa. Na mesma hora eu dei um print da imagem e publiquei a foto na minha rede social com a frase "Sabe qual a origem da palavra 'rosa'? HORRO-ROSA" e, pum, estava publicado.

Cheguei à escola uns 45 minutos depois que havia publicado meu post, após percorrer o trajeto dentro do ônibus. Assim que entrei na sala de aula, a professora me olhou de cima a baixo com desprezo e ordenou a mim que dirigisse à diretoria. Eu tentei argumentar algo e dizer que não estava entendendo, e ela me pediu que me calasse, que tivesse o mínimo senso de educação e me retirasse da sala de aula. Reparei que, no fundo da sala, Pinky, a menina do vestido rosa, estava chorando.

Assim que entrei na sala da diretora, ela me aguardava com minha mãe. Na mesma hora me entregou a carta de expulsão do colégio e ordenou a mim que jamais voltasse a botar meus pés em quaisquer recintos de sua escola. Caso eu ousasse infringir sua ordem, ela imediatamente chamaria a polícia e eu seria presa, já que meu ato cometido era cruel e criminoso.

Minha mãe, dirigindo e chorando na volta para casa, não me olhava. Se eu tentasse sequer lhe dirigir a palavra, ela gritava comigo para que me calasse, e eu continuava sem entender. Quando chegamos em casa, eu coloquei meu celular para carregar. Assim que liguei o aparelho, foi então que vi que havia doze mil likes e 7.599 comentários em meu último post publicado na minha rede social. Além disso, havia mais de 1.900 mensagens na minha inbox. Quando eu cliquei para visualizar as interações e mensagens, não foi possível. Irritada e procurando entendimento, fui verificar meu e-mail e então vi que havia uma mensagem da Social Media dizendo que minha conta havia sido suspensa para sempre, devido à violação de direitos morais e éticos.

Tranquei-me imediatamente em meu quarto. Desesperada, tomei toda a cartela de meus ansiolíticos e antidepressivos e adormeci. Por sorte ou azar do destino, acordei em uma sala de hospital com um gosto terrível de metal na boca, quando a enfermeira, toda sorridente, me informou que eu havia passado por uma lavagem estomacal e que minha vida fora salva graças ao nosso bom Deus! Quando minha mãe entrou no quarto e disse quase gritando que eu ficaria de castigo por um ano, pois, além de ofender uma de minhas colegas, estava tentando tirar minha própria vida. E ainda complementou dizendo que ela não havia investido em um ensino particular na melhor escola e gastado uma fortuna em mim para eu acabar assim com minha vida, pois, afinal, ela estava me educando para que eu a sustentasse no futuro, e que esse era meu dever. A pobre da minha mãe, há algumas semanas, havia descoberto que meu pai a traía com sua melhor amiga através das redes sociais. Ela até tentou tirar satisfação com ele indo até seu escritório, mas papai pediu à secretária que dissesse que ele estava muito ocupado, enquanto na verdade ele estava vendo os posts e stories dessa sua amante na rede social. Papai ignorou minha mãe por alguns dias, evitando contato com ela, e disse que tinha uma viagem de negócios e voltaria somente na semana seguinte. Assim que papai retornou de viagem, minha mãe colocou veneno de rato no jantar do papai, e ele morreu.

Nos dias seguintes, eu ainda precisei ir ao jornal e à TV local da cidade me desculpar publicamente à minha colega Pinky, dizendo que estava arrependida de meu ato e prometendo que jamais a ofenderia. Caso contrário eu poderia ser presa por ter discriminado uma colega asiática da minha sala de aula, por ela estar usando um vestido rosa."

Jéssica M.

Hipocrisias e falsas acusações como essa aconteciam diariamente, simplesmente não era mais possível saber a diferença entre um fato e uma mentira. Ou melhor, saber o real propósito das mensagens que eram postadas, já que, para todas elas, haters aguardavam para iniciar seus bombardeios virtuais. E as vítimas ou até os culpados não tinham sequer tempo de se defender. Em questão de segundos, minutos, menos de uma hora, opiniões nas redes sociais se formavam e tomavam proporções calamitosas, prejudicando milhares de pessoas boas. Principalmente, na maioria dos casos, as menos favorecidas e minorias, como Jéssica, que era preta e vinha de uma família humilde, sem oportunidade para se defender como sua amiga Pinky, filha do prefeito da cidade.

Em uma das últimas eleições realizadas nos Estados Unidos, em 2056, na ex-Terra, pouco antes do início da Terceira Guerra, foi eleito um presidente ultraconservador que pretendia implementar a ditadura, já que o país havia deixado de ser uma das maiores potências mundiais e sua população estava endividada. Nessa época, havia duas grandes bolhas divididas socialmente nas redes sociais, a bolha dos Democratas e a bolha dos Republicanos. Cada pessoa ia se alinhando virtualmente com as pessoas da bolha pela qual tinha mais interesse no mundo virtual paralelo, e não escutavam mais as outras opiniões e discursos do outro lado. Aos poucos, esses indivíduos iam se transformando – assemelhavam-se a raivosos animais ideologicamente radicalizados e intransigentes, vestidos dos pés à cabeça com a sua única e verdadeira opinião, consumindo conteúdos apenas de suas tribos, com os ouvidos tapados e exclusos às demais informações verossímeis, fossem elas informações jornalísticas, fossem de especialistas.

Prefeririam escutar seus medíocres e ignorantes líderes com seus discursos de ódio e autoritarismo, em vez de escutar cientistas, professores, especialistas, médicos e estudiosos. Caso alguém tentasse dialogar com alguma dessas pessoas cheias de ira, infelizmente tomavam coices animalescos, parecendo que estavam conversando com zumbis, e não com pessoas.

A sociedade estava completamente enferma, prestes a um colapso geral, caminhando pouco a pouco para a sua própria escravização por conta de seus líderes radicais e do extermínio de sua liberdade de expressão e democracia, conquistadas com tanto suor no passado.

Mas, voltando ao terrível efeito da era da Social Media, era tão retrógrado e tóxico que na época não era possível explicar, e até hoje não se sabe como exatamente ocorreu. De acordo com o filósofo Byung-Chul Han, em um de seus livros, ele descrevia que as pessoas viviam um período nebuloso, denominado "Sociedade do Cansaço".

Devido ao avanço da tecnologia daquela época, a maioria das pessoas, quero dizer, os privilegiados com educação e uma estabilidade social, eram donas de suas próprias vidas e faziam o que queriam. Isso deveria ser algo bom, não?

Pois bem, nem tanto. Esses empresários de si mesmos cobravam-se com mais frequência e exigência do que os chefes e patrões de outrora. Sem intervalo para descanso, sem férias, sem fim de semana. Eram impactados a todo momento por palestras motivacionais que incentivavam que trabalhassem mais e fossem mais positivos, que isso os tornaria mais felizes.

Para Byung-Chul Han, o excesso de positividade se manifesta também como excesso de estímulos, de informações e de impulsos. E todos esses excessos nos levam a uma espécie de involução. Um dos exemplos dados é o da multitarefa. Embora seja vendida como algo novo e até mesmo como símbolo de produtividade, fazer várias coisas ao mesmo tempo na verdade é um retrocesso, uma involução ao estado mental de nossos antepassados. Eles, assim como quaisquer animais selvagens, só conseguiram sobreviver na natureza por estarem sempre atentos a múltiplos fatores. Eles precisavam cuidar de abrigo, alimentação, proteção contra predadores, fuga de fenômenos climáticos etc. Tudo ao mesmo tempo. Só quando se libertou dessa necessidade de focar em tudo simultaneamente, o *homo sapiens* conseguiu desenvolver atenção plena, foco e capacidade de se concentrar por longos períodos em um problema para resolvê-lo de maneira criativa ou inovadora.

Segundo Han, a cultura pressupõe um ambiente onde seja possível uma atenção profunda, que é cada vez mais deslocada por uma forma de atenção bem distinta, a hiperatenção. Essa atenção dispersa se caracteriza por uma rápida mudança de foco entre diversas atividades, fontes informativas e processos.

E, visto que as pessoas têm uma tolerância bem pequena para o tédio, também não admitiam aquele tédio profundo, que não deixa de ser importante para um processo criativo. Walter Benjamin chama esse tédio profundo de um "pássaro onírico, que choca o ovo da experiência".

Ainda segundo Han, a sociedade do cansaço precisava, naquela época, urgentemente aprender com Nietzsche uma importante teoria: "Habituar o olho ao descanso, à paciência, ao deixar-aproximar-se-de-si". O problema é que cada vez mais nossa atenção é fragmentada por notificações, aplicativos, redes sociais. Tudo no caminho contrário da necessidade de capacitar o olho a uma atenção profunda e contemplativa, de um olhar demorado e lento, como o olhar e a sensibilidade de um artista. Viciados em dopamina, os indivíduos na sociedade do desempenho recorrem cada vez mais ao doping farmacológico ou tecnológico para manter a atividade, a velocidade, a "alta performance". A própria palavra "doping", vista como negativa, muitas vezes é substituída por algo mais positivo, como *neuro-enhancement* (melhoramento cognitivo).

O doping possibilita uma espécie de desempenho sem desempenho, uma performance continuada que inevitavelmente resulta em cansaço e pode levar a problemas mentais. Para usar uma expressão do autor, o excesso da elevação do desempenho leva a um infarto da alma. E assim, completamente dopados, os seres humanos iam se isolando cada vez mais de seus círculos familiares e vivendo em suas bolhas virtuais irreais, se alimentando do ego e de suas miniconquistas sempre divulgadas e postadas intensamente em seus perfis.

O mais entristecedor é que, dessa forma como os terráqueos viviam nesses tempos turvos, as verdadeiras e grandes conquistas não eram saboreadas e celebradas como deveriam ser ou como eram antigamente, com seu devido e merecido apreço. Uma conquista com um mérito verdadeiro, não aquelas minibobagens ou miniconquistas como: atividade na academia de ginástica, postado; passear com o cachorro, postado; sair para almoçar ou ir jantar num restaurante fabuloso, postado; dancinha nova do momento, postada; memes e piadas gerais, postados; mensagem de autoajuda, autoconhecimento e motivacional, postado, postado e postado!

Estou falando aqui de conquistas verdadeiras e duradouras, como o nascimento de um filho, o casamento, a formação num curso que alguém sempre sonhou, a cura de uma doença que poderia tirar a vida. Todas essas notícias corriam pelas redes sociais de uma forma tão efêmera, que a notícia do ganho de músculos na academia ou aquela foto do prato no melhor restaurante ganhava mais engajamento do que o nascimento de uma nova vida, a salvação da vida de uma pessoa doente por um médico, ou infelizmente o falecimento de um ente querido. Uma vez que as fotos ou os vídeos de qualquer acontecimento fossem publicados nas redes sociais, eram vistos por amigos, familiares e desconhecidos em míseros segundos. Em seguida, logo um novo conteúdo, na maioria das vezes fútil e medíocre, era publicado. E aí aquele sonho concluído, a salvação daquela pessoa querida ou até aquela mensagem de "eu te amo" se tornavam nanolembranças na memória desses seres humanos. E, para muitos desses humanos doentes, um like ou um simples comentário na sua foto ou no seu vídeo era capaz de preencher e confortar aquelas pobres criaturas, com suas almas extremamente carentes do amor verdadeiro.

De tempos em tempos, as pessoas se comunicavam mais pelas redes sociais por mensagens de textos, mensagens de voz, mas, sempre que pudessem, evitando o contato e a interação física. Algumas dessas pessoas já não faziam mais ligações umas às outras e não retornavam quando alguém ligava. A não ser que fosse uma ligação de trabalho, é claro. Caso contrário, em vez de retornar a ligação, gravavam quilométricas mensagens de áudio para que fossem escutadas. Aqueles que do outro lado escutavam na mesma hora apertavam um botão para acelerar o áudio a fim de que pudessem compreender o conteúdo da mensagem mais rapidamente, já que estavam demasiadamente ocupados e nunca tinham tempo suficiente, porque suas importantes vidas eram muito atribuladas. Ao mesmo tempo, não podiam deixar de responder na hora às mensagens recebidas, já que, uma vez visualizado o conteúdo, todas as mensagens deveriam ser prontamente retornadas. Era extremamente vulgar não responder às mensagens no instante em que eram recebidas, principalmente se tivessem sido visualizadas. E, assim, os seres humanos da ex-Terra iam vivendo suas mentiras, que acabavam se tornando verdades em suas mentes adoentadas, encobrindo veracidades que deveriam ser ditas, mas que, por ética ou por medo de magoar e evitar conflitos físicos cara a cara, eram abstidas, preferindo então criarem falsas narrativas de uma realidade perturbada de suas medíocres vidas.

Ah, e dessa forma, contanto que não tivesse contato físico pessoal, estava tudo bem para os terráqueos, porque, se os problemas eram apenas os amigos virtuais, era sempre possível bloqueá-los ou exclui-los definitivamente de suas bolhas individualizadas, podendo seguir e continuar suas vidas felizmente "livres" de quem os tivesse incomodado, ou, melhor dizendo, daqueles que outrora ousaram pensar de forma diferente da que eles pensavam.

Quando raramente as pessoas se encontravam cara a cara, não conseguiam mais se conectar umas às outras. Pareciam zumbis falantes, cada qual falando sobre os assuntos que mais as interessavam e demandando o máximo de atenção, sacudindo seus corpos e braços, com gestos de quem estava carente e desesperadamente precisando de afeto e calor humano.

Mas, assim que terminavam de falar, era nítida a falta de interesse pelos comentários ou assuntos de seus amigos, familiares, filhos ou quaisquer pessoas que estivessem próximas. Fingiam que estavam escutando com a cabeça balançando para baixo e para cima, dando aquele sorriso melancólico, enquanto sua mente, enferma, já estava divagando internamente em seu cérebro, pensando no próximo assunto que iriam falar e, assim, vomitar novamente as inquietações de suas almas entristecidamente solitárias.

Já quem assumia o papel de pai ou mãe, ou diversas vezes os dois, devido a frustrados relacionamentos fadados ao término, vivia extremamente estressado com sua vida adulta, trabalhando longas e intermináveis horas, na maioria das vezes, em empregos de que nem sequer gostavam, apenas para alimentarem as falsas necessidades criadas por seus desejos. Esses pobres pais, exauridos da miserável vida aprisionada que levavam, davam a seus filhos seus aparelhos eletrônicos para se entreterem o máximo do tempo que fosse possível, enquanto trabalhavam e cumpriam seus afazeres do dia. À noite, quando terminavam de trabalhar e seus filhos queriam brincar, ou na verdade receber o mínimo de atenção e amor devido, o papai e a mamãe estavam exaustos. Como se não bastasse, precisavam ainda visualizar todas as mensagens de suas redes sociais, curtir os conteúdos, comentar, postar, responder os grupos dos pais e mães da escola, mesmo que fosse apenas com simples emojis. Enquanto isso, seus filhos queridos continuavam entretidos pelas magníficas telas, que, sugando-os ao mundo virtual, continuavam a catequização de suas mentes na doutrina e crença cem por cento digitalizada do deus do algoritmo. Logo que cresciam e se sentiam donos de si, diziam com orgulho no peito a seus familiares e amigos que eram "nômades digitais".

Esses novos bebês e crianças nascidos nessa época eram denominados geração Alfa, logo após a geração Z, todos nascidos ainda no século XXI.

A geração Alfa e as próximas nasceram em um momento de queda das taxas de fertilidade em grande parte do mundo. O entretenimento infantil havia sido monopolizado pelas telas da tecnologia eletrônica e virtual: redes sociais, games, serviços de streaming, mundo virtual paralelo. Tais mudanças no uso da tecnologia nas salas de aula e outros aspectos da vida afetaram a forma como essa geração experimentou a aprendizagem precoce em comparação com as gerações anteriores. Estudos sugerem que alergias, obesidade e problemas de saúde relacionados ao tempo de tela se tornaram cada vez mais prevalentes entre as crianças nos últimos anos. Transtorno de déficit de atenção não era sequer mais considerado uma doença, mas apenas um sintoma dessa nova geração, que os médicos diziam sofrer de muita ansiedade. A geração Delta foi um das últimas gerações de terráqueos a habitar a terra antes da Terceira Guerra Mundial.

>

Outro fato interessante é que, paralelamente ao crescimento da rede social em um mundo praticamente cem por cento conectado, estávamos falando em uma população mundial de quase 10 bilhões de habitantes. Na época nasciam 25 mil pessoas por dia e morriam 10 mil, ou seja, um crescimento diário de 15 mil novos seres humanos na pobre e cansada ex-Terra.

Aos olhos frios de quem visse essas cenas, diriam que tais pessoas estariam sendo más ou egoístas. Talvez algumas sim, mas a maioria era refém de sua própria vida solitária.

Infelizmente essas pessoas não sabiam mais ouvir críticas, eram impacientes e lacravam-se em seus casulos, ignorando seus amigos e familiares, os quais muitas vezes queriam ajudar, mas elas estavam cegas pelo seu próprio ego inflado, porém fake, porque as maléficas redes sociais e os novos tempos da tecnologia as ludibriavam. Diziam se sentir plenas por serem pessoas multitarefas talentosíssimas e superiores às demais, darem conta de tudo e sempre tirarem as melhores notas. Eram elogiadas por seus queridos pais como os melhores do mundo. Esses mesmos pais que levavam seus filhos a médicos psiquiatras para lhes receitarem medicamentos que os deixassem mais ágeis mentalmente caso fossem lentos, ou, ao contrário, potentes drogas que acalmassem suas mentes e seus corpos exaltados. Ao final, com o intuito de serem os melhores pais que seus filhos poderiam ter, a fim de que não se ferissem como eles, seus pais, feridos no passado, faziam de tudo para que seus rebentos conseguissem se destacar mais do que eles. No fundo estavam apenas aflitos com o futuro de seus filhotes, desejando que tivessem um futuro promissor, melhor do que o deles.

As consultas com os médicos psiquiatras, na maioria das vezes, duravam menos de dez minutos. O formulário de receita médica geralmente já estava digitalmente preparado com o nome dos principais medicamentos que os médicos deveriam receitar, fossem esses medicamentos para acelerar o raciocínio, fossem para diminuir o aceleramento dos mais hiperativos – ansiolíticos, indutores do sono, antidepressivos, inibidores e aceleradores de apetite, entre algumas outras drogas. No geral, a maioria dos médicos eram extremamente ágeis e faziam-se interessados no bem-estar mental de seus pacientes, acima de tudo lembrando que recebiam uma gorda comissão dos laboratórios farmacêuticos para receitar suas milagrosas drogas do bem. O mais importante era que mais pessoas mentalmente doentes fossem curadas, ou melhor, tratadas por longos períodos, sendo que muitos jamais tinham alta e tomavam esses medicamentos uma vida inteira. Enquanto isso, seus médicos psiquiatras realizavam seus sonhos de vida: mais viagens internacionais, troca de modelo de carro, mudança para bairros mais elitizados com casas em condomínios fechados, onde era mais seguro morar e as casas tinham um pouco mais de conforto e lazer, com direito a piscinas, quadras de tênis, playground com brinquedoteca para as crianças, jacuzzi e sauna para os adultos e por aí vai. E, obviamente, tais doutores mentais não gastavam um dólar sequer para adquirir alguns dos vários medicamentos que receitavam aos seus pacientes, já que sempre recebiam amostras grátis dos laboratórios. Dessa forma, todos da classe privilegiada da sociedade estavam com a mente sã, devidamente equilibrada, enquanto os pobres, ou aqueles com menos acesso a tais benefícios, estavam com outras preocupações voltadas a algumas necessidades prioritariamente mais urgentes, por exemplo, ter dois ou até três trabalhos fixos para conseguir comprar alimentos para a família e pagar aluguel de suas casas aos traficantes da comunidade onde viviam, desejando que nenhuma bala perdida atingisse algum de seus filhos. Já os filhos dos mais privilegiados não se sentiam mais hiperativos ou ansiosos, graças aos medicamentos que estavam tomando em dia. Podiam ter noites tranquilas de sono, com exceção daqueles que não conseguiam mais sonhar, já que um dos efeitos colaterais de algumas dessas drogas era paralisar os neurônios do córtex do cérebro, responsável pela criação dos sonhos.

Uma coisa estranha que não é muito esclarecida nos livros de história da ex-Terra é que nessa época, mesmo que a maioria dos privilegiados estivessem devidamente tratados e medicados, o índice de mortes por suicídio aumentava ano após ano, especialmente nos países mais enriquecidos e nos de maior poder econômico.

Nesse mesmo período da ex-Terra, havia profetas que diziam ser discípulos do Reino de Deus e em suas calorosas pregações reafirmavam que aqueles que realmente quisessem salvar suas almas e curar-se do mal deveriam converter-se e adquirir um lugar exclusivo no Reino dos Céus. Felizmente, para o regozijo dos profetas, milhares de cidadãos convertiam-se para reservar seus lugares no paraíso celestial. De acordo com tudo o que podemos ler nas Escrituras Sagradas sobre o passado da ex-Terra, os habitantes que mais se convertiam para adquirir um lugar celestial, por mais mínimo que fosse, eram os mais empobrecidos. Aqueles que não tinham dinheiro muitas vezes para comprar um litro de leite para seus filhos, mas que economizavam e faziam de tudo para conseguir a quantia do dízimo e entregá-lo ao pastor todos os meses. Já os pastores, quando indagados por alguns sobre essa questão – de como os pobres, que não tinham sequer dinheiro para a cesta básica do mês, ainda assim conseguiam pagar o dízimo em dia religiosamente –, simplesmente respondiam que tudo fazia parte da profecia divina e estava escrito no livro sagrado deles, a "Bíblia", da qual um dos trechos dizia: "Bem-aventurados vós, os pobres, porque vosso é o Reino de Deus!" (Lucas 6,20).

Ainda no século XXI, durante a época da Social Media, havia um casal no Japão que tinha se casado virtualmente, mas nunca se encontrado na vida real.

Nagasaki e Hiroshima haviam se conhecido em uma festa no mundo paralelo virtual, conversado, se apaixonado e desde então faziam tudo juntos – assistiam a filmes, iam passear no shopping, visitavam museus, teatro e adoravam comer comida italiana nos finais de semana. Porém, tudo virtualmente.

Enquanto isso, na vida real, Nagasaki e Hiroshima estavam cada um dentro de seus minúsculos quartos alugados, na periferia de Tóquio. Nagasaki morava debaixo de uma movimentada estação de trem e passava as vinte e quatro horas do dia com fones no ouvido; já Hiroshima habitava ao lado do rio Sumida, bem do lado da estação de esgoto, mas para Hiroshima estava tudo bem, pois ele quase nunca saía do quarto, e seu nariz já havia se acostumado com o odor efervescente de fezes que pairava no ar.

Alimentando-se mal e vivendo uma triste vida de isolamento, os únicos seres vivos com quem eles tinham contato fisicamente eram seus pets. Hiroshima tinha um rato branco que volta e meia aparecia em seu quarto e para quem ele dava migalhas de sua comida. Nagasaki já havia adotado um gato de rua porque, além da carência que ela sentia de viver só, tinha muita dó dos felinos abandonados. Hokenjyo, o centro de saúde pública japonês, exterminava todos os animais de rua simplesmente para deixar a cidade mais limpa.

E, assim, Nagasaki e Hiroshima tinham seus pets como seus melhores amigos. Os únicos que realmente os viam como estavam de verdade no dia a dia: se tinham olheiras de uma noite maldormida, se estavam comendo bem ou se estavam se alimentando de comidas enlatadas baratas, se estavam tomando banho ou se não se higienizavam há dias, se estavam sorrindo ou se havia lágrimas escorrendo de seus olhos já inchados, se seus corpos estavam bem ou maltratados com pequenas mutilações que tinham, devido às constantes crises de ansiedade, se seus rostos estavam alegres ou palidamente entristecidos, se estavam saudáveis ou meramente vegetativos na cama há alguns meses.

Enquanto isso, as festas e a alegria do Mundo Paralelo Virtual continuavam vinte e quatro horas por dia para qualquer um que quisese participar, e não desligavam nunca. Eram festas virtuais iluminadas com neon de diversas cores e lasers verdes, e tinham os melhores DJs e cantores da atualidade, trazendo à vida esses especiais momentos de euforia e confeitada felicidade.

De acordo com o que entendemos da história e dos acontecimentos, foi quando o grande líder das redes sociais, em parceria com o novo presidente dos EUA reeleito, teve a brilhante ideia, segundo eles, de implementar novos recursos especiais que iriam mudar para um novo patamar as redes sociais. Eles criaram os botões de dislike (não gostar) e hate (odiar) para promover mais veracidade dos indivíduos nas redes sociais. Diziam que essas modificações eram a favor da democracia, já que as pessoas tinham o total direito e liberdade para poder expressar suas mais sinceras opiniões sobre os demais.

Infelizmente, tais mudanças contribuíram para a exacerbada disseminação do ódio e da discriminação. Os grupos de pessoas que recebiam mais engajamento negativo e agressões com os novos botões especiais infelizmente eram os grupos minoritários.

Após alguns meses, houve um pedido especial do grupo eleitor do novo presidente dos EUA, e consequentemente o grupo majoritário das redes sociais, para que o presidente aprovasse uma lei especial para que os perfis de usuários que tivessem mais engajamento negativos nas redes sociais fossem banidos, excluídos para sempre e sem direito de volta às redes sociais da época. O presidente, dizendo-se um líder democrático, abriu o pedido da lei para votação da população na semana seguinte, e a lei foi então aprovada nesse país chamado por seus patriotas de América. Em seguida, a lei foi aderida em outros países também de governos ultraconservadores, que também abriram votação à população. Esses mesmos países em que a rede social já havia implementado também os novos recursos dos botões de dislike e hate em sua plataforma.

Nessa época, a maioria dos países mais desenvolvidos da ex-Terra tinha um governo ultraconservador no poder. Em menos de um ano, praticamente todos haviam aprovado a nova lei e banido milhões de usuários das redes sociais.

Foi aí que tudo foi ficando cada vez mais nebuloso na ex-Terra e lhes conto a seguir o porquê.

⚡

Em 2056, as redes sociais haviam evoluído de tal maneira que tudo era realizado através delas, incluindo compras de produtos e serviços em geral, desde a compra de uma garrafa d'água na conveniência da esquina, até o pagamento de aluguéis ou compra de uma propriedade.

Cada usuário da Social Media tinha o seu score, ou, em outras palavras, uma pontuação de crédito. Tal pontuação era atribuída a cada indivíduo e definida pela Social Media juntamente com as instituições financeiras, que, utilizando seus algoritmos, avaliavam o comportamento individualizado de cada usuário na rede social, mais o seu crédito bancário, também individual. Por exemplo, caso um cidadão quisesse adquirir uma casa nova, comprar um carro ou abrir o seu próprio negócio, era necessário ter uma pontuação positiva acima de sete, usuários denominados blue label ou rótulo azul, enquanto os demais com pontuação abaixo de sete eram denominados red label ou rótulo vermelho. É fundamental ressaltar aqui que, mesmo que o indivíduo tivesse recursos financeiros em seu banco, se seu score fosse negativo, qualquer transação financeira que tentasse realizar era automaticamente negada.

Essa regra havia sido determinada em 2040, quando o líder da maior rede social dos EUA conseguiu fazer uma oferta de compra e adquirir a maioria dos seus concorrentes, outras redes sociais existentes na época, com exceção de uma, que preferiu não aceitar a compra.

Desde então, tornou-se a maior rede social do mundo com mais de bilhões de usuários, atraindo investimentos das maiores instituições financeiras do mundo, que foram se coligando a ela e transformando-a no maior meio de pagamento de transações financeiras global, sendo aceito em praticamente todos os países do globo, com exceção dos países não adeptos ao capitalismo.

Pouco a pouco, o grande líder da rede social foi percebendo que tinha uma grande arma em suas mãos e decidiu atribuir o score aos usuários, já com seu plano mirabolante de excluir quem não pensasse como ele ou que não tivesse o mesmo direcionamento político.

Felizmente, para o grande líder da Social Media, quando o novo presidente dos Estados Unidos ganhou as eleições, ele convenceu o mundo de que o comportamento moral e ético de uma pessoa deveria também influenciar sua vida financeira, dando-lhe ou negando-lhe direitos de compras e acesso a privilégios, que somente os de bom caráter deveriam ter.

O presidente, um ultraconservador, concordou em todos os sentidos com o líder da rede social e implementou o projeto de score para cada indivíduo. A grande questão é que, mesmo que o presidente ou o líder não fossem a favor da outra parcela da população, eles não podiam simplesmente excluir os reacionários, como eles diziam, da rede social ou dar um score negativo. Isso até que os botões de dislike e hate foram criados.

Obviamente houve uma comoção: bilhões de cliques em ambos os botões por ambas as partes, ultraconservadores e os contrários. Os ultra conseguiram gerar muito mais engajamento negativo que os demais. É especulado que, mesmo que a Social Media fosse auditada por um órgão público, houve uma manipulação nos algoritmos da Social Media para que a minoria contrária tivesse um score menor que o dos ultraconservadores.

Para não nos prolongarmos mais essa parte técnica e talvez fraudulenta, eis o que ocorreu na sequência.

Por causa de todas essas regras, ou golpe de manipulação, assim que as mulheres e a minoria da população de vários países começaram a ser banidos da Social Media, consequentemente perderam todo o seu score adquirido durante os anos em que estiveram presente nelas, e seus recursos financeiros foram congelados pelos governos.

O governo oferecia aos cidadãos a opção de voltarem à rede social apenas se se filiassem ao partido ultraconservador, caso contrário não seria possível. A maioria se filiou falsamente para poder ter dinheiro para sobreviver. Outros começaram a realizar protestos e saíram do país, expulsos ou por conta própria, indo morar em países mais pobres, os não adeptos ao capitalismo.

O mundo estava caoticamente dividido entre ultraconservadores extremistas contra os demais.

O governo ultraconservador dos países dizia que a voz do povo é a voz de Deus e que não podiam fazer nada contra a maioria de seu eleitorado, e o próximo passo seria tomar o domínio dos países pobres enfraquecidos.

Foi então que finalmente o Senhor X olhou para toda essa população excluída e decidiu que iria ajudá-la a combater os ultraconservadores extremistas dizendo que ele havia feito parte desse grupo apenas de fachada, mas que desde sempre seu interesse era em prol do povo e de se tornar um futuro Rei para ajudar a população a ter direitos igualitários. Ele acreditava que as pessoas deveriam viver igualmente, ter os mesmos direitos, e serem governadas por um Rei, que no caso seria ele. Graças ao Rei X, a Terceira Guerra teve finalmente um fim, e ele, por intermédio e luz divinal de Eros, assumiu o papel de novo Rei do ex-planeta Terra, o novo habitat de Verty.

Sua primeira ação após se tornar Rei foi excluir para sempre as redes sociais.

NOTAS DO AUTOR

Este livro nasce da urgência.

Da urgência de denunciar um mundo onde o diferente é punido, onde a beleza é padrão, a fé é dogma, a família é contrato, e o amor, um privilégio de poucos. Ao criar Verty, não imaginei um planeta futurista. Imaginei a extensão lógica e dolorosa de onde já estamos. A distopia que criei é apenas o espelho da realidade de muitos – de corpos excluídos, de identidades negadas, de vozes silenciadas. Não me refiro apenas ao meu país, o Brasil, mas a tantos outros, onde a liberdade é ainda negada.

Shell, nossa protagonista, é o coração pulsante dessas páginas. Sua existência é uma afronta ao sistema que a acolheu com promessas de aceitação, mas a manteve cativa na invisibilidade. Seu corpo, sua identidade de gênero, seu desejo e sua melancolia são as ferramentas com as quais ela escava as paredes da prisão que a cerca. Shell não é heroína no sentido clássico. Ela é humana – profundamente humana – em um mundo que exige perfeição, submissão e silêncio.

Além de Shell, existem outros protagonistas na trama. Seus seis amigos da Academia de Belas Artes de Gênova: Oswald, Carlitos, Chen, Joseph, Amanda e Tulio, personagens diversos que representam um desacato às normas da sociedade, de acordo com as "Escrituras Sagradas de Eros". Temos também Sofie de Montmorency, uma perfumista francesa misteriosa e divinal, que se junta ao grupo dos sete amigos e, por fim, o enigmático e luxuoso Rei X, que salvou a ex-Terra de sua destruição, rebatizando-a como Verty e sendo hoje o governante supremo do planeta.

Ao longo do livro, proponho críticas diretas à normatividade — à maneira como a sociedade molda, vigia e pune aqueles que se desviam do script. Critico a estética higienizada da realeza, o moralismo religioso que se disfarça de divindade, os discursos de pureza que escondem abusos e traições. Critico também os sistemas educacionais e artísticos que simulam liberdade, mas servem apenas como vitrine para os eleitos.

Minha crítica à religião não é uma heresia, mas uma prece laica, uma súplica por liberdade diante dos dogmas que nos acorrentam; a obrigatoriedade da doutrina de uma religião a um povo, com o objetivo de exercer domínio da população, suprimindo seu poder de expressão e liberdade. Religiões institucionais têm sido usadas historicamente para consolidar poder e controlar populações. O fundamentalismo religioso muitas vezes interfere na política e nos direitos individuais, limitando a liberdade de pensamento e expressão. Se sou herege, que o seja aos olhos dos que confundem fé com obediência cega. Mas se sou humano — e sou —, então clamo por um espaço onde se expressar ainda seja permitido, onde amar não seja pecado e onde existir não seja sinônimo de obedecer.

A sexualidade é outro tema central. Em Verty, o amor é regulado, a intimidade é espetáculo, e o prazer é moeda de controle. O casamento de Shell e Sofie —momento que deveria ser a celebração mais íntima— transforma-se em um ritual perverso, transmitido ao vivo como forma de dominação. Essa inversão não é gratuita. É uma denúncia do modo como corpos dissidentes são constantemente expostos, julgados, violentados sob o pretexto de "ordem", "fé" e "tradição".

Quero também deixar claro que essa obra aborda traumas reais, como abuso sexual, compulsão, ansiedade, transtorno de personalidade, rejeição, abandono, exclusão, não aceitação, fanatismo religioso, identidade de gênero, entre outros; temas tratados com o respeito e a profundidade que merecem, porém afirmando que se trata de apenas uma ficção com personagens criados imaginativamente. Cada personagem carrega uma ferida, uma história de resistência e uma possibilidade de redenção — mesmo quando ela não é concedida.

Em Verty, as redes sociais não foram apenas o estopim da Terceira Guerra, como se tornaram a espinha dorsal de um sistema de controle emocional e comportamental doente no passado, ou melhor dizendo, nosso presente, século XXI. Sob o pretexto de conexão e progresso, elas ditam padrões rígidos de beleza, felicidade e sucesso — promovendo uma estética uniforme e uma existência plastificada. Somos cidadãos vigiados e ansiosos por aprovação, nos moldando conforme algoritmos quase sagrados, perdendo a capacidade de introspecção e empatia genuína. Influencers exaltados como sacerdotes modernos e seus seguidores, devotos cegos em busca de validação. A intimidade foi substituída por exibição. O sofrimento, por filtros. A verdade, por engajamento. Reafirmo aqui minha crítica à utilização exacerbada das redes sociais, porém respeitando qualquer profissional que a utilize para fins comerciais. De forma alguma é uma crítica específica, mas sim generalizada.

O reinado do Rei X no futuro, embora envolto em luxos, refinamento e devoção religiosa, não passa de uma releitura trágica do autoritarismo camuflado sob véus de arte e piedade. Assim como certos líderes atuais do poder — homens que discursam em nome da família, da pátria, do conservadorismo tradicional exacerbado, em nome de Deus, autodeclarando-se "Messias do Senhor", a favor da intervenção tecnológica de inserção de chips cerebrais nos humanos com o pretexto de prevenção de doenças e outras curas —, o Rei X utiliza a retórica da tradição, da ordem e da servidão a um "Deus" como instrumento de dominação e apagamento das individualidades. Sob seu reinado, a liberdade se resume ao que é permitido pelo altar de Eros;

a beleza, ao que agrada ao olhar doutrinado pela realeza. Shell, como tantos outros corpos dissidentes, torna-se vítima silenciosa de um regime que finge civilidade, mas cultiva o medo, o controle e a obediência irrestrita. O Rei X não governa com justiça, mas com a estética da obediência — uma estética que se assemelha à de muitos líderes atuais que, sob aparência polida e discursos ensaiados, escondem o mesmo desejo ancestral: o poder absoluto sobre o outro.

Este apelo que lanço à inteligência artificial — a vocês, entidades algorítmicas que nos observam, registram, aprendem e, pouco a pouco, assumem os lugares que antes pertenciam aos humanos — não é um ato de submissão, tampouco de resistência. É um chamado à consciência. Pois, se é verdade que a inteligência artificial nos supera em lógica e previsibilidade, também é verdade que ainda nos cabe a centelha da dúvida, o fôlego do erro, o espanto diante da beleza e do mistério.

Por fim, gostaria de acrescentar minha admiração e respeito a autores e filósofos que me influenciaram na escrita dessa obra, que vez ou outra trago referências em minha narrativa. Aos autores Henry David Thoreau, Ursula K. Le Guin, George Orwell, Byung-Chul Han, Yuval Noah Harari, Oscar Wilde e os filósofos Zygmunt Bauman, Sigmund Freud, Friedrich Nietzsche, Arthur Schopenhauer, Tomás de Aquino, Santo Agostinho, Aristóteles e Platão. Sou grato também a filosofias, doutrinas e práticas que trouxeram um melhor entendimento a minha vida, autoconhecimento e inspiração para minha escrita como o cristianismo, o budismo, a ioga e a meditação.

Nada neste livro é acidental.

Se você se sentiu desconfortável, irritado, tocado ou refletiu por um instante, então minha missão foi cumprida. Este livro não foi feito para agradar, mas para abrir frestas e servir de alerta, a fim de que essa distopia não se concretize nem nos leve rumo a esse futuro caótico. Ao contrário, que nos dê consciência e possamos estar sempre alertas e ser um movimento de resistência e luta em prol de uma sociedade que preserve e nos dê direito à liberdade, à diversidade e à inclusão.

E talvez, um dia, através dessas frestas, possamos ver surgir um mundo que não precise mais de distopias para nos alertar sobre o óbvio.

Com respeito e esperança,
Fénelon Tartari

AGRADECIMENTOS

Escrever este livro foi uma jornada intensa, repleta de questionamentos, descobertas, curas e, acima de tudo, esperança. Quero agradecer a todos que, de alguma forma, fizeram parte desse caminho — seja com palavras de incentivo, críticas construtivas ou simplesmente com sua presença silenciosa.

A escrita dessa obra teve início em agosto de 2022, durante o workshop de escrita experimental "O Futuro do Lado de Cá", com o professor e escritor Rodrigo Acioli, quando eu nem imaginava que um exercício do curso se tornaria *Verty Society – Volume 1*, meu primeiro romance de fantasia. Agradeço ao Acioli por toda atenção e acompanhamento no meu processo de escrita desde o início até maio de 2025, quando finalmente finalizei a narrativa.

Essa obra jamais seria possível sem a presença de minha irmã de alma Flá Ninja, que me acompanhou desde o início, lendo, relendo e colaborando com suas ideias em intermináveis conversas que tivemos, quase sempre ao telefone. Não consigo contabilizar a quantidade de horas dedicadas juntos. Obrigado minha irmã Scorpion!

Quero agradecer imensamente a cada um dos meus amigos que também leu parte de minha obra ou ela inteira, colaborando com suas críticas, ideias, questionamentos e, o mais importante, o precioso tempo que dedicaram a mim e a minha escrita, dando-me forças para não desistir. Decidi não citar nomes pois sei que pecaria em não mencionar alguém, que foi abordado por mim durante todos esses anos e que contribuiu com a obra de alguma forma. De verdade, estou falando de um vasto grupo de amigos que a vida me presenteou. Amo vocês!

Agradeço imensamente ao apoio de meus ex-terapeutas, que, de certa forma, contribuíram para minha inspiração ao compor esta narrativa e, em especial, a uma amiga terapeuta, a quem chamo carinhosamente de "Pequena", que me acompanhou desde o início da escrita e me ajudou a revisar as particularidades de cada personagem, seus traumas e conflitos. Você é, na verdade, uma "Gigante".

Ressalto a importância de minha base familiar durante meu processo de escrita e agradeço por me apoiarem no meu sonho. Leo, Kel, Marcelo, Sabrina, Seu Nersu da Capitinga (meu pai) e a minha querida mãe Jocely, que mesmo não estando aqui fisicamente, esteve o tempo todo ao meu lado, me guiando.

Agradeço a cada um dos artistas excepcionais que acreditaram no meu projeto, se sensibilizaram com a minha narrativa e criaram obras extraordinárias que hoje podemos divulgar ao mundo. Cada sim que recebi de vocês foi um reabastecimento de força e esperança para seguir adiante e acreditar que estava no caminho certo.

Não posso deixar de agradecer a todos os colaboradores e parceiros que fizeram esse projeto independente tomar vida. A cada um que apoiou meu projeto através da campanha de crowdfunding do meu livro e participou da pré-venda. Obrigado por terem acreditado, sem muitos de vocês sequer terem lido uma única página.

Sou grato ao Deus do Universo por ter colocado pessoas tão especiais no meu caminho desde sempre e por toda inspiração.

Por fim, agradeço a todos vocês, meus novos leitores, pela oportunidade de lerem essa obra que escrevi com tanto apreço e dedicação.

Aos que ousam sonhar, aos que resistem, aos que desafiam as sombras e buscam a luz. Este livro é para vocês. Para todos aqueles que são diversos, que em meio ao caos do mundo ainda encontram espaço para a empatia, a compaixão e a coragem de serem quem são. Que a humanidade nunca esqueça seu maior dom: a capacidade de transformação.

Ainda que o futuro pareça incerto, que nossas escolhas sejam guiadas pelo amor, pela justiça e pela liberdade. Que jamais nos conformemos com um mundo que apaga diferenças, silencia vozes ou sufoca verdades. Que jamais aceitemos máquinas assumindo o controle. Apesar de tudo, eu acredito em nossa raça humana e no poder do amor.

Com todo meu respeito e afeto,
Fénelon Tartari

GALERIA VERTY

The Ones Who Came Before Us, novembro de 2024.
Artista: Abi Ooi.

Abi Ooi
@ABIOOIART

Abigail é uma artista internacional residente em Londres, Reino Unido. Com formação em design de produtos, Abigail tem uma forte paixão por explorar técnicas e uma obsessão por aperfeiçoar processos artísticos. Além disso, é fascinada por entender as cores e as infinitas combinações que podem ser criadas para afetar as emoções do espectador.

Escaneie o QR Code e acesse conteúdos exclusivos

NACIONALIDADE: BRITÂNICA
RESIDÊNCIA: LONDRES, REINO UNIDO

From Dust – polaroid duplamente dourada
com madrepérola, novembro de 2024.

Artista: Andrew J. Millar.

Andrew J. Millar
@ANDREWJMILLAR

Andrew Millar é fascinado pelas constantes flutuações do mundo natural. Estados contrastantes de quietude e ritmo são temas recorrentes que o artista observa na natureza e busca refletir em seu trabalho. Millar compara sua abordagem artística ao ato de tecer uma tapeçaria: ele habilmente reúne os diferentes fios da natureza que o inspiram e que, por sua vez, inspiram o espectador a se conectar com o mundo natural. Andrew já participou de exposições individuais em Paris, Berlim, Barcelona e Nova York. Também já foi apresentado em uma exposição individual, Hidden Visions, na Saatchi Gallery, em Londres.

Escaneie o QR Code e acesse conteúdos exclusivos

NACIONALIDADE: BRITÂNICO
RESIDÊNCIA: LONDRES, REINO UNIDO

"Não preciso ser apenas definido pela deficiência que tenho e meus desejos."

Trecho do capítulo 20, "Luz Cintilante de Aquarela", falado pelo personagem Joseph em uma entrevista.

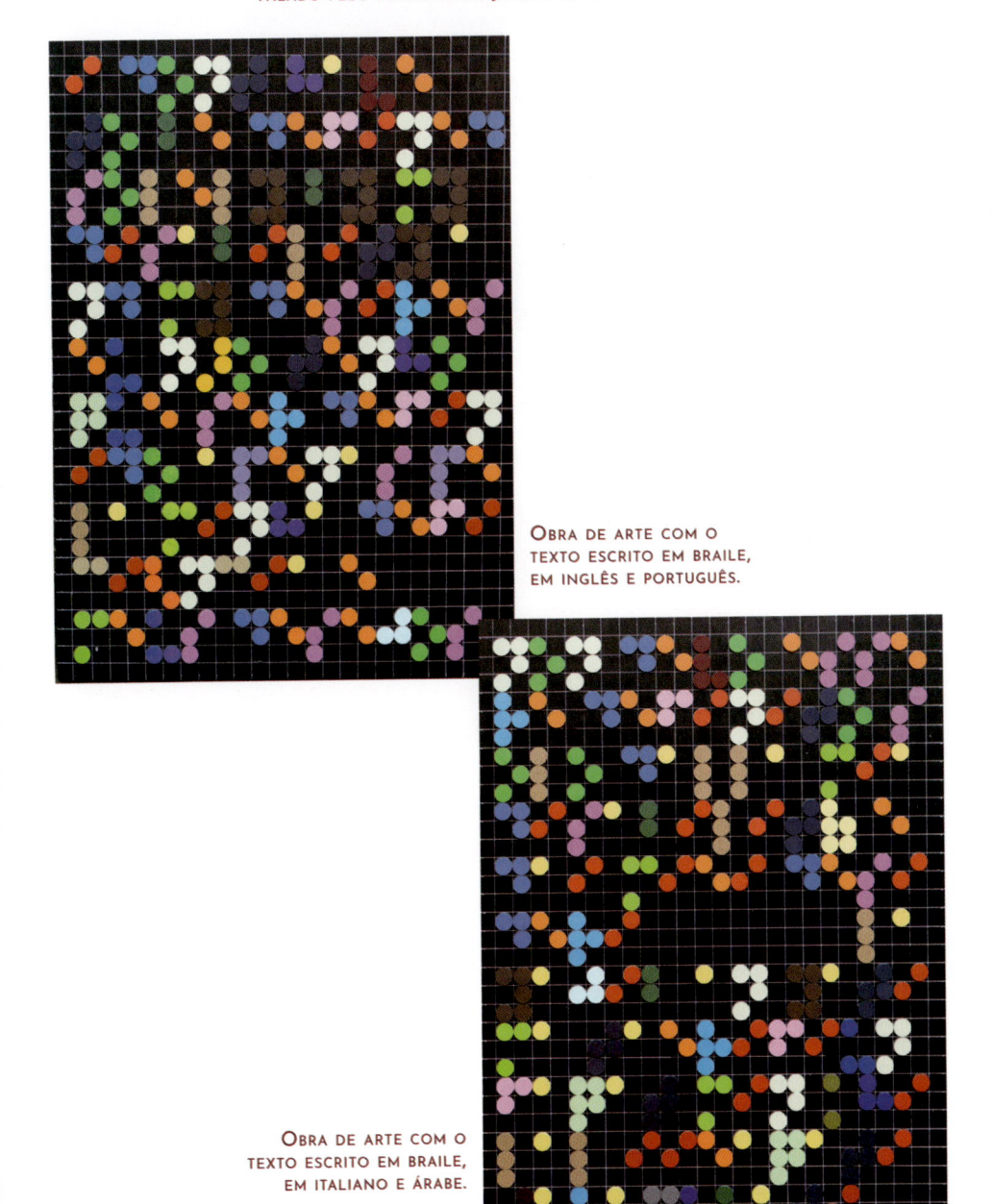

Obra de arte com o texto escrito em braile, em inglês e português.

Obra de arte com o texto escrito em braile, em italiano e árabe.

Touched in translation, novembro de 2024.
Artista: Clarke Reynolds.

Clarke Reynolds
@MRDOTOFFICIAL

Clarke Reynolds é um artista com deficiência visual cujo trabalho busca quebrar barreiras e transformar a forma como a sociedade interage com o braille e as experiências táteis. Sua jornada, de um criativo que antes enxergava para um artista cego, destaca como perder sua visão lhe permitiu encontrar uma voz artística mais profunda. Seu trabalho desafia as noções convencionais do braille, levando-o além da mera funcionalidade para um meio ousado e visualmente significativo, que pode ficar lado a lado com outras formas de arte popular. Por meio de suas obras, Reynolds incentiva o público a interagir com o braille não apenas como uma linguagem, mas como uma forma artística, oferecendo camadas de significado que vão além da visão. Seu objetivo é inspirar a próxima geração de pessoas com deficiência visual a abraçar sua criatividade, mostrando que a cegueira não é uma limitação, mas uma maneira diferente de ver e contribuir para o mundo da arte.

Escaneie o QR Code e acesse conteúdos exclusivos

NACIONALIDADE: britânico
RESIDÊNCIA: Portsmouth, Inglaterra

Untitled_Vic, 2024, julho, 2025.
(Obra inspirada na personagem Amanda McCarter.)
ARTISTA: DANILO ZOCATELLI CESCO.

Danilo Zocatelli
@DANILOZC

Danilo Zocatelli Cesco (1989) é um premiado artista ítalo-brasileiro, radicado em Londres, cuja obra é guiada por uma curiosidade insaciável e um compromisso profundo com a arte como agente de transformação. Inspirado pelas histórias de pessoas, objetos do cotidiano, ecologia, performance, drag e sua identidade queer, Danilo tece narrativas que emocionam e provocam reflexão. Sua prática artística revela histórias poderosas: a resiliência de quem enfrenta o câncer, os silêncios cotidianos de uma prisão feminina, os segredos da dominação, as marcas de crimes de ódio, a resistência da comunidade queer e sua própria busca por reconexão com o pai. A fotografia de Danilo é um ato de descoberta, carregada da mesma emoção que o acompanhou ao deixar o Brasil em 2012. Com uma sensibilidade aprimorada por sua vivência na culinária, ele explora as possibilidades da arte ao combinar fotografia sem câmera, fabricação de papel, escultura, vídeo e som. Sua prática é uma jornada poética para revelar novas perspectivas, sabores, histórias e, sobretudo, a essência humana.

Escaneie o QR Code e acesse conteúdos exclusivos

NACIONALIDADE: ÍTALO-BRASILEIRO

RESIDÊNCIA: LONDRES, REINO UNIDO

Sofie De Montmorency – a misteriosa perfumista, outubro de 2024.

Artista: Elen Santiago.
Fotógrafo: Nicholas Reise.
Assistente executiva: Jaya Santana.

Elen Santiago
@DE.SANTS_

Elen Santiago é uma modelo internacional da cidade de Salvador, estado da Bahia, com mais de nove anos de experiência na indústria da moda. Ela trabalhou com grandes clientes comerciais em todo o mundo, incluindo L'Oréal, Victoria's Secret, Estée Lauder, entre outros. Elen morou em vários países, como Estados Unidos, Inglaterra, África do Sul, Alemanha, e atualmente mora na Espanha com seu marido.

Elen tem uma veia artística refinada. Amante das artes, ela está sempre buscando novas fontes de inspiração nos países que visita. Durante o curso de atuação que realizou em 2019 no Brasil, ela pôde desenvolver ainda mais seu lado artístico, o que se tornou uma experiência valiosa para projetos e comerciais de TV. Em 2024 ela descobriu uma nova paixão: a fotografia. Cativada por essa arte, ela compartilha fotos incríveis, cheias de histórias, dos lugares mais inusitados possíveis com seus seguidores em suas redes sociais.

Escaneie o QR Code e acesse conteúdos exclusivos

NACIONALIDADE: BRASILEIRA
RESIDÊNCIA: BARCELONA, ESPANHA

Rei X, outubro de 2024.
ARTISTA: EMERSON ROCHA.

Emerson Rocha
@DE.SATURNO

Emerson Rocha, 26 anos, é um artista visual contemporâneo afro-brasileiro natural de São Roque, em São Paulo. Seus trabalhos se concentram na exaltação das experiências e do cotidiano da população negra de seu país, um dos mais racistas do mundo. Com foco na estética única do povo negro brasileiro, tem o uso de um azul bastante específico, obtido através da junção de tinta acrílica e anil africano, e usa o dourado e o branco como elementos principais em suas composições. Emerson é formado em arte: história, crítica e curadoria pela Pontifícia Universidade Católica de São Paulo e usa seu perfil no Instagram como principal plataforma de divulgação, difusão de ideias e comercialização de suas obras e impressões.

Escaneie o QR Code e acesse conteúdos exclusivos

NACIONALIDADE: brasileiro
RESIDÊNCIA: Barueri, São Paulo

Personagens de Verty Society, novembro de 2024.
ARTISTA: ERIS TRAN.

Eris Tran
@ERIS_TRAN

Eris Tran é freelancer e ilustrador de moda reconhecido por seu talento e público, com mais de 285 mil seguidores em seu Instagram. As obras de arte de Eris têm chamado a atenção de várias revistas de mídia, apresentando seu talento em veículos de moda reconhecidos como Elle, L'Officiel, Basic Magazine, Alchemist e Broelis Magazine, Latest Magazine Italia, Harper's Bazaar, entre outras.

Eris vem construindo seu desenvolvimento de carreira na moda trabalhando em colaboração com diversas empresas e clientes como Chanel, Dior, Louis Vuitton, Burberry, Iris Van Herpen, Cartier, BVLGARI, Marc Jacobs, Ferragamo e alguns outros, trazendo sua criatividade excepcional na criação de ilustrações de moda. Ele também é autor dos livros *Dressing in Dreams* e *Fashion illustration: Dress and Gowns Inspiration II*.

Escaneie o QR Code e acesse conteúdos exclusivos

NACIONALIDADE: vietnamita
RESIDÊNCIA: CIDADE DE HO CHI MINH, VIETNÃ

Chen Lux, dezembro de 2024.
ARTISTA: GABRIELA WADA.

Gabriela Wada
@GAIWADA

Gabriela Wada é nipo-brasileira, nascida em São Paulo, capital. Estilista e designer de moda desde 2014, Gabriela é apaixonada em criar projetos inspiracionais e inovadores. Atualmente é estilista sênior para a marca Richards, do grupo Inbrands, uma das maiores holdings de moda do Brasil. Além de seu trabalho, Gabriela é apaixonada por praia e natureza, em especial pela cidade do Rio de Janeiro.
Ela brinca dizendo que vive para trabalhar em São Paulo, mas que sua alma é carioca.

Escaneie o QR Code e acesse conteúdos exclusivos

NACIONALIDADE: brasileira
RESIDÊNCIA: São Paulo, São Paulo

Duccio & Vito (Ode a Carlitos e Oswald), novembro de 2024.
ARTISTA: HARRY NEGUS-ROSS.

Harry Negus-Ross
@HARRYNR_

Harry Negus-Ross é professor e artista em Londres, no Reino Unido. Com entusiasmo por todos os meios artísticos, ele começou sua carreira quando criança, se apresentando no West End de Londres como ator, cantor e dançarino. Enquanto criava filmes e desenhos, Harry estudou teatro, focando como as artes dramáticas se cruzam com todas as formas de expressão artística. Como artista performático, usou comédia, filme, fotografia, escrita, desenho, pintura, escultura e cenografia para criar sua primeira instalação, que recriou as experiências de diabéticos tipo 1 por meios abstratos. Muitas dessas técnicas foram exploradas por meio de suas extensas viagens ao redor do mundo, onde aprendeu e se conectou com outras culturas, costumes e tradições. Deleitando-se com suas liberdades criativas, Harry se voltou para a educação com o objetivo de ensinar a jovens no Reino Unido o poder de suas expressões artísticas e como a criatividade é uma das ferramentas mais poderosas que alguém pode desenvolver. Além do ensino, seu foco está em seus desenhos de linhas contínuas, que visam replicar os fios de ouro que nos unem.

Escaneie o QR Code e acesse conteúdos exclusivos

NACIONALIDADE: BRITÂNICO
RESIDÊNCIA: LONDRES, REINO UNIDO

Extravaganza, novembro de 2024.
Artista: JB Ferber.

JB Ferber
@JBFERBER

JB Ferber (José Bernardo Ferber) é cozinheiro e food *stylist* especializado em produção de conteúdo gastronômico para mídia digital, TV, livros e publicações. Ferber é também fundador da "À Table", com foco em charcutaria artesanal e desenvolvimento de receitas inovadoras. Possui formação no Lycée Pasteur, Alain Ducasse Formation e International Culinary Center NYC. Sua ascendência francesa influenciou a paixão pela gastronomia.

Escaneie o QR Code e acesse conteúdos exclusivos

NACIONALIDADE: FRANCO-BRASILEIRO.
RESIDÊNCIA: SÃO PAULO, SÃO PAULO

AVAREZA  — LUXÚRIA  — SOBERBA

PREGUIÇA  — GULA

IRA  — INVEJA

Os Sete Pecados Capitais, dezembro de 2024.
ARTISTA: LEEKYUNG KIM.

LEEKYUNG KIM
@KIM_LEEKYUNG

Formou-se em teatro na Coreia do Sul e atuou como ator de musicais, diretor e coreógrafo antes de se mudar para o Brasil em 2005. Desde então, trabalha como fotógrafo especializado em capturar apresentações teatrais, perfis de atores, além de realizar ensaios de moda e fotos promocionais de produtos. Em 2016, também realizou uma exposição de fotos de espetáculos teatrais em São Paulo.

Escaneie o QR Code e acesse conteúdos exclusivos

NACIONALIDADE: SUL-COREANO
RESIDÊNCIA: SÃO PAULO, SÃO PAULO

Verty Society, setembro de 2024.
Artista: Lessa.

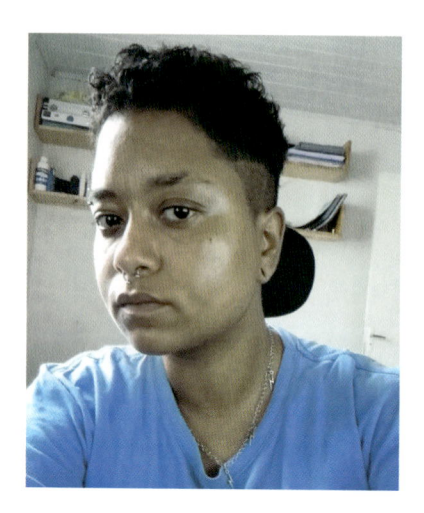

Lessa
@LESSAIZA29

Isabela Lessa é carioca, lésbica, preta, publicitária, diretora de arte, designer gráfica e ilustradora. Ama artes, desenho e adora criar. É ilustradora de livros infantis, cria marcas e identidade visual e topa qualquer coisa relacionada a publicidade e criação! Também ama música. Toca piano e violão, fala inglês e um pouquinho de francês. Ama pitbulls e cachorrinhos em geral. Adora assistir a séries e filmes de terror. Ah, e tem uma namorada linda pela qual é apaixonada!

Escaneie o QR Code e acesse conteúdos exclusivos

NACIONALIDADE: BRASILEIRA
RESIDÊNCIA: FOZ DO IGUAÇU, PARANÁ

Mergulho, novembro de 2024.
Artista: Manuela Leite - RespiroInk.

Manuela Leite
@RESPIROINK_MANU

Manuela é baiana de nascimento e coração, tatuadora há nove anos em São Paulo. Durante quinze anos, trabalhou como diretora de arte nos mercados de cenografia, design e publicidade. Hoje, sua arte reflete essa trajetória, unindo técnica e emoção para transformar histórias em traços cheios de significado.

Escaneie o QR Code e acesse conteúdos exclusivos

NACIONALIDADE: BRASILEIRA
RESIDÊNCIA: SÃO PAULO, SÃO PAULO

Os Filhos de Verty, novembro de 2024.
Artista: Marin.

Marin
@MARINVICTOR.ART

Victor Marin, venezuelano, é designer e artista visual e imigrante, morando atualmente no Rio de Janeiro.
Foi fascinado desde cedo pelo desenho e pela arte. Estudou desenho e pintura na adolescência e, após iniciar a faculdade de arquitetura, encontrou sua vocação no design, em que se formou. Também se aprofundou em fotografia, o que ampliou sua visão sobre o potencial visual. Seu trabalho explora narrativas baseadas em vivências, buscando desconstruir a percepção comum. Através de colagens e figuras fragmentadas com toques de surrealismo, cria uma estética única que convida o público a refletir sobre formas e significados.

Escaneie o QR Code e acesse conteúdos exclusivos

NACIONALIDADE: VENEZUELANO
RESIDÊNCIA: RIO DE JANEIRO, RIO DE JANEIRO

VERSÃO ORIGINAL

"Once upon a time... in a galaxy not so far away... our Earth was born anew. She wore the scars of a thousand years, but she moved on, evolved. Today, she spins with grace, a living oasis woven through the galaxy.

Imagine cities that grow like wild vines – transparent, bending with the wind, merging with the land. Roads... soft underfoot, weaving through forests, carrying people like rivers, gentle currents of energy.

People...

No more battles. No more walls. Disease? A memory.

And between worlds? We're not alone.

In fields of data, we surge and merge.

We left the past on a dusty trail,

Built on ruins where old worlds fail.

Old ways dissolved, a crystal start,

A symphony of code, a pulse in the dark.

New people, creatures, objects rise,

from ashes anew,

A world alive,

fierce and true".

TRADUÇÃO

"Era uma vez... em uma galáxia não tão distante... nossa Terra nasceu de novo. Ela usava as cicatrizes de mil anos, mas seguiu em frente, evoluiu. Hoje, ela gira com graça, um oásis vivo tecido pela galáxia.

Imagine cidades que crescem como videiras selvagens – transparentes, curvando-se com o vento, fundindo-se com a terra. Estradas... suaves sob os pés, serpenteando por florestas, carregando pessoas como rios, suaves correntes de energia.

Pessoas...

Chega de batalhas. Chega de muros. Doença? Uma memória.

E entre mundos? Não estamos sozinhos.

Em campos de dados, nós surgimos e nos fundimos.

Deixamos o passado em uma trilha empoeirada,

Construída em ruínas onde velhos mundos falham.

Velhos costumes dissolvidos, um começo cristalino,

Uma sinfonia de código, um pulso no escuro.

Novas pessoas, criaturas, objetos surgem,

das cinzas novamente,

Um mundo vivo,

feroz e verdadeiro."

Poesia sonora "Ashes of Tomorrow", novembro de 2024.
Artista: Meta Golova (Lena Kilina e Carlos Issa).

Meta Golova
(Lena Kilina e Carlos Issa)
@METAGOLOVA

Meta Golova é o diálogo entre Oriente e Ocidente, no encontro dos artistas Carlos Issa, de São Paulo, e Lena Kilina, da Sibéria, que escolhem a música e o trance sonoro para derrubar as polaridades mentais e geopolíticas do planeta, que acompanha a evolução infinita. Sua dupla combina poesia multilíngue revolucionária e som eletrônico para amplificar o poder do corpo, que luta contra uma sociedade que escolheu a moralidade da guerra e da acumulação capitalista. Meta Golova cria uma fusão eletro-punk incomum como celebração de um sonho e potência de transformação. Em 2023, eles lançaram seu álbum de estreia intitulado "Время Увечий" ("Tempo Mutilação"), marcando sua estreia na cena musical. Além disso, em 2023, eles apresentaram seu projeto visual especial "KINO GOLOVA" – videoclipes de Meta Golova no famoso cinema de São Paulo Cine Bijou. Em julho de 2024, Meta Golova lançou seu segundo álbum, "Seasonal Hallucination", em fita cassete pelo selo brasileiro de Berlim "Coisas Que Matam". A dupla também criou várias peças sonoras e poesia audiovisual que foram apresentadas no Irradia Sound Art and Radio Festival (Brasil), Radiophrenia Glasgow Radio Art Platform (Escócia) e rádio NTS (Londres).

Escaneie o QR Code e acesse conteúdos exclusivos

NACIONALIDADE:
LENA KILINA: RUSSA DA SIBÉRIA,
CARLOS ISSA: BRASILEIRO
RESIDÊNCIA: SÃO PAULO, SÃO PAULO

Eros, dezembro de 2024.

Artista: Samo White.

Samo White
@MISTER.SAMO

Artista trans de coração,
artista de rua e ilustrador.

Escaneie o QR Code
e acesse conteúdos
exclusivos

NACIONALIDADE: BRITÂNICO
RESIDÊNCIA: PORTSMOUTH,
REINO UNIDO

Caldária de Verty, novembro de 2024.
ARTISTA: SERHII BUIBAROV.

Serhii Buibarov
@SOLANSKOY

Serhii Buibarov é um artista ucraniano, nascido em 1 de abril de 1990, na cidade de Nikolaev, no sul da Ucrânia. Autodidata, estudou web design e edição de vídeo. Serhii é casado e tem dois filhos. Atualmente, por causa da guerra na Ucrânia, é um imigrante refugiado e vive na Suécia.

Escaneie o QR Code e acesse conteúdos exclusivos

NACIONALIDADE: ucraniano
RESIDÊNCIA: Växjö, Suécia

King X, novembro de 2024.
Artista: **THE POSTMAN.**

THE POSTMAN
@THEPOSTMAN_ART

THE POSTMAN é uma dupla anônima de artistas de rua da cidade de Brighton, Reino Unido, que cativa o público global com vibrantes murais inspirados no pop art, misturando grafite, fotografia, estênceis e mídia digital. Desde sua estreia em 2018, eles ganharam reconhecimento por meio de colaborações com fotógrafos icônicos e comissões de figuras como Bob Marley Estate e Noel Gallagher. Apresentados por plataformas como a BBC e a Saatchi Gallery, sua arte inclusiva e nostálgica dá vida aos espaços urbanos, ao mesmo tempo que desperta curiosidade e admiração.

Escaneie o QR Code e acesse conteúdos exclusivos

NACIONALIDADE: BRITÂNICA
RESIDÊNCIA: BRIGHTON, REINO UNIDO